LE PRINCE NOIR

VAMPIRE
AU FLEUVE NOIR

1. Le Prince Noir
   par Keith Herber
2. Les Enfers
   Par Richard Lee Byers (juin 1998)

VAMPIRE

LE PRINCE NOIR

par

KEITH HERBER

FLEUVE NOIR

Titre original :
Dark Prince
Traduit de l'américain par
Michèle Pèce

Collection dirigée par
Patrice Duvic et Jacques Goimard

ISBN : 2-265-06292-8

LA MASCARADE

Première Tradition

Honore le Territoire de chacun. Quand tu vas dans une cité étrangère, présente-toi à celui qui la dirige. Sans la parole qui t'accepte, tu n'es rien.

Deuxième Tradition

Ton Territoire te regarde. Les autres doivent le respecter. Nul ne peut contester ta parole lorsque tu es chez toi.

Troisième Tradition

Tu ne peux engendrer qu'avec la permission de ton Aîné. Si tu crées un autre Vampire sans son autorisation, ton Enfant et toi serez mis à mort.

Quatrième Tradition

Celui que tu crées est ton Enfant. Jusqu'à ce qu'il soit libéré, tu le dirigeras en toutes choses. Et tu devras assumer les conséquences de ses péchés.

Cinquième Tradition

Tu ne dois pas révéler ta véritable nature à ceux qui ne sont pas Damnés. Le faire revient à renoncer au Droit du Sang.

Sixième Tradition

Il t'est interdit de détruire quelqu'un de ta race. Ce droit appartient aux Anciens, qui seuls peuvent demander la Chasse du Sang.

PRÉLUDE

L'ÉTREINTE

San Francisco 1851
Golden Gate...

Par une nuit sans lune, six hommes faisaient le guet dans une barque cachée le long du quai. A travers l'obscurité et le brouillard, ils observaient l'entrée du port, attendant que la marée ramène un bateau.

— Je le vois, dit Morgan, un grand Noir.

Malgré l'air froid de la nuit, il était nu jusqu'à la ceinture.

— Il avance lentement. La majorité de ses voiles sont baissées.

Le chef de l'équipe, un Irlandais nommé Sullivan, avait aussi aperçu le navire et noté qu'il tanguait à peine malgré le courant.

— Tu vois l'équipage ? demanda-t-il à Morgan, grattant sa longue barbe rousse.

— Non, répondit Morgan.

— Moi non plus. Allons-y.

En silence, la barque s'écarta du rivage ; le groupe sortit les rames. Toujours sans bruit, les six hommes avancèrent vers le bateau anormalement silencieux.

— Pas de lumière ! ordonna Sullivan.

Un des hommes jeta son cigare dans l'eau.

— Toujours rien, remarqua Morgan, alors qu'ils se rapprochaient. Personne sur le pont.

— La peste ! siffla un homme.

Le groupe s'agita.

— Ce n'est pas un foutu navire dévasté par la peste ! cracha Sullivan. Quelqu'un l'a bien emmené jusqu'ici.

Ils longèrent le bâtiment sans apercevoir âme qui vive.

— Je n'aime pas ça, dit le barbu aux cheveux noirs qui avait parlé de peste. Laissons-le partir.

— Pas question ! répliqua Sullivan. J'ai rencontré un capitaine qui veut sortir du port demain, et il a besoin d'un équipage. Celui-là fera l'affaire.

Les hommes fournissaient des marins aux navires qui quittaient le port de San Francisco. La ruée vers l'or californien battant son plein, les bateaux trouvaient difficilement des matelots prêts à repartir. La plupart des hommes robustes préféraient travailler dans les mines d'or. Les *recruteurs* entreprenants, comme Sullivan, entraient en contact avec les navires mouillant au port. Ils alléchaient les marins en leur promettant de l'alcool, des femmes et de la drogue, puis contraignaient les capitaines à leur régler leur solde — parfois avec l'aide d'un revolver. Ensuite, ils obligeaient les hommes à débarquer, et, pour finir, laissaient le bateau à la dérive. Aussitôt après avoir volé l'argent des marins, ils les forçaient à s'engager sur les navires en partance. En temps de crise, Sullivan allait au plus vite, droguant carrément les matelots. En l'espace de quelques heures, il les dévalisait, puis les vendait au plus offrant. Sullivan avait navigué lui-même, ce qui l'avait familiarisé avec ce commerce.

Morgan à sa tête, le groupe escalada le flanc du bateau silencieux et enjamba la rambarde. Tout semblait en ordre, mais le navire paraissait abandonné. Seuls le clapotis des vagues et le bruit de la barque heurtant la coque troublaient le silence.

— Regardez par ici ! cria un homme à l'arrière du navire. J'ai trouvé quelque chose.

Un cadavre était attaché au gouvernail.

— Je vous ai dit que c'était la peste, grogna le barbu.

— Ça m'étonnerait, répliqua Morgan, agrippant le mort par les cheveux. Regarde.

Le type avait la gorge béante.

— Quelqu'un l'a tué.

— On croirait l'œuvre d'un animal sauvage, dit un autre homme.

Aucun ne mentionna l'absence de sang autour du cadavre, flagrante contradiction avec son apparence fantomatique.

— Contrôle les quartiers de l'équipage, ordonna Sullivan à l'homme aux cheveux noirs. Morgan et moi, on va chez les officiers.

Une lanterne à la main, Sullivan descendit l'étroite échelle du couloir. Morgan le suivit, revolver au poing.

— Que penses-tu qu'il soit arrivé ? demanda-t-il à voix basse.

— Aucune idée ! A moins qu'on nous ait devancé.

Il arrivait que les capitaines abandonnent leur bateaux pour les mines, mais le marin assassiné infirmait cette hypothèse.

— Regarde, dit Sullivan, balançant la lanterne devant l'encadrement de la porte étroite du quartier des officiers.

Ils découvrirent un autre cadavre, semblable au premier, la gorge tranchée. L'homme était mort depuis plusieurs jours, mais au lieu d'être pourri et gonflé, le corps semblait sec et flétri, comme une momie.

— Je n'aime pas ça, murmura Morgan. Et l'odeur non plus, ajouta-t-il en humant l'air.

C'était une étrange senteur d'épice, comparable à celle de l'encens. Mais elle en masquait une autre : celle de la corruption et de la pourriture.

— Sullivan, je crois que nous devrions oublier ce navire, dit Morgan.

Ce furent les derniers mots qu'il prononça. Alors que Sullivan sortait de la cabine, il vit une forme sombre sauter de l'échelle pour atterrir sur le dos de Morgan, qui hurla et tomba en arrière.

L'Oriental qui venait d'attaquer planta ses dents dans la gorge du marin.

Sullivan se précipita pour aider son ami, mais une force invisible le projeta contre la cloison. Paralysé, il jeta un regard impuissant à la porte de la cabine du capitaine, au bout de la coursive, qui s'ouvrit pour laisser passer une superbe Orientale vêtue d'une robe de soie rouge et verte. La femme glissait vers lui à travers la pénombre.

Sullivan tenta de bouger sans y parvenir. La jeune femme se pencha sur lui ; ses lèvres se retroussèrent pour laisser voir ses dents blanches.

Du coin de l'œil, Sullivan aperçut Morgan, gisant sur le sol. Toujours allongé sur lui, l'Oriental buvait bruyamment le sang qui coulait de sa gorge.

La femme se pencha davantage.

Sullivan fut frappé par ses yeux verts limpides.

Il se réveilla dans la cabine du capitaine. Sonné, adossé contre une cloison, il regarda autour de lui. Posée sur le bureau, une lanterne illuminait les trois personnes qui chuchotaient à l'autre bout de la pièce. La femme et le petit homme qui avait sauté sur Morgan étaient du nombre. Le troisième larron, également asiatique, était vêtu de rouge de la tête aux pieds. La conversation se déroulait en chinois. Un mouvement, à côté de Sullivan, attira son attention. Il se tourna pour découvrir un cadavre énucléé — le corps exsangue du capitaine — pendu par les chevilles. Il oscillait doucement au rythme du roulis du navire.

Dieu du ciel, songea Sullivan. *Où suis-je tombé ?*

La conversation terminée, la jeune femme vint vers lui pendant que les deux hommes s'affairaient à ouvrir une trappe.

Sullivan se recroquevilla pour tenter d'échapper à la Chinoise. Sentant son angoisse, celle-ci essaya de le calmer. Elle s'agenouilla et lui caressa le front.

Il eut un mouvement de recul et s'écria :

— Mon équipage ? Où sont mes gars ?

— Ils vont bien, assura la femme. Nous prenons soin d'eux.

Les deux hommes avaient ouvert la trappe et sondaient la cale obscure. Le grand Chinois décharné prononça quelques mots dans sa langue. Puis les deux types se penchèrent de nouveau sur le trou. Continuant de caresser le front de Sullivan de ses mains blanches et froides, la jeune femme se tourna vers ses compagnons.

Le plus grand parla de nouveau. Sullivan sentit quelque chose se déplacer dans les entrailles du navire. En guise de réponse, le vaisseau roula lentement à bâbord. Une fois encore, le Chinois émacié prononça quelques mots : le bateau tangua. Tout ce qui se trouvait à l'arrière dans la cale, vers l'ouverture. Sullivan entendit le bois craquer. Alors une odeur nauséeuse, venue de la cale, le fit suffoquer. Il se débattit en vain, tenta d'appeler à l'aide, puis redevint silencieux et se passa les mains sur le visage.

Alors il perdit connaissance.

PREMIÈRE PARTIE

LES MARIONNETTES DE SANG

1

A trois heures du matin, seuls quelques noctambules assistèrent à la course effrénée d'une blonde en mini-jupe dans les rues brumeuses de San Francisco. Ses chaussures blanches à talons hauts dans une main, la jeune femme jetait des regards craintifs par-dessus son épaule en dévalant le trottoir. Ses collants étaient déchirés et sa jupe remontait sur ses cuisses.

Kathy savait qu'elle n'aurait jamais dû s'aventurer dans cette partie de la ville en pleine nuit. C'était trop dangereux. Mais elle n'avait pu s'empêcher de courir le risque. Il lui fallait un *fix* et il lui était impossible d'attendre son souteneur. Son seul *contact* en dehors de Terry habitait cet endroit.

Le risque était inévitable.

Elle prit à gauche dans Taylor Street et sprinta vers la pente abrupte de Lower Nob Hill, en direction du théâtre, loin du quartier chaud. Elle jeta un coup d'œil en arrière avant de tourner le coin et aperçut son poursuivant, de l'autre côté du pâté de maisons. L'homme la vit. Kathy accéléra. Comme une ombre silencieuse, la silhouette vêtue de noir l'imita.

En approchant de Geary Street, Kathy prit l'étroite ruelle conduisant devant *Trader Vic's*. Epuisée, elle tituba et disparut dans l'obscurité.

En forme de L, la ruelle tournait à gauche, en face de *Vic*, pour déboucher au sud, sur Geary. A cette heure, la société était fermée ; Kathy remarqua la rangée de poubelles alignée devant l'immeuble. Un endroit idéal pour se cacher.

Elle tendit l'oreille, mais n'entendit aucune manifestation de son poursuivant. Prudente, elle regarda vers Mason Street, puis se glissa entre le mur et les ordures. Au coin de l'allée, elle avait dû faire une pause. Avant de piquer un sprint, elle avait jeté un rapide coup d'œil en direction de Geary.

Arrivant de nulle part, l'homme en noir surgit des ténèbres et se campa devant elle. Son visage semblait étrangement pâle sous la faible lueur d'un réverbère. Très maigre, il avait un air dur que soulignait une barbe rousse de plusieurs jours.

— Sullivan ! haleta-t-elle.

L'empoignant par la gorge, l'homme la plaqua contre le mur en briques. Elle rebondit dessus.

— Aïe ! gémit Kathy.

— Ta gueule ! lâcha Sullivan, lui flanquant une petite claque.

Ensuite, il lui saisit le menton et tourna son visage vers lui.

— Je t'ai cherchée. Où étais-tu ?

— Je m'en allais. Je suis hors de ce foutu business.

— Sale menteuse ! cracha Sullivan en saisissant le sac qui pendait à l'épaule de Kathy.

Elle tenta de l'en empêcher, mais il le lui arracha de force.

— Y a quoi là dedans ? demanda-t-il.

Il l'ouvrit et fouilla, jetant les objets par terre : des cosmétiques, des Kleenex, un stylo-bille desséché, une minuscule enveloppe contenant une petite dose d'héroïne et une poignée de préservatifs.

— C'est pourquoi faire ça ? demanda Sullivan, en désignant les capotes.

Kathy ne répondit pas.

— Pour qui tu travailles ?

Il la tenait toujours par les épaules et la secouait comme un prunier.

— Pour personne, protesta Kathy, se débattant. Va te faire foutre, Sullivan ! Et laisse-moi partir.

Elle tenta de lui décocher un coup de pied, qu'il esquiva. Sans effort, il la plaqua contre le mur, ne lui laissant aucune chance de filer.

— Oh ! pleurnicha-t-elle.

Alors une voix étrange retentit au bout de la ruelle.

— Que se passe-t-il ? demanda un homme.

C'était un immense Noir, presque aussi grand que Sullivan.

Ce dernier l'ignora.

L'étranger répéta :

— J'ai demandé ce qui se passe !

— C'est pas tes affaires !

Sans lâcher Kathy, Sullivan se retourna et lança :

— Fous le camp !

— Laisse d'abord partir la dame, répliqua l'homme.

En avançant, il ramassa un tuyau en métal.

Sullivan le foudroya du regard. Dans l'obscurité, ses yeux brillaient comme des charbons ardents. Il ouvrit la bouche et laissa apparaître des crocs longs de trois centimètres.

— Casse-toi ! ordonna Sullivan.

Effrayé, l'homme lâcha le tuyau et s'enfuit.

Sullivan attendit que ses canines se rétractent avant de se retourner vers Kathy, qui gigotait toujours.

— Alors, pour qui tu bosses ? demanda-t-il.

— Terry, répondit-elle.

Elle cessa de se débattre.

Terry était un proxénète qui travaillait sur le territoire est de Van Ness, à la frontière de celui de Sullivan. Depuis quelque temps, ce type était une épine dans le pied du vampire, qui songeait à s'en débarrasser. Mais il avait eu du mal à savoir où il se planquait, du moins jusqu'à présent.

— Son adresse ?

— Il a un appartement au coin de Franklin et de Sutter. Au vingt-trois.

Kathy ne montrant plus aucune velléité de résistance, Sullivan la lâcha. Avant de le quitter pour Terry, elle avait travaillé pour lui pendant presque un an et elle connaissait bien ses goûts. Maligne, elle l'évitait aussi souvent que possible. Des histoires circulaient sur lui, mais elle n'y prêtait aucune attention.

— Tu bosses pour moi maintenant ! Compris ? dit Sullivan.

Il la regarda ramasser le contenu de son sac éparpillé sur le trottoir. Elle ne répondit pas.

— Tu entends ? insista-t-il.

— Ouais, ouais, grogna Kathy, continuant à rassembler ses affaires.

— Tu verras Tran demain. Arrange-toi avec lui, d'accord ?

— Ouais, bien sûr.

Elle remit les objets dans son sac en évitant de croiser le regard de l'homme.

Sullivan vit qu'un rouleau de billets dépassait du sac à main. Avant qu'elle n'ait pu l'arrêter, il s'en empara.

— Hé ! Rends ça ! C'est à moi !

— Va te faire foutre !

Sullivan compta un peu plus de cent dollars, puis les enfouit dans la poche de son jeans.

— Terry me tuera si je ne lui ramène pas ce fric...

— Que Terry aille se faire foutre aussi. Tu travailles pour moi ! Je te vois demain...

Kathy le regarda partir.

— Suceur de bites, lâcha-t-elle dans un souffle.

10 janvier

Un endroit sombre, au cœur de Chinatown...

Un grand Chinois émacié vêtu d'une robe rouge tendit un brasero à l'immense silhouette assise sur un monticule de coussins en soie.

— C'est prêt, Grand-Père, dit la goule.

— Merci, Chi, répondit la chose en prenant l'objet entre ses mains.

Le masque de démon qui couvrait le visage du Grand-Père s'inclina pour inhaler les émanations du brasero. La fumée pénétra dans son corps, s'introduisit dans son esprit, lui ouvrant les portes de l'espace et du temps.

— Grand-Père ? demanda une voix venue de nulle part.

— Oui, mon maître, répondit la silhouette masquée.

L'être parlait à haute voix bien que son interlocuteur fût très loin. La communication était établie par télépathie...

— Je suis là, ajouta le Grand-Père.

— On commence maintenant, comme prévu. Il est temps pour l'Espagnol de faire ses adieux.

— Oui, mon maître. Nous devons éliminer Delfonso avant qu'il ne soit trop tard.

— Tu as choisi un bourreau ?

— Oui, un de mes Enfants fera le travail.

— Sullivan ?

— C'est mon choix, maître...

— Parfait. Exécution du plan !

2

La nuit, le quartier chaud de San Francisco ressemblait à l'Enfer et Sullivan était son ange noir.

Situé sur les terrains s'étendant au pied de Nob Hill, le quartier chaud était la « partie mauvaise » de la ville quasiment depuis sa création. Il s'étirait du côté nord de Marquet Street jusqu'au terminus du funiculaire, à l'ouest de Powel, en direction de Civic Center Plaza. Les cinq ou six rues qui composaient ce quartier miteux étaient occupées par des *théâtres* pour adultes ou des sex-shops. La population était un ramassis de vendeurs de drogues, de prostitués et de criminels. Parmi cette faune, des centaines de réfugiés vietnamiens et de laotiens tentaient d'élever leur famille. Comme par le passé, San Francisco était restée un phare pour les émigrants asiatiques.

Sullivan commençait à travailler au coucher du soleil. Après s'être levé, il descendait de son refuge, le *Drake Inn*, sur Pine Street, descendant sur deux cents mètres la face sud de la colline. Là, au pied de Nob Hill, il régnait sur le quartier chaud. Il s'occupait des prostituées, prélevait une part sur l'argent de la drogue et s'assurait que personne, humain ou non, ne s'égare sur son territoire.

Il dirigeait ce quartier depuis sa reconstruction, après le tremblement de terre et l'incendie de 1906. Toutes ces années, il avait gardé le secret à propos de son vampirisme. Des histoires et des rumeurs circulaient sur son compte. Même si les plus vieux habitants se souvenaient de lui, aucun ne semblait prêt à affronter la vérité.

Sullivan n'était pas le propriétaire du quartier chaud, seulement son gardien. L'endroit appartenait à son Aîné : le Grand-Père de Chinatown, un vampire asiatique fort discret qui demeurait en ville depuis la moitié du siècle dernier. Sullivan avait habité avec le Grand-Père et le reste de sa famille dans les dédales souterrains de Chinatown. Depuis 1912, début de son règne sur le quartier, il vivait seul. Chaque jour, il reversait à la Famille la plus grosse partie des bénéfices. Malgré tout, il était relativement autonome.

Sullivan se considérait comme le maître de son territoire.

Et le magasin de Tran était son quartier général.

— Salut, patron.

Tran sourit en regardant entrer Sullivan.

— Comment vas-tu ?

Tran était un petit Vietnamien brun propriétaire sur O'Farrel Street d'une boutique de vidéo.

— Comme d'habitude, répondit Sullivan.

Il regarda d'un air distrait les rangées de cassettes pornos disposées sur les murs.

— Combien on a fait ?

— C'était une bonne nuit pour les affaires, patron, c'est sûr.

Tran introduisit la clé dans la caisse enregistreuse et ouvrit le tiroir. Il en sortit un épais rouleau de billets et le tendit à Sullivan.

— Déjà plus de deux mille dollars.

Le vampire compta les billets en grognant de satisfaction. Puis il les fourra dans la poche de son pantalon.

— Tu as vu Kathy cette nuit ? demanda-t-il.

— Kathy ? Non... Pourquoi ? Elle est revenue travailler pour nous ?

— Elle était censée le faire.

— Non. (Tran secoua la tête.) Je ne l'ai pas vue.

Sullivan resta silencieux.

Tran reprit la parole.

— Loo est passé, il te cherchait.

En entendant ce nom, Sullivan se ranima. Loo était son « frère ». Ils étaient très proches, mais ils se voyaient rarement.

— Il a dit ce qu'il voulait ?

— Non..., répondit Tran. Mais il a répété trois fois que c'était important.

— D'accord. Il a précisé où je pouvais le voir ?

— Il est chez Lori.

— D'accord...

N'ayant rien à ajouter, prêt à partir, Sullivan s'attarda sous prétexte de recompter les billets. Puis s'impatientant, il demanda à Tran :

— Tu as faim ou quoi ?

Tran sourit.

— Oui, merci, fit-il en hochant la tête.

Comme toutes les goules, il avait besoin d'être nourri par son maître. Mais il n'osait pas demander, obligeant toujours Sullivan à lui proposer la becquée.

Tran se dirigea vers la porte, tourna la clé dans la serrure et plaça le panneau « fermé » sur la vitre. Puis il suivit Sullivan dans l'arrière-boutique. S'asseyant dans un fauteuil, ce dernier roula ses manches. La goule s'agenouilla, et planta doucement ses dents dans la chair de son maître, suçant le sang dispensateur de vie qui coulait du bras du vampire.

Lori était un petit restaurant style années cinquante, sur Mason Street. L'établissement tentait de tirer profit du tourisme provoqué par la proximité d'Union Square. Ouvert vingt-quatre heures sur vingt-quatre, tard dans la nuit, *Lori* était fréquenté par les types louches du quartier chaud. Décorés de chromes rouges, les murs étaient couverts de photos de James Dean, de Marilyn Monroe et de Brando dans ses meilleures années. C'était le genre d'endroit qui charmait Loo.

Autre serviteur du Grand-Père, recruté en Chine quelques années avant que Sullivan ne rejoigne la

Famille, Loo avait été enrôlé à dix-huit ans. Il mesurait tout juste un mètre cinquante. Grâce à son visage juvénile et à son humour, les gens pensaient qu'il avait quinze ans. Avec son mètre quatre-vingt, Sullivan en paraissait trente. Ensemble ils formaient un étrange duo.

Ils étaient tous deux les « fils de Kwon », la sublime jeune femme aux yeux verts qui avait *adopté* Sullivan des années plus tôt sur le bateau abandonné. Elle avait été à la fois leur mère et leur maîtresse. Ils n'avaient cessé de rivaliser pour attirer son attention. Cette rivalité avait duré jusqu'au séisme de 1906, date de la mort de Kwon, tuée par un mafieu pris de panique. A la suite de cet événement, Sullivan et Loo étaient devenus amis. La cause de leur rivalité disparue, ils partagèrent leur deuil.

Arrivé devant le restaurant, Sullivan regarda à travers la vitre et aperçut Loo au fond de la salle. Une casquette de base-ball rouge à l'envers sur la tête, les pieds sur la table pour exhiber ses Nike, Loo blaguait avec la serveuse qui souriait gaiement. Toujours à la mode, il était habillé « city », ce qui incluait des chaussures hors de prix, des pantalons tombant sur les hanches et un note-book clippé à la ceinture. Deux décennies plus tôt, il aimait les costumes décontractés en polyester. Avant, les chemises à fleurs et les colliers avaient eu sa préférence. Dans les années cinquante, pantalon et veste en cuir avaient remplacé le costume zazou des années trente.

Mais les apparences successives de Loo étaient trompeuses. Parmi d'autres responsabilités, il contrôlait les nombreux gangs asiatiques de Chinatown. Ces types vivaient de l'essor du marché de la drogue, des armes et du racket. Ils étaient les descendants des tong des premiers jours. Loo avait pris une large part dans la constitution de ces bandes, au dix-neuvième siècle. Conduisant son propre gang dans les combats de rues, il s'était battu avec hargne à coups de couteau, de revolver et de hachette.

Sullivan, lui, était toujours habillé de la même manière. Jeans, bottes et veste bleue en laine : l'uniforme du marin qu'il était avant de devenir un vampire.

Voyant son frère passer la porte, Loo sourit et leva la main en guise de salut. Sullivan se dirigea vers le fond du restaurant et s'assit en face de son ami. Il fit signe à la serveuse qui revint prendre la commande.

— Que se passe-t-il ?

— Le Grand-Père a un travail pour toi.

L'intérêt de Sullivan s'éveilla ; il n'avait eu aucun contact avec le Grand-Père depuis des années.

— Quel genre ? demanda-t-il.

Loo se pencha, jeta un coup d'œil alentour et baissa la voix.

— Il est temps d'éliminer notre rival, Delfonso, chuchota-t-il en souriant.

Puis il se renfonça dans son siège.

Sullivan parut étonné, mais ce n'était pas si surprenant que ça. Le Grand-Père et l'Espagnol étaient des vieux de la vieille de San Francisco. Alternativement rivaux et partenaires, les deux vampires avaient toujours eu un comportement bizarre l'un envers l'autre.

— Pourquoi maintenant ?

— Le *Java King* est la goutte d'eau qui a fait déborder le vase, expliqua Loo. Nous avons failli perdre la totalité de nos arrangements avec le prince. Il a menacé d'annuler toute autorisation d'immigration.

Le Grand-Père et Delfonso attendaient une nouvelle cargaison de clandestins asiatiques. Mais l'Espagnol avait saboté la récupération en mer. Résultat : un cargo non enregistré s'était dirigé vers le Golden Gate au milieu de la nuit. Il avait déchargé plusieurs centaines d'immigrants affamés sur les docks de Fort Mason avant de reprendre la mer. Les gardes-côtes l'avaient arraisonné, sans éviter pour autant que des centaines de Chinois se répandent dans les rues.

Un scandale avait suivi. De nombreux Damnés de la ville avaient exigé qu'on mette un terme à ces transports. Le prince des vampires de San Francisco, Vannevar Thomas, était resté de marbre malgré le remue-ménage.

— Le Grand-Père a convaincu le prince que c'était la faute de Delfonso, dit Loo. Tout le monde sait combien il a fait d'erreurs ces dernières années.

Delfonso était considéré comme le plus vieux résident Immortel de la ville. Il y était arrivé avec la première mission espagnole, en 1776. Bien que se croyant le vampire le plus puissant de tous, il n'avait jamais montré de penchant pour le pouvoir et s'était incliné quand Vannevar Thomas était apparu, au milieu du dix-neuvième siècle.

— Que suis-je supposé faire ? demanda Sullivan.

— Le Grand-Père et Thomas veulent que tu t'associes à Delfonso. Racontes-lui que tu désires quitter la Famille. Souviens-toi, il avait essayé de te recruter dans les années trente. Dis-lui que tu reconsidères son offre.

— D'accord. Je vais le convaincre que j'ai changé d'avis. Et après ?

— Essaie de découvrir ce qu'il mijote. D'après le prince, le fiasco de Fort Mason était programmé. Il est possible que Delfonso tente de mettre quelqu'un dans l'embarras, probablement nous. Si tu le démasques, il perdra toute influence. Alors nous pourrons disposer de lui sans danger.

— On retire quoi de tout ça ?

Loo l'ignora assez longtemps pour lancer une paille sur la serveuse, qui évita le projectile en riant. Loo la gratifia d'un large sourire.

— Désolé, s'excusa-t-il, se retournant vers Sullivan. De toute façon, Delfonso éliminé, le quartier de Mission deviendra un territoire ouvert. En échange de notre aide, le prince a promis au Grand-Père une part substantielle des bénéfices.

Mission était aujourd'hui un « dominium » espagnol. *Avec ses tripots, ses putes et ses drogués, il devait valoir un paquet de dollars,* songea Sullivan. Il avait toujours pensé que Delfonso ne l'exploitait pas au maximum.

— Tu crois que je pourrai avoir une audience avec le Grand-Père ? demanda Sullivan.

Il ne l'avait jamais rencontré, n'était dans les rêves où il se souvenait de la nuit passée à bord du navire abandonné. Le Grand-Père était un personnage terrifiant. Sullivan avait malgré tout envie de le connaître.

— Qui sait ? répondit Loo. Je suppose que oui, si tu fais du bon travail. Mais comment savoir ? Je ne l'ai pas revu depuis que nous sommes arrivés dans ce pays, il y a un siècle et demi. Je prend mes ordres de Chi.

Sullivan réfléchit un moment.

— Je commence quand ? demanda-t-il.

— Cette nuit.

Un peu plus tard, dans une cabine téléphonique, Sullivan composa le numéro de la résidence de Delfonso.

— Allô ? dit une voix à l'autre bout du fil.

Il s'agissait de Domingo, le *fils*.

— Ouais, c'est Sullivan. J'ai besoin de parler à ton paternel.

Après une brève hésitation, Domingo répondit.

— Il est encore couché. Il ne se lèvera pas cette nuit. Tu veux quoi ?

— Dis-lui que j'ai besoin de lui parler... au sujet des affaires... en privé.

— Je lui transmettrais le message.

Sullivan sourit. Domingo était un zazou attardé. Un déserteur lors de la Seconde Guerre mondiale, il avait quitté Los Angeles pour fuir la loi et la conscription. Une nuit alors qu'il agressait une vieille dame, il était tombé sur Delfonso. Devenu un vampire, il servait aveuglément l'Espagnol.

Sullivan et lui ne s'étaient jamais entendus. Domingo avait *été adopté* après que Sullivan eut refusé la proposition de Delfonso et il s'était chargé de le lui rappeler chaque fois qu'ils se rencontraient.

Se réjouissant de revoir son vieux rival, Sullivan se dirigea vers la colline où se dressait son refuge, un sourire sur les lèvres.

11 janvier
Dans un château luxueux de Pacific Heights...

Assis à son bureau, exaspéré, Honerius se massait les tempes. En face de lui, l'homme continuait d'insister malgré ce qu'il lui avait expliqué. Ce Don Benedict croyait-il pouvoir discuter avec le chef du clan des vampires Tremere de San Francisco, un conseiller du prince ?

— Je respecte ta décision, Honerius, dit Don Benedict. Je crois simplement qu'il n'est pas prudent de défier le prince. Nous peaufinons ce plan depuis des années. Pourquoi mettre en question son succès ? Pourquoi risquer la colère du prince ?

— Le prince ne doit jamais savoir, insista Honerius. Il y a beaucoup de variantes dans ce genre de situation. Je le préviendrai en temps utile. Il comprendra que des événements inattendus peuvent se produire.

Honerius avait passé des années à prévoir l'avenir et à transmettre ses conclusions au prince. Ensemble, ils avaient réfléchi et fait des projets, rassemblant au fil du temps les éléments qui, un jour, leur permettraient de détruire deux de leurs plus dangereux rivaux. Le moment était venu. Si tout se passait bien, la Famille provoquerait sa propre chute.

— Mais comme toi, j'ai interprété les signes, dit Benedict. Le plan conçu pour éliminer Delfonso et le Grand-Père est trop délicat, trop finement tourné. Ajouter un fou comme Phillips à pareille configuration...

— Le prince ne doit pas savoir ni même avoir des soupçons. Phillips est un « joker » pour moi et pour les Tremere. Avec lui, nous pouvons influencer les événements pour obtenir l'issue souhaitée. Crois-tu vraiment que le prince me dit tout ? De plus, le Grand-Père mort, la Douairière pourra faire ce qu'elle veut de Chinatown. Ça ne te convient pas ?

Furieux, Don Benedict se leva de son fauteuil. Ses préférences pour le mode de vie et la culture de l'est, sans oublier sa *magie*, étaient une éternelle source de friction entre lui et son chef, attaché aux traditions.

— Je ne supporterai pas longtemps tes insultes, dit Benedict. Je m'en vais.

— Tu peux partir, répliqua Honerius, le congédiant de la main. Laisse-moi seul. Le plan va bientôt entrer dans sa phase critique. Je dois surveiller tout ça de près. Je ne veux que ton bien. Fais confiance au Père Qui Sait Tout.

Benedict quitta la maison sans ajouter un mot. Comme tous les membres du clan Tremere pratiquant la magie, il était lié à un code rigide qui requérait une stricte obéissance aux Anciens. Il ne devait pas contrarier ou dévoiler les plans d'Honerius, même s'il ne les approuvait pas. Bien que ce dernier n'en ait jamais parlé, Benedict se doutait que le vieux Tremere espérait renverser le prince et s'emparer du trône.

Benedict craignait que cela mette à mal le fragile équilibre du pouvoir, plongeant la ville dans le chaos. Il était partagé entre sa loyauté envers le clan et le prince et sa *tendresse* pour la Douairière.

Soucieux, il secoua la tête. Puis il descendit les marches et disparut dans les rues sombres et brumeuses.

3

Sullivan arriva quelques minutes en avance à Union Square, le lieu du rendez-vous. L'Elysium était un terrain neutre où ni l'un ni l'autre n'avait l'avantage. Bien qu'il fût près de minuit, le quartier était encore bondé de touristes, quelques indigènes flânant vers le haut d'Hallidie Plaza. Le funiculaire montait et descendait Powel Street, longeant l'hôtel de luxe *St Francis* où Riley, le portier noir souriant, sifflait les taxis de la station voisine.

Le vampire s'assit sur un banc qui donnait sur Geary Street et attendit la limousine de Delfonso. Les bras le long du dossier, il prit une attitude désinvolte. Malgré tout, il se sentait nerveux. Faire une proposition pourrie à un Ancien était un jeu dangereux. Si Delfonso ne tombait pas dans le piège, il aurait des ennuis en plein cœur de Mission, très loin de son propre territoire. Si l'Espagnol soupçonnait une arnaque, Sullivan serait à sa merci.

Sullivan connaissait Delfonso depuis des années, mais ils évoluaient dans des cercles différents. L'Espagnol avait fait partie du clan des vampires Toreador, occupant une suite confortable au *Palace Hôtel*, sur Market Street où il recevait souvent. Après les ravages du séisme de 1906, il s'était retiré dans Mission. On le voyait encore en ville, chassant le sang dans sa limousine cabossée, mais rarement dans les clubs de vampires ou les autres endroits nocturnes familiers des Immortels.

Des rumeurs circulaient sur les habitudes singulières de Delfonso et les choses qui se passaient dans sa maison de Mission. Certains évoquaient une tardive conversion religieuse. Les vampires étant ce qu'ils étaient, Sullivan s'étonnait que Delfonso puisse être l'objet de tant de commérages.

En levant les yeux sur Geary Street, Sullivan vit la limousine noire se frayer un chemin dans le trafic. *Comme un requin sur la piste de sa proie,* songea-t-il. Deux personnes étaient assises à l'avant. Juan, la goule-chauffeur, et Domingo l'Enfant, qui fronçait déjà les sourcils à la vue de Sullivan. Les glaces arrière étaient opaques, dissimulant les passagers.

Le véhicule s'arrêta le long du trottoir, face au banc. La portière arrière s'ouvrit, laissant voir, sous la lumière du plafonnier, un habitacle en velours rouge sang. Comme une araignée aux longues pattes, Delfonso était assis sur la banquette, le regard tourné vers Sullivan. Il portait une cape noire, comme le reste de sa tenue. Ses mains froides et blanches reposaient sur une canne à pommeau d'or.

— Monte, dit-il.

Sullivan obéit.

— Fais attention à ne pas déchirer ton pantalon sur ce ressort cassé, le prévint Delfonso.

Puis, se tournant vers le chauffeur :

— Juan ! Je croyais t'avoir dit de t'en occuper.

— Pardon, monsieur, répondit le Philippin. J'ai été occupé et négligent. Je le ferai demain.

— Mon œil !

L'Espagnol se tourna vers Sullivan en souriant.

— Pas moyen de trouver du personnel valable de nos jours !

Remarquant le silence des deux hommes assis à l'avant, Sullivan se fit un point d'honneur de rire aux éclats. Domingo se retourna pour le regarder.

— Qu'est ce qui se passe, gringo ? demanda-t-il. Fatigué de boire le sang des putains malades ? Tu as besoin de venir à Mission pour te distraire ?

Il éclata d'un rire méchant qui laissa voir ses dents en or.

— Je voudrais boire le sang de ta putain de mère, sale con, répondit Sullivan sans cesser de sourire.

— Fils de pute ! jura Domingo, prêt à sauter sur son rival.

— Messieurs ! intervint Delfonso. Pas de ça, s'il vous plaît.

L'agitation cessa aussitôt.

— M. Sullivan et moi devons discuter affaires, n'est-ce pas, Sullivan ?

Ce dernier acquiesça.

— Il vient nous livrer un message du Grand-Père, Domingo. Nous avons des plans concernant la fusion de nos familles.

Delfonso se payait la tête de Domingo. En vieux chien rusé, il avait déjà deviné pourquoi Sullivan l'avait contacté.

Ce dernier en rajouta :

— Ça laisse présager de grandes choses pour nous, dit-il à Domingo pour étayer son mensonge.

Quelque peu apaisé, le Mexicain grogna son assentiment et se retourna. Delfonso ferma les yeux et secoua la tête en signe d'exaspération.

D'une main d'expert, Juan conduisit la grosse voiture à travers le trafic nocturne. Il tourna vers le sud pour traverser Market et s'engagea sur un territoire qui sembla inconnu à Sullivan. Les terrains plats étaient hors de son domaine et il ne s'y aventurait jamais. Bien qu'invité de Delfonso, ce qui impliquait une certaine immunité, il ne se sentait pas en sécurité si loin de son royaume.

Mission Street étant bondée, ils avancèrent lentement vers le sud.

En passant, Delfonso reconnut certains lieux. Il parla du bon vieux temps. Sullivan écouta un moment, mais il devint vite évident que le vampire était perdu dans ses souvenirs. A un moment, l'Espagnol s'interrompit au milieu d'une phrase et fixa la vitre jusqu'à ce que Domingo mette fin à sa rêverie.

Vingt minutes plus tard, la limousine se gara devant la résidence de Delfonso, une maison miteuse, semblable à celles du vieux quartier populaire.

Delfonso avait subi des pertes sévères en 1906 et il n'avait jamais récupéré. La petite maison de Mission était un des rares biens qu'il avait conservés.

Delfonso monta les marches qui conduisaient à la porte en bois grillagée. Sullivan le suivit. Quand l'Espagnol s'aperçut que Domingo les accompagnait, il lui fit un signe de la main.

— File, lui dit-il. Je n'ai pas besoin de toi cette nuit. Reste avec Juan.

— Mais..., plaida Domingo.

— S'il te plaît, Domingo, va-t'en. Nous avons besoin de rester seuls.

Dépité, le Mexicain retourna dans la limousine. Le véhicule démarra.

Secouant de nouveau la tête, Delfonso ouvrit la porte.

— Bon sang, commença-t-il en indiquant à Sullivan d'entrer, je ne sais pas combien de temps je pourrai m'accommoder de ce type.

— Domingo n'est pas à la hauteur de tes espérances ? demanda Sullivan en entrant.

— J'ai bien peur que non. J'espérais qu'il tournerait mieux que ça, mais ce n'est pas le cas. Je devrais toujours faire confiance à mes instincts.

Il fit un clin d'œil à Sullivan et referma la porte derrière lui.

Sullivan examina les trophées et les souvenirs qui remplissaient la petite maison. Il fut fasciné par la collection de lances, d'armures et de casques accrochés aux murs. Un énorme globe en bois trônait dans un coin, sous une ancienne carte du Nouveau Monde. Une épaisse poussière couvrait le tout. Des toiles d'araignées complétaient le décor.

— Tu aimes ma collection ? demanda Delfonso, se rapprochant de Sullivan. Certaines pièces datent de plusieurs siècles, tu sais ?

Sullivan exagéra son admiration pour faire plaisir au vieil Espagnol.

— Je reconnais que la maison est encombrée, mais elle est plus petite que la suite du *Palace* où j'avais l'habitude de vivre. Et je ne peux pas me séparer de mes biens. La plupart de ces trésors ont été sauvés du feu.

Sullivan avait remarqué que beaucoup d'objets étaient noircis par les flammes. Les livres gardaient une vague odeur de fumée malgré les années.

L'attention de Sullivan fut attirée par une grande peinture à l'huile accrochée au mur. Delfonso nota son intérêt.

— Tu aimes ça, hein ? Je l'ai faite moi-même, il y a des lustres.

Bien que fascinant, le tableau était grotesque. C'était une représentation du Christ sur la croix, la poitrine ouverte et le cœur suspendu dans les airs en face de lui. Sullivan avait déjà vu des toiles du même style, mais pas *exactement* semblables.

— Tu es catholique, pas vrai ? demanda Delfonso.

— Ouais, bien sûr. Je suis né catholique.

En réalité, l'éducation de Sullivan incluait fort peu de religion. Fils d'une veuve de marin alcoolique mort noyé, il était parti en mer à peine sorti de l'enfance. Il n'avait pas remis les pieds dans une église depuis ses huit ans, deux siècles plus tôt.

— Comme moi, admit Delfonso. Tu as beaucoup pensé à la religion ces dernières années ? Je veux dire en prenant en compte ce que nous sommes devenus ?

— Pas beaucoup, répondit honnêtement Sullivan.

— Moi oui..., avoua l'Espagnol.

Puis il changea de sujet.

— Pourquoi es-tu ici ?

— Tu le sais.

— Peut-être..., lâcha Delfonso en décrochant une épée.

Il la fit tourner entre ses mains, puis exécuta quelques passes à blanc prouvant qu'il était beaucoup moins *rouillé* que la lame qu'il tenait.

Sullivan se tendit. Que se passerait-il si Delfonso avait deviné le but de sa venue ? Aussi dangereux que puisse être l'Espagnol avec une épée, il gardait une petite chance s'il décidait de le tuer.

— Je suis là pour me joindre à vous, souffla Sullivan.

Delfonso cessa sa démonstration d'escrime et sourit à son invité.

— Tu en as finalement assez du païen chinois ? Je savais que tu viendrais tôt ou tard. Même à l'*intérieur*, nous sommes assez semblables, non ?

Posant la lame, il étreignit Sullivan et lui tapa sur l'épaule.

— Nous devons rester ensemble, mon ami. Pour toujours.

Hésitant, Sullivan lui tapa dans le dos.

— Viens, dit Delfonso. Suis-moi. J'ai quelque chose à te montrer.

Il conduisit Sullivan dans l'entrée, devant une porte étroite qui ouvrait sur une volée de marches menant au sous-sol.

— Par là, mon enfant. Je vais te montrer mon secret.

Descendant l'escalier, le vieux vampire reprit son discours sur la religion.

— Des années après mon *changement*, j'ai erré seul dans le désert sans savoir qui j'étais. Je suis venu au Nouveau Monde avec Cortes et je l'ai aidé à arracher la terre aux sauvages. Hélas, j'ai été influencé par leurs pratiques impies. A cause d'elles, je suis devenu un vampire. J'ai vécu dans le désert des dizaines d'années, tuant sans discernement, ne connaissant rien de mieux et me croyant maudit par Dieu. Mon âme était en péril et je le savais. Puis une nuit, la *compréhension* me fut donnée. J'ai réalisé qui j'étais et quel dessein Dieu avait prévu pour moi.

Ils traversèrent le sous-sol lugubre et arrivèrent devant une petite porte. Delfonso fouilla dans ses poches à la recherche de clefs. Trouvant la bonne, il fit tourner la serrure et dit :

— Maintenant, tu vas connaître mon refuge secret. Il est donc évident que je te fais confiance.

Sullivan apprécia.

Derrière la porte se trouvait un étroit passage éclairé par une ampoule nue suspendue au plafond.

— Mon fils, ce couloir conduit à mon refuge et au vieux sous-sol longtemps oublié de Mission Dolores. Le bon père Junipero Serra l'a construit en même temps que Mission, en 1776. J'en ai fait bon usage pendant des années, en aidant les Indiens à trouver le chemin du Christ. Tu savais que cinq mille Indiens sont enterrés ici, dans des tombes oubliées ?

Sullivan frissonna en songeant aux milliers de morts qui les entouraient.

Ils passèrent devant une alcôve où Sullivan aperçut un cercueil en bois décoré. Certainement le lit de Delfonso, car l'extravagance semblait être son style. Sur le mur opposé pendait un petit miroir où le vieux vampire devait vérifier son apparence avant de sortir le soir. Sans s'arrêter, ils se dirigèrent vers une porte en bois munie d'une antique serrure. Delfonso introduisit une grande clef en fer dans le trou, mais il marqua un temps avant de la tourner.

— Ecoute, dit-il, dressant l'oreille. Tu les entends ?

Sullivan se concentra et n'entendit rien. Il secoua la tête.

— Les voix de la mort — des païens morts. Ils sont tous autour de nous. Ils me veulent, tu sais. Quelquefois quand je suis couché dans mon cercueil, je les entends gratter les murs. Ils m'appellent.

Delfonso avait le regard fou.

La peur ? L'excitation ? se demanda Sullivan.

— Ils cherchent une revanche, mais ils ne m'auront pas, oh non ! gloussa Delfonso.

Il ouvrit la porte.

— Regarde, annonça-t-il. Ma Maison de Prières, ma Maison de Douleur.

Sous la chiche lumière jaune, une scène digne de l'Inquisition espagnole s'offrit au regard de Sullivan. Des chaînes et des menottes pendaient aux murs. Un appareil de torture était accroché au plafond. Un brasero fumant se dressait à côté d'une collection de fers à marquer et de tenailles.

Le centre de la pièce était occupé par un immense chevalet. En bois massif, il était équipé d'une roue à rayons où étaient fixées des cordes attendant d'être attachées aux poignets et aux chevilles d'une victime.

Delfonso fit de grands pas au milieu de la pièce. Des bruits s'élevèrent dans la pénombre, attirant l'attention de Sullivan. Au fond de la salle, presque dissimulées dans l'ombre, se trouvaient trois cellules à barreaux. Sullivan devina des mouvements et sentit une odeur humaine.

— Approche, Sullivan, ordonna Delfonso. Je veux te présenter Rosalita. C'est mon bébé.

Il caressa doucement le bois noir du chevalet. Il se pencha et donna un chaste baiser à la machine infernale.

— Viens, reprit-il en prenant la main de Sullivan. Cette nuit, nous boirons à notre nouvelle entente. Par la même occasion, nous confesserons un pécheur.

Sur ces bonnes paroles, il conduisit Sullivan devant les cellules où s'entassaient plusieurs Chinois.

— Des immigrants du *Java King*, expliqua Delfonso. Cette nuit-là, avec Domingo, nous en avons récupéré une douzaine pour notre usage personnel.

La plupart des immigrants avaient été repris par les autorités. D'autres avaient pu gagner Chinatown et la sécurité. Mais qui sait combien, servant de proies aux vampires, n'étaient pas près d'être retrouvés. Des récits de festins fabuleux avaient circulé en ville...

— Prends-en un, dit Delfonso en désignant ses prisonniers terrifiés. Choisis le meilleur sang pour nous deux.

Sullivan hésita. Il ne répugnait pas à tuer — il l'avait déjà fait — mais il préférait laisser ses victimes en vie, buvant ce dont il avait besoin pour rester en bonne santé. De plus, il savait que trop de morts inexpliquées dans une communauté auraient eu des conséquences néfastes pour les vampires. Les règles, qui exigeaient de la discrétion, devaient être respectées. La Mascarade devait durer. Sinon les humains, découvrant des buveurs de sang dans leur monde, se retourneraient contre eux pour les détruire.

Examinant les prisonniers, Sullivan écarta les plus jeunes pour s'arrêter sur un homme d'âge moyen. C'était une sale brute que le vampire pouvait imaginer en assassin ou au moins un voleur. En tout cas, il semblait mériter plus que les autres le sort que lui réservait Delfonso.

— Celui-là, dit-il en désignant le type debout au centre de la cellule.

Il était flanqué d'un homme et d'une femme assez jeune.

— D'accord, approuva Delfonso.

Il déverrouilla la porte.

— Ce n'est pas celui que j'aurais pris, mais c'est quand même un bon choix.

Il s'empara d'une barre de fer et pénétra dans la cellule pour séparer l'« élu » des deux autres Chinois. La victime désignée, jugeant que c'était sa dernière chance de salut, se précipita vers la porte. Delfonso leva la barre et l'abattit sur l'immigrant. Hélas, trop fort. L'homme s'écroula sur le sol de pierre, la nuque brisée.

— Merde ! pesta Delfonso.

Après un coup d'œil rapide dans la cellule, son regard tomba sur une jeune femme.

— Viens, dit-il en souriant. C'est toi qui seras sauvée cette nuit.

Il la tira vers l'extérieur.

Avec l'aide de Sullivan, la jeune femme fut promptement attachée sur le chevalet. La roue tourna jusqu'à ce que les cordes forcent son corps à se tendre au maximum.

— Si belle et malheureusement si *païenne*, dit l'Espagnol.

Du bout de l'ongle, il caressa la gorge tendre de sa victime.

— Ça te gêne que je commence ? ajouta-t-il.

Poliment, Sullivan s'inclina. Delfonso se pencha sur la femme, lui planta les dents dans la gorge et but avec avidité. Les yeux de la Chinoise s'élargirent de panique, puis se fermèrent alors qu'elle commençait à gémir, murmurant quelque chose dans sa langue.

Ce fut le tour de Sullivan. Il s'inclina sur la femme et but le sang qui coulait des blessures causées par les dents de Delfonso. Le liquide était chaud et sucré. Plus propre et plus pur que celui de la lie de l'humanité qui approvisionnait d'habitude Sullivan. Il aspira goulûment.

Pendant qu'il buvait, Delfonso se glissa derrière le chevalet. Saisissant la roue, il tira d'un coup sec. La jeune femme hurla quand les cordes se tendirent. Son bras gauche se détacha de son épaule avec un bruit sourd. Le sang qui affluait dans la bouche de Sullivan prit un goût d'épouvante et de douleur. Coulant à flots des veines de la Chinoise, il l'enivrait et le transportait ailleurs. Il sentait la terreur et il en voulait plus, buvant à grands traits pendant que les cris mouraient dans la gorge de sa victime. Un moment, il désira la vider complètement de son sang. Dans un élan de lucidité, il s'arrêta et recula de quelques pas.

— Le sang issu de la confession d'un pécheur est succulent, hein ? sourit Delfonso, satisfait par la réaction de son invité.

— Je ne m'attendais pas à ça, marmonna Sullivan. Ça m'a pris par surprise.

Il était choqué par son comportement. Il compatissait avec la victime, pourtant le goût de son sang l'avait fait frissonner de plaisir et il avait eu du mal à s'arrêter. Il se souvenait des histoires qui couraient sur l'Espagnol, mais aucune ne faisait allusion à ça.

Sullivan était terrifié, par Delfonso, au comportement de fou, *et* par sa propre réaction.

— Mais ce n'est pas le meilleur, dit Delfonso.

Il fit le tour du chevalet pour faire face à sa victime. Sans cérémonie, il déchira la blouse de la jeune femme, exposant ses petits seins et son ventre plat.

— Bientôt, nous aurons franchi un pas de plus vers Dieu, mon ami.

En parlant, Delfonso s'était penché sur la Chinoise et il avait posé les mains sur sa poitrine. Il enfonça ses ongles dans la chair. Horrifié, Sullivan regarda l'Espagnol enfouir ses doigts toujours plus profondément, jusqu'à les passer sous les côtes de l'agonisante. Ensuite, de ses mains expertes, il écarta la cage thoracique. Le sang jaillit et éclaboussa l'élégante jaquette noire du bourreau ainsi que sa chemise blanche. Les cris de la victime s'éteignirent juste avant qu'elle expire. Ses jambes se contractèrent ; sa poitrine béante ne cachait plus rien de ses organes.

Sans être vu de Delfonso, qui semblait captivé par son expérience, Sullivan s'éloigna du chevalet et de l'horreur qui s'en dégageait. Il voulait mettre un peu de distance entre lui et le fou qui jubilait devant sa proie.

Delfonso plongea les mains dans le corps de la jeune femme et saisit le cœur qui battait encore. Il le tritura jusqu'à ce qu'il cède. Le sang gicla des artères rompues, mais l'organe pulsait toujours.

— Le sang des pécheurs est la nourriture de Dieu ! gloussa Delfonso.

Il brandit le cœur au-dessus de sa tête, le pressant pour en extraire le « jus ». Un torrent de sang éclaboussa son visage et coula dans sa bouche ouverte.

— Le sang des agneaux ! hurla-t-il, buvant le liquide.

Epouvanté par le comportement de ce monstre, Sullivan recula jusqu'au mur et trébucha sur des instruments innommables. Il faillit tomber avant de retrouver ses esprits.

— Réjouissez-vous, pécheurs, nous sommes venus pour vous sauver ! cria Delfonso, continuant sa cérémonie.

Ignorant la détresse de Sullivan, il buvait le sang aussi vite qu'il pouvait. Perdu dans sa folie, il ne vit pas son invité s'enfuir.

11 janvier, un peu plus tard...

Dans une allée sombre et déserte du quartier de Mission...

Un homme était agenouillé devant une grande silhouette vêtue d'une cape qui parlait d'une voix menaçante.

— Tu as pris contact avec Sullivan ?

— Oui, mon prince, répondit Domingo sans oser lever les yeux.

— Et tu sais ce que tu dois faire ?

— Oui, il est temps pour l'Espagnol de s'écarter, mon prince.

— Tu as intelligemment saboté la livraison du *Java King*. Tu seras récompensé.

— Merci, seigneur.

Domingo leva enfin les yeux sur l'homme debout devant lui. La lumière du réverbère faisait briller ses dents en or.

— Vous ne regretterez pas d'avoir fait appel à moi, promit-il au prince.

— Je sais bien, dit l'homme, disparaissant dans un tourbillon de brume.

Domingo se releva, en se maudissant. Il épousseta la saleté et les graviers collés aux genoux de son pantalon.

— Foutus gringos, murmura-t-il. Je vais leur montrer.

Il avait déjà son plan.

Pendant qu'il quittait l'allée, une silhouette brumeuse émergea de la nuit. Elle rit tout bas avant de disparaître, cette fois pour de bon.

4

Sullivan courut longtemps avant de ralentir le pas. Effrayé par ce qu'il avait vu dans le sous-sol de Delfonso, il avait dû faire de gros efforst pour garder la maîtrise de ses nerfs. Arrivé à quelques blocs du quartier chaud, il s'aperçut qu'il était sorti de la maison sans être remarqué et qu'il avait eu largement le temps de prendre de l'avance. Il était sauvé, du moins pour l'instant.

Retourner sur son territoire devint sa priorité.

Delfonso n'était pas son seul souci. Mission était un grand territoire ; des braconniers en tout genre y faisaient des raids réguliers malgré les efforts de Domingo et de Delfonso pour les décourager. La plupart de ces types agissaient seuls, mais il y avait aussi quelques gangs de vampires, des bandes hétéroclites d'Immortels un peu fous qui vivaient et chassaient ensemble. Sullivan préférait rester prudent.

A trois heures du matin, les rues étaient presque désertes. Il guetta un taxi, mais aucun véhicule ne circulait dans le quartier à cette heure. Marchant d'un bon pas, le vampire se dirigea vers le nord en remontant Mission Street. Il traversa le quartier espagnol surpeuplé, passant devant les entreprises qui fournissaient autrefois de nombreux emplois. Aujourd'hui, pratiquement toutes étaient fermées. Puis il tourna vers le nord-est et emprunta une parallèle de Market. Encore quelques mètres et il serait chez lui.

Alors Sullivan s'aperçut qu'il était suivi. Aucun bruit ne l'avait alerté, mais ses sens aiguisés l'avait averti de la présence d'un autre vampire. Quelqu'un le traquait.

Il accéléra le pas. Dans la Cinquième Rue, il tourna à gauche vers le nord. Arrivé au milieu d'un pâté de maisons, Sullivan se cacha dans l'entrée d'un magasin de chaussures et attendit.

Quelques secondes plus tard, Domingo apparut. Ne voyant pas sa proie, le gros Mexicain avançait à pas de loup, rasant le mur. Il tentait de rester à l'ombre des immeubles. Le pieu en bois aiguisé qu'il tenait indiqua à Sullivan qu'il était venu pour affaire.

Attentif à regarder devant lui, Domingo en oublia de jeter un coup d'œil vers le magasin. Sullivan le laissa passer avant de sortir derrière lui.

Le Mexicain le sentit et fit volte face, brandissant le pieu, mais il ne fut pas assez rapide. Sullivan l'empoigna par le poignet et lui tordit le bras, l'obligeant à se retourner.

Domingo se baissa et saisit une jambe de son ennemi. Perdant l'équilibre, tous deux passèrent à travers la vitrine de la boutique.

Sullivan tomba sur le dos au milieu des éclats de verre. Domingo s'écrasa sur lui. Ils roulèrent l'un sur l'autre dans les débris de vitrines et les chaussures élégantes.

Sullivan étant le plus fort, il parvint à repousser son agresseur, qui atterrit sur le trottoir.

En heurtant le sol, le Mexicain laissa échapper le pieu. Sullivan se précipita sur l'arme. Il se releva au moment où Domingo se mettait à courir sur la Cinquième en direction de l'Hôtel de la Monnaie. Sullivan le rattrapa et lui flanqua un coup sur les reins avec le pieu. Domingo tomba à terre.

Incapable de se redresser, il rampa dans la rue pendant que Sullivan tournait autour de lui. Maniant le pieu comme une faux, il le battait comme plâtre.

Domingo tenta de ramper jusqu'aux marches de l'Hôtel de la Monnaie, mais Sullivan était implacable. Il le frappait sans cesse sur la tête et les épaules.

N'ayant plus la force de crier, sa victime gémissait.

Un coup plus puissant que les autres. Son visage était méconnaissable, le sang se mêlait à la chair tuméfiée. Des esquilles pointaient là où Sullivan lui avait brisé le crâne. Sans hésitation, le vampire abattit le pieu sur le front de Domingo, fracassant à la fois la tête et le bâton. Domingo grogna de douleur.

Qui l'a envoyé ? songea Sullivan.

Il pensa d'abord à Delfonso, puis rejeta cette idée. D'évidence, Domingo l'avait attendu devant la maison avant que l'Espagnol n'ait pu le contacter pour le lancer à sa poursuite. Mais il se passait quelque chose ; Sullivan flairait un piège.

Si le prince et le Grand-Père voulaient voir Delfonso hors d'état de nuire, ils n'avaient qu'à l'éliminer. A moins qu'ils n'aient besoin d'une excuse. Sa mort, provoquée par un acolyte de l'Espagnol, en fournissait une.

Longtemps la Famille avait tenu Sullivan à distance. Il était un intrus. Vivant et travaillant à part, il avait peu de contacts avec les autres membres. Loo lui avait confié un jour que la Famille avait simplement l'intention de le garder assez longtemps pour s'implanter dans San Francisco. Quand le moment d'en finir était arrivé, Kwon était intervenue en faveur de Sullivan, et il avait été épargné. Au fil des années, il avait prouvé sa valeur au Grand-Père. Malgré tout il restait en marge, car il n'était jamais devenu un *membre* à part entière du clan.

Il ne voulait pas *croire* que la Famille le trahirait, mais il admettait que cela était possible. Domingo et lui étaient de simples pions dans un jeu gigantesque.

Se baissant, Sullivan saisit Domingo par les épaules et lui souleva la tête.

— Qui t'a dit de me suivre ? cria-t-il. Parle, bâtard ! Qui ? Delfonso ?

Domingo marmonna quelque chose. Le sang qui coulait de sa bouche et de son nez se répandait sur le sol. Ses paroles étaient incompréhensibles. La vue du liquide rouge réveilla l'appétit de Sullivan, ainsi que le souvenir du goût sucré de la Chinoise. Un instant il fut tenté de planter les crocs dans la gorge de son ennemi. Mais la seule pensée de la Diablerie — le cannibalisme vampirique — le révoltait. Il oublia l'envie d'étancher sa soif.

Sullivan éprouvait de la sympathie pour sa victime. Dans le fond, ils se ressemblaient un peu. Mais il savait aussi qu'il ne pouvait pas laisser vivre Domingo, car il reviendrait à la charge.

Il arracha la tête de Domingo de son corps, mettant ainsi fin à sa morose existence. Puis il cacha les restes du vampire derrière le massif d'arbustes qui entourait le bâtiment. Ils seraient introuvables jusqu'à ce que le soleil les brûle.

Sa corvée terminée, Sullivan décida de se rendre à Chinatown pour demander une audience au Grand-Père.

Il était furieux. Ses questions méritaient des réponses, et tout de suite ! Quittant l'Hôtel de la Monnaie, il traversa Market Street et pénétra en territoire ami.

Il était presque quatre heures du matin quand il arriva devant la porte officielle de Chinatown, sur Grant Street et Bush. Il était prêt à exposer son grief, mais il trouva le passage bloqué.

Loo se tenait à l'entrée.

— Laisse-moi passer, dit Sullivan. Je veux parler au Grand-Père.

— Le Grand-Père ne voudra pas te recevoir maintenant, affirma Loo, impassible.

— Si, il le fera, insista Sullivan.

Il tenta de contourner Loo, mais le petit homme fut plus rapide. Il fit un pas de côté pour barrer le chemin à son ami.

Sa hachette en argent apparut dans sa main. Elle étincelait au clair de lune.

— Ne m'oblige pas à m'en servir, Sullivan. Tu sais que je ne peux pas te permettre d'entrer.

Le vampire décida de renoncer. Malgré leur différence de taille, Loo serait un adversaire coriace. Jadis, quand ils rivalisaient pour attirer l'attention de Kwon, Loo l'avait presque tué lors d'une bagarre. Il avait dû son salut à l'intervention de Kwon et de la goule Chi.

— D'accord, dit-il en reculant. Mais dis-lui que je veux le voir demain soir. Compris !

— Oui, Sullivan, répondit Loo.

Sullivan se tourna et s'engagea sur Bush pour remonter vers Nob Hill.

Maintenant qu'il avait fait l'idiot, il s'en voulait. Il avait voulu impressionner le Grand-Père ; jusqu'à présent, il avait saboté sa mission, paniquant et fuyant devant les horreurs de Delfonso. Et il osait demander des explications.

Quelle serait la réaction du patriarche ?

Avisant lentement la colline qui le ramenait chez lui, il songea à Kathy et s'avisa qu'il ne l'avait pas vue la nuit dernière. Il pensa aussi à Terry, dont il avait maintenant l'adresse.

Il est encore temps de s'occuper de cette affaire avant le lever du soleil, se dit-il.

Sullivan accéléra le pas en direction de l'appartement de Terry, à dix blocs de là. Revenu dans son monde, il était heureux d'avoir retrouvé son self-control.

Au coin de Franklin et de Sutter, il avisa un immeuble en briques de douze étages. Repérant le numéro de Terry sur la liste des locataires, il composa les chiffres sur l'interphone.

Quelqu'un décrocha.

— Allô ? dit une voix d'homme ensommeillée.

C'était Terry.

— Laisse-moi entrer, demanda le vampire.

— C'est qui ?

— Sullivan. On doit parler affaires.

— Quelles affaires ? Fils de pute, je ne discute pas business à quatre heures du matin, compris ? Casse-toi !

Le bruit d'un récepteur qu'on raccroche sans douceur céda vite la place au silence.

— *Fils de pute,* marmonna Sullivan.

Il sortit du porche et contourna l'immeuble pour atteindre l'escalier de secours. Bien que le bas de l'échelle soit à environ trois mètres du sol, c'était un obstacle mineur pour le vampire. D'un bond, il agrippa la barre la plus basse. De là, il parvint facilement à se hisser sur la plate-forme. Il monta les marches quatre à quatre sans se soucier du confort des locataires endormis.

Il s'arrêta au cinquième étage, celui de Terry, et regarda à travers la fenêtre. Le souteneur s'était rendormi, une femme à son côté. Sullivan se jeta contre la vitre, qui éclata littéralement.

Terry bondit hors du lit.

— Putain, qu'est-ce qui se passe ? s'écria-t-il.

Les poings serrés, il avança vers Sullivan. Son corps maigre était couvert de tatouages ; des cheveux grisonnants et sales lui tombaient sur le visage. Son pénis pendait lamentablement entre ses jambes.

— Va te faire foutre ! lança Sullivan en guise de réponse.

Il prit Terry par le cou et lui cogna la tête contre le montant de la porte.

Le bois éclata ; Terry tomba sur le sol. Du bout du pied, Sullivan le retourna, se disant que son sang serait sûrement excellent. Au vu des traces de piqûres, sur ses bras, il préféra s'abstenir. Il lui flanqua un coup de pied dans le menton et lui brisa la nuque pour s'assurer de sa mort.

Sullivan se tourna vers la silhouette cachée sous les couvertures. Il ne pouvait pas se permettre de laisser un témoin. Il tira les draps pour découvrir une blonde en slip, le visage sous un oreiller.

Le vampire l'attrapa par les cheveux et lui tira la tête en arrière.

C'était Kathy.

— Ne me tue pas, implora-t-elle. S'il te plaît. Je ne dirai rien.

Et merde, songea Sullivan en la lâchant.

Il ne pouvait pas se permettre de la tuer maintenant, pas après ce qu'il avait vécu cette nuit. Elle lui rappelait trop la Chinoise agonisante sur le chevalet de Delfonso. Son esprit s'emballa. Après tout, Kathy n'avait pas vu grand-chose. Rien qui pût compromettre son existence de vampire.

Il remonta les draps sur elle.

— D'accord, dit-il. Mais ferme-la. Et appelle les flics dès que je serai parti, compris ?

— Bien sûr, Sullivan.

Le vampire récupéra le pantalon de Terry, qui pendait à une chaise, et en retira un portefeuille. Il compta six cents dollars et les fourra dans sa poche. Les sirènes de police retentissaient dans le lointain. Les voisins avaient probablement entendu le tapage et prévenu les flics.

— Il faut que je parte, dit Sullivan à Kathy.

Avant de sortir, il s'arrêta, réfléchit un instant puis glissa une main dans sa poche.

Il en tira deux billets.

— Tiens, reprit-il. C'est l'argent que je t'ai pris l'autre soir. (Il le lança sur le lit.) Maintenant nous sommes quitte.

Il n'était pas certain de savoir pourquoi il faisait ça.

— Merci, répondit Kathy.

— Va voir Tran et mets-toi au travail. Je veux te savoir dans la rue demain soir.

Sullivan passa par la fenêtre brisée et disparut dans l'escalier de secours. Quelques minutes plus tard, il arriva dans sa chambre du *Drake Inn* de Pine Street. Derrière les volets clos, il se coucha paisiblement sur l'étroite paillasse qui lui servait de lit.

12 janvier

Quelque part dans le désert du Nevada, à l'est de Reno...

Un vieux Dodge rouge roulait à tombeau ouvert sur l'autoroute. Il avalait les kilomètres en direction de la côte. L'homme qui conduisait se pencha pour prendre une autre bière dans la glacière. D'une main experte, il la décapsula, bloquant le volant avec ses genoux.

Une main de nouveau sur le volant, il pencha la tête et avala à grands traits. Il sentit le breuvage froid couler le long de sa gorge. Ensuite, il augmenta le volume de la radio.

L'homme s'appelait Phillips. Le visage grêlé de tâches de rousseur, son long nez crochu était sa caractéristique la plus... proéminente.

Son regard restait fixé sur la route.

La voix qui parlait dans sa tête lui avait ordonné de venir ici. Il avait pour mission d'anéantir le démon. Le diable qui avait détruit sa famille et sa vie, celui qu'il s'était engagé à vaincre. Il avait déjà massacré plusieurs monstres, à des endroits différents du pays. Maintenant, Dieu était intervenu et le dirigeait. Il lui disait où trouver ses proies, et lesquelles il devait tuer en priorité.

Il constata que c'était sa dernière bière fraîche. Les autres se trouvaient dans le coffre, au milieu des cartons plein de bibles, d'hosties, d'ail frais et de pieux en bois.

Il obéissait à la voix qui le conduisait à San Francisco.

5

Sullivan s'éveilla le lendemain soir, juste après le coucher du soleil. En s'asseyant dans son lit, il se souvint des événements de la nuit précédente. La scène horrible dans la chambre de torture de Delfonso ; la mort de Domingo ; sa folle tentative à l'entrée de Chinatown.

Il s'était laissé emporté par la vision de la victime de l'Espagnol. Apaisé par le meurtre de Terry, Sullivan se sentait penaud. Qu'allait dire le Grand-Père ?

Il abandonna son matelas et passa un moment devant le miroir pour coiffer en brosse sa courte chevelure rousse. Ensuite il descendit l'escalier qui menait à la réception. Le refuge de Sullivan était situé au quatrième étage du vieil immeuble. Devenu un bordel, l'endroit avait été revalorisé comme le reste du voisinage. Il avait été converti en hôtel classe pour touristes. En passant devant un couple de vacanciers, Sullivan nota de la consternation dans leur regard. Le *Drake* coûtait environ deux cents dollars la nuit, et il ne semblait pas appartenir à la catégorie des veinards qui peuvent cracher une telle somme. Le couple ne réalisait pas que ce côté de Pine Street faisait jadis partie intégrante du quartier chaud. Il était alors plus lucratif. C'était avant que le *harcèlement* de la police pousse le prince à expatrier ses affaires au pied de la colline.

Le vampire trouva Chad, le veilleur de nuit souriant, derrière son comptoir. Goule apparentée à Loo, Chad était un Anglais blond et joyeux, parfait pour ce travail.

— Bonsoir, dit-il à Sullivan. J'ai un message pour vous. De la part de Loo.

Il tendit au vampire une enveloppe de papier de riz bleu.

— Merci.

Sullivan la décacheta et lut :

« Le Grand-Père requiert ta présence ce soir à dix heures.

Loo »

En bas, son ami avait rajouté un post-scriptum moins officiel :

« Etre là ou être quitte.

L. »

Sullivan sourit. Pourtant sa future rencontre avec le Grand-Père le troublait. Pendant des années, il avait espéré avoir un face à face avec son Aîné, mais il avait imaginé des circonstances plus favorables. Il avait failli. De plus, il avait eu la témérité de s'en plaindre. Le Grand-Père serait-il en colère ?

Il sortit et se dirigea vers le quartier chaud. Avant d'aller au rendez-vous, il voulait inspecter son territoire et prévenir Tran de son absence. Au magasin, il fut heureux d'apprendre que Kathy travaillait.

En descendant Golden Gate Avenue, il préleva sa part du revenu d'un dealer de crack et prit le temps de faire peur à un nouvel arrivant qui pensait pouvoir travailler pour rien. Après un rapide détour par l'est, vers O'Farrell, Sullivan fut satisfait de constater que tout était en ordre et qu'il pouvait s'absenter. Il partit pour Chinatown.

A vingt et une heure trente, Chinatown est un endroit mouvementé grouillant de touristes, de dîneurs et de badauds tardifs.

Les enseignes en chinois étaient éclairées par des lampes traditionnelles. Les néons criards désignaient plutôt les boutiques de souvenirs, de bijoux et de jade. De nombreux restaurants affichaient complets jusqu'à minuit passé. Les voitures roulaient au pas dans Grant Street, une voie unique. En conséquence, les gens qui voulaient traverser se faufilaient entre les véhicules. Les adolescents asiatiques — tous membres de différents gangs issus des tongs — arborant un air jeune et innocent trompeur, se postaient aux coins des rues et effrayaient les touristes. Ils n'allaient pas plus loin car le prince Vannevar Thomas avait interdit aux gangs et aux autres vampires de nuire au tourisme.

Loo attendait devant la porte de Chinatown quand Sullivan arriva. Il fit un salut formel à son ami. Loo lui rendit la pareille. Des touristes passèrent devant eux, inconscients du rituel en cours. Le Chinois parla le premier :

— Quel est ton but, mon frère ?

— Je suis venu rencontrer le Grand-Père. A sa demande..., répondit Sullivan.

— Alors entre, Enfant de la Famille.

Sullivan fit un pas sur l'invisible seuil.

— Heureux que tu aies ton audience, mon frère, dit Loo. Tu attendais ça avec impatience ?

— Ouais...

Sullivan souriait, mais il se sentait nerveux. Il avait attendu ce moment si longtemps qu'il ne savait plus très bien ce qu'il en espérait. Il remarqua que Loo semblait n'avoir aucune appréhension concernant cette rencontre.

Sullivan savait le Grand-Père très vieux ; sa réputation impliquait qu'il était très puissant. Mais jusqu'où allait son pouvoir ? Au début, quand ils étaient plus jeunes, Sullivan et Loo en avaient souvent discuté. Loo avait alors affirmé que le Grand-Père était plus puissant que Vannevar Thomas, mais qu'il préférait laisser le prince régner à sa place. Sullivan n'y avait jamais cru. Il était difficile d'imaginer un vampire plus puissant que le prince. Et si c'était vrai, pourquoi le Grand-Père passait-il son temps dans un trou ?

— Comment ça va à Chinatown ? demanda Sullivan.

Loo fit un signe discret à un jeune garçon qui les suivait. Voyant le signal, celui-ci décampa.

— Pas mal, répondit-il. C'est tranquille depuis l'affaire du cercueil de la Douairière.

Le cercueil en jade commandé par la vieille vampire contenait un « passager clandestin ». Un sorcier Tremere, Don Benedict, avait fini par localiser la créature, cachée quelque part dans le sous-sol de Chinatown et il l'avait expédiée dans l'autre monde.

— Alors elle est toujours en bon terme avec Vannevar ?

— J'en ai bien peur.

La Famille s'était peu occupée de la Douairière. Avec la bénédiction du prince, disait-on, la vieille s'était installée à Chinatown après le séisme de 1906. Depuis, elle faisait office de chef de territoire, mais la plupart des gens n'y voyait que l'influence et le pouvoir du Grand-Père. En échange de compensations lucratives, ce dernier n'avait émis aucune objection à sa présence. Officiellement, Sullivan devait allégeance à la Douairière, mais il la voyait rarement. Il n'avait pas eu d'audience avec elle depuis vingt ans et il avait toujours reçu ses ordres du Grand-Père et de la Famille.

Il était loyal par nature.

— Dommage, dit Sullivan qui souhaitait en secret la disparition de la Douairière.

Suivant son ami, il s'engagea dans une allée. Dans l'ombre, un immense Chinois décharné les attendait. La goule cadavérique nommée Chi était vêtue d'un costume marron mal coupé.

— Bienvenue Sullivan, dit-il d'une voix caverneuse.

Il était tel que Sullivan l'avait rencontré sur le bateau de la mort, des années plus tôt. Le teint jaunâtre, la peau tendue sur le visage, il mesurait dix centimètres de plus que Sullivan, mais pesait près de la moitié moins. Bien qu'il se nourrisse du sang du Grand-Père, il semblait ne jamais prendre un gramme.

— Salut, Chi, répondit Sullivan, heureux de le revoir.

En compagnie de Kwon, la vieille goule avait passé beaucoup de temps à aider Sullivan. Il lui avait enseigné l'art d'être un vampire et lui avait ouvert les portes de la Famille.

— J'espère que tu es prêt à rencontrer le Grand-Père ? demanda Chi.

Sullivan acquiesça.

— Alors que les esprits soient avec toi. Heureux est l'homme qui a un Grand-Père.

— Heureux est cet homme, reprirent Loo et Sullivan à l'unisson.

— Suivez-moi, dit la goule en souriant.

Tournant les talons, il descendit l'allée.

Les deux vampires lui emboîtèrent le pas.

A la première intersection, ils tournèrent à gauche et pénétrèrent dans l'arrière-boutique d'une poissonnerie dont l'entrée se situait dans la rue principale. Près de la porte, un Chinois coupait un énorme poisson avec un fendoir. Voyant le groupe entrer, il salua Chi sans cesser son travail. La goule fit passer Loo et Sullivan par un étroit escalier en bois menant au sous-sol de l'immeuble. Puis ils traversèrent un tunnel en béton qui les conduisit aux appartements du patriarche.

Sullivan n'avait jamais pénétré dans ce sanctuaire. Avant le grand séisme, il avait partagé des logements avec la Famille. Depuis il habitait seul sur Lower Nob Hill.

Dans le couloir, l'air était fétide. L'humidité se mélangeait à une odeur d'encens censée masquer le parfum de pourriture des murs.

— Assez terrifiant, hein ? murmura Loo en poussant Sullivan du coude.

Ce dernier grogna son assentiment. Apparemment, Loo non plus n'était jamais venu ici. Si Chi les avait entendu, il n'en laissa rien paraître.

— Attendez ici, dit-il. Je viendrais vous chercher.

Ils venaient d'entrer dans une petite pièce. Ecartant un rideau en soie, Chi sortit par une ouverture circulaire assez basse. Sullivan aperçut un rayon de lumière et capta un mouvement derrière le tissu.

Loo s'assit pendant que son ami examinait les objets qui décoraient la pièce. Des statuettes en jade et des ivoires sculptés remplissaient les nombreuses étagères.

Le rideau s'ouvrit de nouveau pour laisser passer Chi. Il s'était changé, arborant une bure de soie rouge identique à celle qu'il portait sur le bateau de la mort.

— Le Grand-Père va vous recevoir.

Il indiqua aux deux vampires d'entrer. Le passage menait à une chambre plus vaste que la première, faiblement éclairée par des lampes en papiers rouges. L'air était encore plus humide. L'odeur de mort et de pourriture était omniprésente. Soutenu par un tas de coussins, le Grand-Père était assis contre un mur.

— Bienvenue, mes fils, dit-il.

Sa voix profonde s'accompagnait d'un bruit de crécelle qui semblait sortir de sa poitrine. Son visage était caché par un grotesque masque noir et rouge représentant le diable. Il portait une ample tunique rouge et or qui dissimulait ses formes. Il gardait les bras croisés ; des gants dissimulaient ses mains.

— Bonsoir, Grand-Père, répondirent les deux vampires.

— Asseyez-vous.

Ses paroles étaient toujours ponctuées par le bruit ridicule provenant de son torse. Le patriarche bougea. Malgré la robe, Sullivan put voir combien il était grand. *De la taille de deux ou trois hommes normaux*, songea-t-il.

Chi prit position à côté du Grand-Père. Pour la première fois Sullivan remarqua que David était dans la pièce. Devenu un goule, ce Chinois d'origine se tenait à droite du patriarche comme s'il était de service.

— Je sais que vous êtes impatients d'apprendre pourquoi je vous ai convoqués, commença le Grand-

Père. Que s'est-il passé avec Delfonso la nuit dernière, Sullivan ?

Le vampire s'expliqua du mieux possible. Sa rencontre avec Delfonso, les propositions du vieux vampire, et la dépravation qu'il avait vue dans la chambre de torture secrète. Il raconta aussi qu'il avait été suivi par Domingo et pourquoi il l'avait tué sur les marches de l'Hôtel de la Monnaie.

Quand il eut terminé, il attendit anxieusement la réponse de son Aîné.

— Tu as bien fait, mon fils, dit le Grand-Père. Et il semble que tout ce que nous avons entendu sur notre vieil ami soit malheureusement vrai. J'ai bien peur qu'il soit un peu dérangé.

Se souvenant des détails, Sullivan éprouva de la répulsion pour Delfonso.

— Il est dangereux, renchérit-il. Et malade...

— Le prince Vannevar est de cet avis, dit le Grand-Père. Et moi aussi. Mais j'ai peur que Delfonso te rende responsable de la mort de son fils.

Sullivan fut choqué par cette version des faits. Il ne voyait pas les choses de cette manière.

— Domingo m'a attaqué, protesta-t-il.

— Tu l'as tué en dehors de notre territoire. Delfonso clame qu'il ignorait ta présence à Mission la nuit dernière et que Domingo faisait simplement respecter ses droits.

— Il ment, Grand-Père ! Tu le sais !

Pour ce genre de transgression, la punition pouvait être la mort.

— Silence, ordonna le patriarche. Le prince Vannevar connaît la vérité et il est de notre côté. Mais d'autres, faisant confiance à Delfonso, nous poussent à nous débarrasser de toi... Quoi qu'il en soit, nous devons frapper les premiers.

Sullivan jeta un coup d'œil à Loo.

— N'aies crainte, nous avons le soutien total du prince. En secret, bien sûr. Nous devons éliminer Delfonso une fois pour toutes.

Le Grand-Père marqua une pause pour reprendre son souffle. Dans le silence, le râle montant de sous sa robe était parfaitement audible. Sullivan et Loo attendirent patiemment que leur Aîné reprenne la parole.

— Mes Enfants, dit-il, je veux que vous éliminiez Delfonso.

Sullivan entendit les mots. Aussi saisissants qu'ils puissent être, il ne les comprit pas immédiatement. Son attention était mobilisée par autre chose. Un mouvement, derrière les fentes du masque, avait attiré son regard. Il tenta d'apercevoir la lueur de ce qu'il croyait être les yeux du Grand-Père. Il fut horrifié en voyant un ver gras et blanc sortir de l'orbite pour atterrir sur les genoux du patriarche. Chi fit un signe à David qui chassa la vermine avec un napperon en soie.

Le Grand-Père continua à parler comme si de rien n'était.

— Il est gâteux et menace notre bien-être. Il doit être détruit. Je veux que vous m'apportiez sa tête !

Cette fois, les mots s'imposèrent à Sullivan. Tuer Delfonso ? Pourquoi ?

Loo répondit par une formule rituelle. Sullivan s'inclina humblement pour signifier son approbation.

— Il faut agir vite, reprit le patriarche. Demain soir.

Sullivan et Loo s'inclinèrent de nouveau.

— Maintenant, partez. Et sachez que vous avez ma bénédiction et celle du prince.

Sans autre cérémonie, les deux vampires quittèrent la pièce. Chi les ramena à leur point de départ.

De retour sur Grant Street, Sullivan et Loo marchèrent vers California et entrèrent dans un restaurant appelé *Far East*. Dans un salon privé, ils passèrent le reste de la nuit à échafauder des plans pour assassiner leur rival. Aucun des deux ne fit allusion au ver qu'ils avaient vu sortir du masque du Grand-Père.

13 janvier

Le *Pinecrest Diner* sur Mason Street, San Francisco...

Assis au fond de la salle, l'homme au visage grêlé de tâches de rousseur prit une serviette dans le distributeur et essuya de sa bouche les traces de meringue au citron. En sirotant son café, il regarda la blonde, en face de lui, et médita sur sa chance.

Il était arrivé à Oakland. Ne connaissant personne, il avait suivi la voix qui le conduisait vers le révérend Hayes, une âme sœur pour lui.

Ayant besoin de distraction, il avait erré dans la ville. La route était longue depuis le Texas. Quel genre de prostituées devait-il chercher ? Une garce qui aurait des renseignements sur les gens qu'il traquait. Phillips avait rarement trouvé une utilité aux putains qu'il rencontrait. Pour lui, elles étaient des pécheresses incurables, condamnées à la damnation éternelle. Mais celle-ci était différente. Elle détenait des informations qui pouvaient lui être utiles

— Alors tu prétends que ce Sullivan ne sort jamais dans la journée, dit-il à la prostituée.

— Je ne l'ai jamais vu le jour, répondit la blonde. Et je ne crois pas que quelqu'un d'autre l'ait vu.

Kathy avait terminé sa tarte ; la serveuse s'arrêta pour remplir leur tasse.

— Autre chose ? demanda-t-elle.

— Non, merci, madame, répondit Phillips.

La prostituée mit du sucre dans son café, le goûta puis rajouta un morceau. *Comment s'appelait-elle ?* songea Phillips. *Kathy ? Katy ? Quelle différence, elles étaient toutes pareilles.*

— Et tu sais où il habite ?

— Je te l'ai dit, quelque part sur Pine Street, mais personne ne sait exactement où.

— Bien, souffla Phillips en sortant un stylo. Je te donne un numéro de téléphone...

Il griffonna des chiffres sur une serviette propre et lui tendit.

— S'il se passe quelque chose qui ressemble au truc dont je t'ai parlé, appelle-moi. Je suis juste sur le pont à Oakland. J'ai besoin d'aide.

La prostituée regarda la serviette où il avait noté le numéro, puis la rangea dans son sac.

— Merci, dit-elle.

Kathy se demanda à quelle sorte d'allumé elle avait affaire. San Francisco en était rempli, et il en arrivait de nouveaux chaque jour.

Après avoir payé l'addition, l'homme lui dit bonsoir et quitta le restaurant.

Quel taré, songea Kathy en le regardant descendre la rue.

6

La nuit suivante, Kathy et Sullivan attendaient à l'angle de Geary et de Jones Street. Le vampire surveillait anxieusement la rue, espérant apercevoir la limousine noire de Delfonso.

Kathy frissonnait. Elle ne portait qu'un slip et une tunique transparente sous une veste légère.

— Mon dieu, murmura-t-elle en claquant des dents. Où est ce type ?

— T'inquiète pas, la rassura Sullivan, il va arriver.

— C'est quoi cette histoire ? Tran m'a dit qu'il était « spécial ».

— C'est un adepte du SM soft. Rien de plus. Je suis là au cas où.

Kathy était impressionnée par l'inquiétude de Sullivan. Jamais elle ne l'avait vu porter autant d'intérêt à une de ses filles.

Il les laissait généralement livrées à elles-mêmes...

C'est gentil, se dit-elle, *mais je vais vraiment attraper froid.*

Sullivan ne lui prêtait aucune attention, car il était concentré sur la circulation, craignant que ce vieux bâtard flaire le piège et file.

Alors il aperçut la limousine. A première vue, Delfonso était tombé dans le panneau.

Sullivan avait contacté le vieux vampire pour s'excuser de sa fuite. Il s'était expliqué sur la mort de

Domingo, et, à sa grande surprise l'Espagnol s'était montré agréable. Il avait refusé d'entendre les excuses de Sullivan, prétendant que Domingo avait agi seul. Ce fils gênant, avait-il dit, desservait ses projets. La plainte posée devant le prince n'était qu'une formalité visant à protéger ses intérêts.

Delfonso était ravi de rencontrer Sullivan cette nuit. Ce dernier lui avait promis un festin spécial pour sceller leur accord.

— Kathy, tiens-toi prête, ils arrivent.

La limousine se gara au bord du trottoir ; la portière arrière s'ouvrit, révélant l'intérieur en velours rouge sang. Comme à l'accoutumée, Delfonso portait ses vêtements noirs « officiels ».

— Salut ! lança Kathy, bondissant sur la banquette arrière et se collant contre son client.

Sans se presser, Sullivan entra dans le véhicule.

Sur le chemin de Mission, la conversation ne fut pas très soutenue. Les minauderies de Kathy accaparaient l'attention de Delfonso pendant que Sullivan, perdu dans ses pensées, regardait le paysage.

Leur plan dépendait de Loo, chargé de pénétrer dans la maison de Delfonso en son absence. Le Chinois était expert en serrures mais s'il échouait, l'embuscade tomberait à l'eau. Sullivan se retrouverait piégé avec l'ignoble Delfonso, obligé de torturer et de tuer Kathy. A ses yeux, elle n'était qu'une prostituée comme une autre, pourtant il ne voulait pas revivre ce genre de scène. Il imagina Kathy sur le chevalet à la place de la Chinoise. Sentant un désir impie monter en lui, il chassa l'image de son esprit.

Il se retourna et vit le vieux débauché en train de caresser la poitrine de la jeune femme. Sa lubricité le dégoûtait, mais il fit un effort pour afficher un sourire.

Juan les déposa devant la maison. Ils entrèrent. Laissant les deux vampires, Kathy gagna la salle de bains. Delfonso la regarda se dandiner en traversant le hall.

— Joli choix, dit-il après que Kathy eut fermé la porte. Et une vraie pécheresse...

Sullivan s'obligea à sourire et recommença à s'excuser.

— Désolé pour l'autre nuit. Je ne sais pas ce qui m'a pris...

— Tais-toi, coupa Delfonso. Il n'y a pas de quoi s'inquiéter. Pour nous, les chemins qui mènent à Dieu sont périlleux et effrayants. Ma première expérience avec un *agneau* a été similaire à la tienne. Depuis j'ai appris. Je suis certain que tu finiras par aimer ça.

Kathy reparut. Le vieux vampire la félicita de sa beauté. Puis il les conduisit dans l'escalier menant au sous-sol. La jeune femme suivait Delfonso et Sullivan fermait la marche. Traversant le sous-sol, il empruntèrent le couloir qui reliait le refuge de l'Espagnol à la chambre de torture. Sullivan passa devant Kathy pour se préparer à l'attaque. Ignorant le but de la manœuvre, la jeune femme s'arrangea pour s'intercaler de nouveau entre lui et sa victime.

Saisissant Delfonso par les hanches, Kathy esquissa quelques pas de rumba le long du passage.

Si tout marchait bien, Loo devrait se trouver dans la chambre de torture, derrière la porte. Sullivan et son ami avaient prévu de frapper Delfonso simultanément, mais Kathy était au milieu.

Elle resta accrochée au vieux fou pendant qu'il déverrouillait la serrure. Il ouvrit la porte avant que Sullivan ait pu prendre position, Kathy continuant innocemment à saboter son plan. Il aurait voulu attraper Delfonso par derrière pendant que Loo se précipiterait sur lui pour lui enfoncer un pieu dans le cœur.

Au moment où l'Espagnol entrait, il vit Sullivan se précipiter vers lui. Immédiatement soupçonneux, il se retourna pour se retrouver face à Loo. A cet instant, il réalisa qu'il était tombé dans un piège.

Delfonso repoussa l'attaque du Chinois. D'un coup de pied, il l'expédia contre le mur, et le pieu tomba par terre. Ecartant Kathy, Sullivan se jeta sur l'Espagnol avec une telle force qu'ils s'écrasèrent tous deux contre la cloison.

Delfonso se redressa le premier. Avec une force insoupçonnée, il plaqua Sullivan au sol. Le vieux vampire sortit ses crocs, se préparant à les lui planter dans la gorge. Mais Loo, de nouveau sur pied, leva sa hachette et la lança à travers la pièce. Elle se planta dans l'omoplate de Delfonso.

Le sang jaillit de la blessure. Hurlant, l'Espagnol arracha l'arme de sa chair. Mais il avait lâché Sullivan assez longtemps pour que celui-ci puisse se dégager.

Horrifiée par le combat, Kathy hurlait comme une folle.

Delfonso se leva et, dans le brasero, récupéra un fer chauffé au rouge qu'il mania comme une épée. La pointe incandescente décrivait des cercles lumineux dans la pénombre de la pièce.

— Alors, dit-il en s'approchant de Loo et de Sullivan, qui reculaient, ton ami asiatique et toi vous vouliez m'avoir, hein ?

L'expression de Delfonso, défiguré par la haine et la rage, fit hurler Kathy de plus belle.

La remarquant enfin, Sullivan cria :

— Sors d'ici ! Va-t'en !

La jeune femme hésita un instant puis s'enfuit. Sullivan entendit ses pas résonner dans le couloir.

— J'espère que tu ne penses pas qu'elle est allée chercher de l'aide ? railla Delfonso en lorgnant Sullivan.

— Non, répondit ce dernier. Mais il n'y a aucune raison qu'elle y passe aussi.

— J'aurai tout le temps de m'occuper d'elle après en avoir fini avec vous, ricana l'Espagnol en avançant.

Il voulut frapper Sullivan, qui s'écarta de justesse, évitant d'être brûlé par le tison. Delfonso fit la même chose à Loo qui esquiva en souplesse.

— Vous êtes plus habiles que je le croyais. Mais pas encore assez, j'en ai peur.

L'attention de Delfonso étant focalisée sur Loo, Sullivan saisit l'occasion pour récupérer le pieu. Delfonso le vit bouger et se retourna.

— Tu penses pouvoir me vaincre ? cria-t-il.

Il se précipita. Le tison lâcha dans l'air une myriade d'étincelles. Par de petits coups habiles, l'Espagnol touchait Sullivan à la tête et aux épaules, lui brûlant la peau, les cheveux et les vêtements. Incapable de parer ces assauts, le vampire ne pouvait que tenter de se protéger le visage. Soudain Delfonso bondit et lui transperça le flanc. L'odeur de la chair brûlée envahit la pièce.

Sullivan hurla de douleur et saisit le tison pour le retirer de son corps. Mais Delfonso était trop fort. Il continua d'acculer sa victime contre le mur, fouillant la blessure avec son arme.

— Tu vas mourir, Sullivan. Et tu répondras de tes péchés. Prépare-toi à rejoindre Rosalita, traître !

Obsédé par sa proie, il en oublia Loo. D'un mouvement rapide, le Chinois lui flanqua un coup de hachette dans les genoux avant de sauter hors de portée. Pris par surprise, ses jambes se dérobant sous lui, Delfonso hurla en basculant en arrière.

Saisissant sa chance, Sullivan arracha le tison qui lui déchirait les chairs. Puis il se précipita sur Delfonso et le frappa avec le pieu. Le sang gicla du dos de l'Espagnol et alla éclabousser le sol. Delfonso se redressa et cracha un long filet de sang avant de s'immobiliser.

Trente minutes plus tard, l'Espagnol était solidement attaché au chevalet de torture.

Sullivan retira le pieu de son dos.

— Que vas-tu faire ? demanda Delfonso.

— Juste un petit *remboursement*, répondit Sullivan en finissant de serrer les câbles. On va te tuer.

Delfonso resta prostré un moment. Puis, changeant de ton, il dit :

— Sullivan, tu n'es pas sérieux.

Il haussa les sourcils comme s'il était victime d'une farce.

— Aussi sérieux que je peux l'être, répondit Sullivan sans lever les yeux.

Il se plaça derrière la machine infernale et fit tourner la roue. Delfonso cria de plus en plus fort pendant que les câbles se tendaient. Le corps du vieux vampire s'étirait au-delà des limites de la physiologie.

— Une petite séance de ta *médecine* sera bénéfique à ton âme, lui lança Sullivan.

Il ouvrit la boîte à outils et s'empara de longues pinces noires.

— Ça fera l'affaire, dit-il, se tournant vers Delfonso. Prépare-toi à rencontrer ton dieu, pécheur.

En prononçant ces mots, Sullivan planta le bout de la pince dans le torse de sa victime et l'enfonça profondément. Prenant appui sur le bord d'une côte, il souleva l'os, puis le sépara lentement de l'épine dorsale de l'Espagnol. Ensuite il finit de l'arracher à la main tandis que la chambre de torture s'emplissait des hurlements de Delfonso.

Sullivan agita la côte devant le visage de son ennemi.

— Alors tu aimes ça ? cria-t-il.

Il jeta l'os de côté et recommença. A chaque assaut de Sullivan, Delfonso hurlait de douleur.

Assis dans un coin, Loo observait la scène avec fascination. Perdant la raison, Delfonso revivait son passé. Il se revoyait mourir entre les mains des prêtres aztèques qui pensaient perpétuer leur lignée en sacrifiant un Blanc à leur dieu. Comme ses victimes, Delfonso avait connu la souffrance d'avoir le cœur arraché de la poitrine. Contrairement à elles, il avait retrouvé la vie, condamné à mener l'existence d'un vampire immortel.

Deux heures plus tard, Delfonso n'était plus qu'une masse informe de chair déchiquetée qui laissait apparaître les os et les muscles. Ses membres avaient été brisés à coups de maillet et son cerveau menaçait d'être détruit par la douleur. Trop brisé pour crier, l'Espagnol restait silencieux. On n'entendait que le craquement du chevalet et le bruit du sang qui gouttait sur le sol. Assis sur la boîte à outils, Loo attendait. Il commençait à s'ennuyer et la scène l'écœurait un peu.

— Tu ferais mieux d'arrêter, dit-il, regardant sa montre. Il va bientôt faire jour.

— D'accord, dit Sullivan. Je prends la tête de ce porc.

Il saisit la scie à métaux et prit Delfonso par les cheveux. Lui tirant la tête en arrière, Sullivan le regarda dans les yeux et plaqua la lame sur sa gorge.

— J'espère que tu t'es confessé, railla-t-il.

Incapable d'émettre un son, tremblant de peur, Delfonso battit des paupières.

Alors la hache de Loo lui trancha le cou.

La tête de Delfonso roula par terre. Ses yeux devinrent vitreux.

L'Espagnol était mort.

— Ça suffit, dit Loo. Foutons le camps d'ici !

Enduisant la tête d'une pâte censée retarder le processus de décomposition, les deux vampires se préparèrent à quitter les lieux. Déjà, le corps multi-centenaires de l'Espagnol se désintégrait. Ses restes exposés sur le chevalet devenaient noir, suppuraient en gouttant sur le sol. Loo et Sullivan refermèrent la porte sur ce spectacle grotesque.

— On ferait mieux d'appeler un taxi, dit le Chinois en gravissant les marches.

A la cuisine, Sullivan enveloppa la tête dans du plastique et la fourra dans un sac pendant que Loo appelait un taxi. Son ami parti guetter l'arrivée du véhicule par la fenêtre du salon, Sullivan s'assit tranquillement, le crâne de l'Espagnol sur les genoux.

Quand le Grand-Père avait demandé la tête de Delfonso, Sullivan avait pensé que c'était uniquement pour constater sa mort. Mais Loo lui avait appris que Chi savait prédire le futur en utilisant des crânes. A cause de leur grand âge, les vampires étaient très utiles, leurs têtes fournissant souvent de grandes prophéties. Loo pensait que la méthode était similaire à celle employée avec les écailles de tortues, mais il avouait n'avoir jamais vu le procédé. Attendu l'âge canonique de Delfonso, son crâne devait avoir une grande valeur.

— Je remettrai la tête à Chi ce soir, dit le Chinois, de retour dans la cuisine.

— Je préfère la garder. Demain nous irons ensemble la livrer au Grand-Père.

Vexé par la remarque, Loo préféra ignorer son compagnon. Il retourna attendre le taxi. Sullivan, lui, voulait être certain d'assister au rituel.

— Il est là ! cria Loo. On y va.

Ils sortirent, montèrent dans le taxi et demandèrent au chauffeur de les ramener en ville.

Aucun des deux hommes ne remarqua la présence du vieux Dodge rouge qui démarra derrière le taxi et les suivit. Le conducteur avait le visage grêlé de tâches de rousseur et la passagère, une femme blonde, semblait terrifiée.

14 janvier
Dans les rues sombres de Chinatown...

Don Benedict se hâtait car il avait un rendez-vous. Passant la petite entrée des Six Compagnies, il fut conduit dans l'anti-chambre de la Douairière.

Il se demandait ce qu'il faisait là. Il se sentait responsable de son clan, de ses frères Tremere et de son supérieur, Honerius, mais il n'aimait pas ce que ce dernier attendait de lui. Ses efforts pour s'approprier le trône de Vannevar pouvait plonger la ville dans le chaos et coûter cher au clan. San Francisco était une des provinces les plus stables de la côte ouest. Sans la puissance de Vannevar Thomas, la ville tomberait aussi bas que Los Angeles, ruinant les plans des Tremere.

Un serviteur apparut ; Don Benedict fut introduit auprès de la Douairière.

Un éventail à la main, elle resplendissait dans une robe de soie brodée. Un temps considérée comme la plus belle femme de Chine, elle souffrait aujourd'hui l'infortune d'être un membre du clan des Nosferatu, la branche vampirique maudite par Caïn lui-même. Sa peau était devenue bleu pâle, son visage difforme étant constellé de verrues. Ses mains griffues tremblaient sans cesse.

— Don Benedict, roucoula-t-elle derrière son éventail, qu'est-ce qui t'amène ce soir ?

— Veuillez excuser cette visite inopinée, dit l'homme en s'inclinant. Et merci de me recevoir si vite.

— J'ai toujours du temps pour toi. Quelle est l'*urgence* dont tu voulais m'entretenir ?

— Je veux vous parler d'un complot qui vise à détrôner le Grand-Père.

D'ordinaire, leurs conversations prenaient un tour moins direct qui convenait mieux aux habitudes de la Douairière.

Elle connaissait l'existence de la conspiration depuis le début et n'avait pas vu l'intérêt d'en informer Don Benedict.

— J'ai entendu des rumeurs, mentit-elle.

En fait, elle attendait que le prince lui communique les réactions des autres vampires à la mort de Delfonso et la tienne au courant de la progression du complot contre le patriarche.

— J'espère que les plans du prince se déroulent convenablement, ajouta-t-elle.

Don Benedict comprit l'essentiel de la machination. Utilisée pour la divination, la tête de Delfonso, un vampire d'origine aztèque, pouvait donner de fausses informations. Le prince en était avisé depuis longtemps par son garde du corps et conseiller, Hortator, un autre vampire aztèque. C'était lui qui avait entrevu les possibilités de cette situation. Honerius devrait utiliser ses pouvoirs magiques pour décrypter et *altérer* le futur. Tous savaient que le Grand-Père avait peur de son fils, Sullivan, et qu'il sauterait sur la première occasion de le condamner. Jusqu'à présent, Sullivan ne lui avait fourni aucune raison de le faire. Une prédiction le désignant comme un ennemi potentiel de la Famille serait providentielle.

— Jusqu'ici, oui, puisque Delfonso est mort, dit Benedict en consultant sa montre. Sullivan et Loo vont ramener sa tête au Grand-Père. Alors la divination aura lieu.

— Je vois, souffla la Douairière sans mentionner qu'elle était au courant de ce détail et de bien d'autres choses. Mais je crains de ne pas être convaincue de la viabilité du plan. Chi participera sans doute à l'interprétation, et il ne se laissera pas facilement duper. Ma patrie est le nid d'innombrables mystères dont certains me restent inconnus.

— Vannevar et Honerius sont persuadés que le Grand-Père cherche toujours une excuse pour se débarrasser de Sullivan, dit Benedict. Une fois la fausse prophétie accomplie...

— Je sais, je sais. La prophétie. Leurs actions forceront Sullivan à devenir ce qu'ils redoutent. Ainsi, ils réaliseront leurs prophéties et causeront leur propre perte.

La Douairière soupira.

— Mais il y a plusieurs variantes, ajouta-t-elle.

Hésitant à révéler ce qu'il avait appris, Don Benedict ne répondit pas. La Douairière remarqua de l'indécision sur son visage.

— Autre chose ? demanda-t-elle.

— Oui. Honerius a attiré en ville un curieux personnage. Un fou qui veut exterminer tous les vampires. Seul, il ne représente pas une grande menace, mais...

— Tu crains qu'il contrarie nos plans.

Benedict acquiesça.

— C'est noté.

Il remercia la vieille femme de sa patience et quitta la pièce. De retour dans la rue, il se demanda s'il avait ou non trahi son clan.

Dans sa chambre, la hideuse vieille méditait sur le secret que lui avait révélé Benedict. Elle avait passé de nombreuses années à tenter d'atteindre son but. Pas question de perdre le contrôle de la situation.

Tous les plans que j'ai échafaudés pendant des années et qui ont mis des décennies à porter leurs fruits doivent être « arrosés » avec prudence, songea-t-elle. *Et je suis une honorable jardinière ! N'aies crainte, Don Benedict, je m'occupe de tout.*

7

Le lendemain soir, Sullivan se réveilla de bonne humeur. Attendant d'aller porter son trophée au Grand-Père, il fredonnait en enfilant sa veste. Avant de partir, il ouvrit le tiroir où il avait placé la tête.

Il était vide.

Une tache noire, toujours gluante, marquait la place où il avait posé le crâne. Sullivan renifla l'air et identifia une odeur d'humain. Quelqu'un était entré dans son refuge pendant qu'il dormait et avait emporté la tête de Delfonso. Il crut reconnaître un parfum.

Kathy fut la première personne à qui il pensa.

Se ruant à la réception, il se dirigea vers Chad, assis à son bureau. Il le saisit par le poignet.

— Qui est monté dans ma chambre aujourd'hui ?

— Personne, monsieur Sullivan. Il y a quelques heures, une jeune femme est venue livrer un message, mais elle n'a fait que l'aller-retour.

— Une blonde ?

— Oui.

— Tu es sûr qu'elle n'est restée qu'une minute ? As-tu remarqué si elle portait quelque chose qu'elle n'avait pas en arrivant ?

— Je ne l'ai pas vue redescendre, avoua Chad. Elle a *dit* qu'elle en avait pour une minute. Je suis sorti pour arroser les plantes. Elle a dû passer quand j'étais occupé...

— Ou elle a pris l'escalier de derrière... Peut-être plus tard.

— Je ne pense pas, monsieur.

Sullivan lâcha le poignet de la goule.

— Appelle Loo, ordonna-t-il à Chad en passant la porte. Dis-lui que je serais en retard.

Il prit la direction du quartier chaud, se demandant dans quel cauchemar il venait de tomber. S'il ne récupérait pas la tête, que déciderait le Grand-Père ? Cette idée le faisait frissonner. Il avait été présomptueux en voulant garder le trophée dans sa chambre. Pourquoi n'avoir pris aucune précaution ?

Sullivan s'arrêta chez Tran et apprit que Kathy ne s'était pas montrée de la nuit. Il n'en fut pas surpris. Il quitta le magasin sans offrir à Tran la nourriture qu'il espérait. Puis il s'enfonça dans le quartier chaud.

Que mijotait Kathy ? Que voulait-elle faire de cette tête. En tirer une rançon ? Stupide putain ! Qu'est-ce qui lui passait par l'esprit ? Dès qu'il lui aurait mis la main dessus, il lui donnerait une bonne leçon.

Il se lança à la recherche de Celia, une prostituée noire qui travaillait pour lui depuis deux ans. Elle était l'amie de Kathy. Si cette garce prenait contact avec quelqu'un, ce serait avec elle.

Le vampire trouva Celia dans une allée d'Eddy Street. Penchée à la portière d'une voiture blanche, elle s'*occupait* d'un jeune cadre dynamique.

— Laisse-le tomber, ordonna Sullivan. Je veux te parler.

Le client brailla quand la boucle de la ceinture de Celia frôla son pénis.

— Merde, Sullivan ! cracha la prostituée. Que veux-tu faire ? Emasculer ce type ?

— La ferme ! beugla le vampire.

Furieux, le jeune homme reboutonna son pantalon. Il ouvrit la portière et s'apprêta à sortir de la voiture.

— Dis donc toi..., commença-t-il.

— Ta gueule ! rugit le vampire.

Il repoussa le type sur son siège et ferma la portière.

— C'est toi qui écoutes ! Voilà ta monnaie, cracha-t-il en sortant quarante dollars. Maintenant casses-toi.

Reconsidérant la situation, le col blanc démarra. Pendant ce temps, folle de rage, Celia faisait mine de filer. En deux enjambées, Sullivan fut à sa hauteur. Il l'attrapa par les cheveux.

— Aïe ! Qu'est-ce qui t'arrive, Sullivan ? Tu deviens fou, ou quoi ?

Elle tenta de se libérer, mais il affermit sa prise.

— Je cherche Kathy. Tu l'as vue ?

— Elle ne travaille pas cette nuit. Elle m'a chargée de te dire d'aller te faire foutre.

Sullivan la lâcha. Furieuse, elle se tourna vers lui.

— Ouais. Elle a dit que je te transmette ça aussi.

Elle fouilla dans son sac et en tira un bout de papier.

— Elle est partie rendre visite à une tante malade, à Oakland, reprit Celia. Elle m'a refilé cette adresse au cas où tu aurais besoin d'elle.

Sullivan jeta un coup d'œil sur le papier. L'ouest d'Oakland, de l'autre côté de la baie, dans le quartier pauvre, près du bord de mer.

— Elle t'a dit de me donner ça ?

— Ouais ! dit Celia en se recoiffant. J'ignore pourquoi cette folle croit que tu voudras la voir, mais elle pensait que tu la chercherais.

— Merci, dit Sullivan.

Il s'en fut.

Il prit le train à la gare souterraine de Powel, sous Hallidie Plaza. Quelques minutes plus tard, il roulait sous la baie. A la vitesse de cent kilomètres à l'heure, circulant dans un tunnel sous-marin, il se dirigeait vers Oakland.

Le train sortit du tunnel pour emprunter une voie surélevée dominant les chantiers navals, les usines et les habitations miteuses de l'ouest d'Oakland. A travers la vitre, Sullivan aperçut une hélice d'au moins trois mètres de diamètre fixée à la poupe d'un navire. Son regard s'attarda sur la baie et sur les chantiers. Il se souvenait de son passé de marin. *Il y avait eu des jours difficiles,* songea-t-il, mais plus simples que ceux qu'il vivait aujourd'hui.

Sa situation lui revint en mémoire. Ses pensées se tournèrent vers la tête perdue promise au Grand-Père. La pression monta pendant qu'il attendait que le train arrive à destination.

Il descendit à la station surélevée la plus à l'est de la ville et emprunta les rues sombres qui passaient dessous. Vers le nord, où le conduisait l'adresse laissée par Kathy, le quartier devenait plus « résidentiel ». Il était composé de maisons individuelles agrémentées de petits jardins donnant sur le chantier naval et les entrepôts qui longeaient la baie. Un petit supermarché, fermé à cette heure de la nuit, se dressait au coin d'un rue, près d'un bar d'où s'échappait de la musique. Ailleurs, l'endroit était calme et désert.

Un bon nombre de maisons étaient vides parce qu'on les avait récemment déclarées insalubres. Bien qu'habitées, les autres semblaient en piteux état.

A travers les fenêtres des salons, Sullivan apercevait les lumières des téléviseurs. Les chiens parqués dans les arrière-cours aboyaient sur son passage. Il n'y avait pas âme qui vive dans les rues.

Bientôt, Sullivan s'arrêta devant ce qu'il cherchait. C'était un immeuble construit avec des blocs de cendres, peints en blanc à l'origine, mais aujourd'hui couverts de graffitis. Une enseigne défraîchie annonçait qu'il s'agissait de l'atelier de carrosserie d'Oakland ouest. Il semblait évident qu'il était fermé depuis longtemps.

Tournant le coin de la rue, Sullivan chercha un signe de vie, mais n'en trouva aucun. La maison suivante, similaire à la précédente, était habitée. Au-dessus de l'entrée, un néon indiquait : « Première église africaine Baptiste, révérend Jonah Hayes, pasteur ». Sullivan retourna à la première boutique et regarda à travers la vitre.

Il s'agissait de la devanture du magasin, ou du moins de ce qui en restait. Un grand bureau en métal était retourné sur le sol, un classeur renversé à côté. Des fioles cassées et d'autres détritus jonchaient le parquet. La pièce avait sans doute été cambriolée. Sullivan poussa la porte qui s'ouvrit avec un grincement.

Son instinct lui soufflait qu'il s'agissait d'un piège mais il était prêt à prendre tous les risques pour retrouver la tête de Delfonso. *Cet endroit est trop effrayant pour Kathy,* songea-t-il, *même si elle a trouvé des amis pour l'aider.*

Son calme retrouvé, il franchit le seuil de la boutique.

— Kathy ? appela-t-il.

Il entendit un bruit sourd suivi d'une plainte étouffée.

— Kathy ? répéta-t-il en restant dans l'encadrement de la porte.

Ses yeux de nyctalope ne virent rien d'autre que des cartons vides et quelques bidons de peinture. Le bruit semblait provenir de l'arrière-boutique, près de la cabine de séchage.

Sullivan s'enfonça lentement dans l'obscurité. Entrant dans la cabine de séchage, il entendit un bruit au-dessus de lui.

Levant la tête, il vit une forme animale tomber sur lui.

Assommé, il s'effondra sur le sol.

15 janvier
Quartier général du FBI, Washington...

L'agent Moynahan retira la feuille du fax dès qu'elle fut imprimée. Il s'agissait du signalement d'un tueur en série qui sévissait dans le Nevada. Moynahan voulait s'assurer que les renseignements iraient directement sur le bureau de son supérieur.

L'inspecteur Klein prit le fax et lui jeta un bref coup d'œil. Le suspect avait été signalé à Reno.

— On dirait notre homme, fit Klein. La description correspond.

— Qu'est-ce que Phillips va chercher sur la côte ouest ? Il n'y a ni ami ni parent, d'après ce que nous savons.

— Peut-être le hasard, lança Klein. Il a éliminé tous ceux qu'il croyait responsables de la mort de sa famille. Personne ne peut dire où il frappera la prochaine fois.

Phillips était un prédicateur baptiste texan de Dallas soupçonné du meurtre de six membres de sa paroisse, qu'il accusait d'avoir tué sa femme et ses deux enfants. L'affaire ne serait jamais jugée. Phillips avait décapité ses victimes. Ensuite il avait planté un pieu dans leur poitrine et rempli leurs bouches d'hosties et d'ail. Nul doute qu'on le déclarerait fou.

— A Austin, nous avons deux meurtres qui portent sa signature, reprit Klein. Et deux autres disparitions, à Phoenix, correspondent à son mode opératoire.

L'inspecteur fouilla sur son bureau, trouva un dossier et le tendit à Moynahan.

— Voilà le profil du type, dit-il. Tout ce que nous savons sur son fanatisme religieux, son alcoolisme, son penchant pour les prostituées, plus les détails répugnants, y compris son arrestation pour abus conjugaux. Faxe l'essentiel à San Francisco, San José et Sacramento. Dix contre un que notre homme se fera remarquer dans pas longtemps.

8

— Bonsoir, monsieur Sullivan.

Au son de la voix, le vampire se réveilla. Se forçant à ouvrir les yeux, il distingua devant lui un homme vêtu d'une robe noire à capuche. Tout ce qu'il pouvait voir de l'étranger était son visage grêlé de tâches de rousseur et vindicatif.

Sullivan tenta de bouger, mais il était suspendu par les poignets, quelques centimètres au-dessus du sol. La chaîne qui liait ses mains était solidement arrimée à une poutre. Une vieille lampe à huile était posée sur un bidon vide.

— Que se passe-t-il ? demanda Sullivan.

Il avait la gorge sèche.

— Juste un petit coup sur la tête, c'est tout, répondit l'homme avec un accent texan. Mon associé, un peu maladroit, est tombé sur vous.

— Que voulez-vous ? demanda le vampire.

— Nous voulons votre mort, n'est-ce pas révérend Hayes ?

Un Noir entra dans la pièce. Son costume trois pièces lui donnait l'air d'un conservateur BCBG. Ses lunettes à monture métallique allaient à merveille à son visage sévère et désapprobateur.

— C'est ça, monsieur Phillips, approuva le révérend en s'approchant pour voir Sullivan de près. C'est ça...

— Tu vois, le révérend et moi avons le même avis sur les buveurs de sang, dit Phillips. Nos raisons sont différentes, mais notre but est identique.

Il rit et ajouta :

— Qui a dit que les Noirs et les Blancs n'avaient aucun point commun ?

— Où est Kathy ? demanda Sullivan.

— La pute ? Elle est loin. Nous lui avons offert un billet d'avion en échange de son aide.

C'est grâce à elle que leur foutu plan a marché, pensa Sullivan.

— Ce fut une chance inespérée de tomber sur une prostituée qui connaissait un vampire. Mais la chance me sourit depuis quelque temps. Grâce à elle, j'ai également rencontré le révérend Hayes.

— On commence ! pressa Hayes, ignorant son collègue.

— D'accord, mais d'abord...

Il prit un grand sac et en sortit la tête de Delfonso. Il la plaça sur le bidon, à côté de la lampe, faisant en sorte que les yeux soient braqués sur Sullivan.

— Le public, railla-t-il. Pour être légale, une Inquisition a besoin de témoins.

Les deux hommes se mirent au travail.

Un heure plus tard, le corps de Sullivan était couvert de sang et ses deux bourreaux suaient comme des porcs. Le révérend Hayes avait enlevé sa veste, son gilet et sa cravate. Les deux sadiques avaient questionné sans fin leur victime. Qui était le prince ? Qui était son supérieur ? Où se cachaient les Ventrue, les Tremere et les autres clans du monde secret des vampires ? Sullivan ne parla pas, refusant même d'admettre son propre vampirisme. Mais il lui parut évident que les deux hommes en savaient autant que lui sur le sujet.

— Je crains que nous arrivions au bout de notre patience et de notre temps, Sullivan, déclara finalement Phillips.

Il tenait toujours la barre de fer avec laquelle il avait battu le prisonnier.

— Le soleil se lèvera dans une heure et tu mourras de toute façon. Pourquoi ne pas nous dire ce que nous voulons savoir ?

Sullivan lui cracha au visage.

— Mange-merde, lâcha-t-il.

Fou de rage, Phillips lui enfonça la barre dans l'estomac.

— Surveillez-le, révérend Hayes, dit-il en quittant la pièce. Je vais pisser un coup.

Hayes avança. Il était grand et semblait costaud. Sa chemise blanche était trempée de sueur et couverte de poussière.

Sullivan tenta le tout pour le tout.

— Que faites-vous avec ce fou ? demanda-t-il doucement.

Le révérend ne répondit pas, trop occupé à vérifier la solidité des chaînes qui immobilisaient le vampire.

— Parfois, Dieu envoie des monstres pour nous aider à combattre les démons, finit-il par dire.

— Il vous apportera un tas d'ennuis, insista Sullivan. Laissez-moi partir et je promets de ne souffler mot à personne de cette histoire.

Le révérend étouffa un petit rire.

— Tu ne comprends pas, vampire ! Je désire ta mort autant que ce fou ! Après en avoir fini avec toi, je m'occuperai de lui comme il le mérite.

Sullivan réalisa que le visage de l'homme lui était familier. Il l'avait déjà vu dans les années soixante. Taylor de son vrai nom, il faisait partie des Panthères de la Mort, une fraction radicale des vieilles Panthères Noires d'Oakland. Accusés d'actes de terrorisme et de meurtres, la plupart des types avaient fini en prison, sauf quelques-uns, qui avaient pris la fuite. Hayes était du nombre. Il avait vieilli, mais Sullivan était sûr de le reconnaître. Cette découverte lui confirma que ses chances de survie étaient nulles.

Hayes le frappa dans les côtes.

— Parle, sale Blanc, gronda-t-il. Vide ton sac !

Sullivan sourit en grinçant des dents. Il continua de se taire.

— Un petit encouragement ? demanda Taylor en lui flanquant un nouveau coup de barre.

Sullivan se contorsionna pour tenter de se libérer. Il savait qu'il n'avait plus beaucoup de temps.

Alors retentit un bruit de verre cassé, sans doute une fenêtre. Sullivan ouvrit les yeux à temps pour voir Loo passer par la fenêtre brisée et atterrir sur le Noir.

Ils s'écrasèrent ensemble contre le mur. Loo se dégagea le premier et se releva au moment où, attiré par le vacarme, Phillips entrait dans la pièce. Avant qu'il ait pu comprendre ce qui se passait, Loo l'agrippa par la nuque et le précipita contre le mur. Phillips s'effondra. Le Chinois se tourna vers le révérend... et s'arrêta net.

Hayes se métamorphosa sous les yeux des deux vampires.

Ses vêtements arrachés, le révérend tomba à quatre pattes. Un grognement sortit de sa poitrine pendant que son corps s'allongeait. Ses membres changeaient de forme à mesure que ses muscles ondulaient. Une fourrure noire lustrée couvrit sa peau.

Hayes disparut, remplacé par un énorme loup noir, qui grognait, l'air menaçant.

L'animal se tourna vers Loo. Baissant les oreilles, il courut dans sa direction. Ses yeux brillaient dans l'obscurité.

Sullivan n'arrivait pas à le croire : Hayes était un loup-garou appartenant à l'espèce qui jugeait les vampires néfastes pour la planète.

Loo grimpa sur le bidon le plus proche, puis sur le suivant, espérant gagner l'autre bout du magasin. Le loup bondit sur lui au moment où il atteignait le dernier bidon, qui lui permit de se mettre à l'abri sur une poutre.

Le révérend-garou arpenta la pièce en grognant. Quand il passa près de lui, Sullivan se contorsionna et lui flanqua un coup de pied dans le flanc. L'animal se retourna, la gueule grande ouverte. Ses crocs se plantèrent dans la jambe du vampire. Déchirant le jean, ils laissèrent de profondes blessures dans son mollet.

Le loup reporta son attention sur Loo, qui tentait de longer la poutre pour revenir près de Sullivan. Hayes se lança à sa poursuite. En passant devant le bidon où était posée la lanterne, il la renversa d'un coup de queue. L'huile s'embrasa immédiatement.

Le loup-garou se tourna vers le feu. Puis son regard se posa sur Loo, désormais hors d'atteinte. Avec un grondement, le garou entama une autre métamorphose. Peut-être allait-il prendre la forme mi-homme mi-loup d'un Crinos.

Reconsidérant la situation, il bondit à travers la vitre cassée et disparut dans la nuit. Tous les chiens alentour hurlèrent quand la bête traversa les arrière-cours sombres d'Oakland.

— Détache-moi, implora Sullivan.

Les flammes léchaient les murs, menaçant le plafond.

Loo glissa le long de la poutre et détacha son ami.

Au contact du sol, la jambe droite de Sullivan, blessée par le loup, se déroba.

Loo l'aida à se lever et à sortir de la pièce. Une épaisse fumée noire s'échappait des fenêtres.

— Attends une minute, dit Sullivan quand ils furent en sécurité dehors.

Boitillant, il retourna dans l'immeuble. Un peu plus tard, il en ressortit avec la tête de Delfonso. Il ne s'était pas embarrassé du corps de Phillips, le laissant aux flammes.

— On y va, dit Loo. Le jour se lèvera bientôt.

Ils trouvèrent un taxi libre dans une station, ouvrirent la portière sans un mot et s'assirent. Plongé dans le journal du matin, le conducteur fut surpris par leur intrusion et choqué par leur apparence.

Empestant la fumée, ils étaient couverts de suie et de poussière. Sullivan était maculé de sang séché. Pour couronner le tout, le vampire cachait un paquet volumineux sous sa chemise.

— San Francisco. Vite, dit Loo en exhibant cinquante dollars.

Les doutes du chauffeur fondirent à la vue du billet. Il démarra.

Sullivan voulut savoir comment Loo l'avait retrouvé. Le Chinois lui raconta que Kathy avait été interceptée à l'aéroport par des hommes de Vannevar. L'ayant fait parler, et devant la gravité de ses aveux, ils avaient contacté Loo, qui avait suivi la trace de Sullivan jusqu'à Oakland.

— Et qu'est-il arrivé à Kathy ?

— Je suppose que les hommes du prince ont pris soin d'elle...

Sullivan fut heureux qu'elle ait reçu un juste châtiment. En même temps, il se surprit à regretter sa fin.

Il commençait à bien l'aimer.

Quand le taxi traversa le pont, le soleil pointait sur la crête de la colline qui séparait la baie du reste de la ville. Frappant les tours de verre, il se reflétait douloureusement dans les yeux des deux vampires.

— Tiens, dit Loo en tendant une paire de lunettes à son compagnon. J'en ai pris deux !

— Merci... pour tout.

Même avec des lunettes noires, le soleil aveuglait Sullivan. Il remarqua que la Transamerica Pyramid brillait comme de l'or sous la lumière du matin. Pour la première fois, il s'aperçut qu'elle ressemblait à un gigantesque pieu pointé vers le ciel.

Le taxi déposa Loo à la porte de Chinatown, puis il continua vers Nob Hill pour laisser Sullivan devant le *Drake Inn*.

Le vampire s'engouffra dans l'immeuble. Il allait enfin échapper à la morsure du soleil.

Chad fut surpris par l'apparence de Sullivan, qui ne le gratifia d'aucune explication. Mais il sortit la tête cabossée de Delfonso et la posa sur le comptoir.

— Mets ça en sécurité, tu veux, dit-il.

Bouche bée, Chad saisit la tête putréfiée.

— Je viendrai la récupérer ce soir, ajouta Sullivan en disparaissant dans l'escalier.

15 janvier

Dans une suite luxueuse d'un des plus beaux hôtels de San Francisco...

Silencieux, Honerius regardait le prince faire les cent pas. Le Primogène Tremere avait été appelé dans la nuit pour se tenir prêt à agir si une des phases du plan tournait mal. La disparition de la tête de Delfonso avait semé la panique, mais Honerius avait assuré au prince que Sullivan serait banni de la Famille même si elle était perdue. S'il ne brandissait pas son trophée, il serait puni pour son échec.

— Ça m'inquiète néanmoins, dit le prince. Qui est Phillips ? D'où vient-il ?

— Je l'ignore, seigneur. Il y a de nombreuses possibilités dans un monde aussi fou...

— Assez de baratin, Tremere, coupa le prince. Quelqu'un l'a *introduit* dans nos plans.

Il se tenait derrière la chaise où était assis Honerius. Le vieux vampire ferma les yeux.

— Qui tire les ficelles de cette nouvelle marionnette ? continua Vannevar. C'est à cette question que nous devons répondre !

Il revint face à Honerius, qui soupira de soulagement.

— Hortator m'assure que le rituel divinatoire aura le résultat voulu. Tes augures sont toujours d'accord, Honerius ?

— Tous les signes sont favorables, seigneur. Le moment est bien choisi.

— Parfait, dit le prince en souriant. Mais garde un œil sur ce Phillips. D'autres problèmes requièrent mon attention.

— Oui, seigneur.

— Delfonso étant hors d'état de nuire, nous pouvons exercer les pressions idoines pour déstabiliser le Grand-Père.

— Je comprends, répondit Honerius.

Des rumeurs étranges arrivaient d'Asie. Des signes et des prophéties indiquaient que les vampires de cette région du monde lorgnaient sur le continent nord-américain. Le prince et la Camarilla craignaient une invasion. Le Grand-Père, présent à San Francisco depuis sa création ou presque, était sans doute une pièce maîtresse de ce plan.

L'entrevue terminée, Honerius se prépara à partir.

— Faites confiance au Père Qui Sait Tout, dit-il au prince en le saluant.

Honerius quitta la résidence de Vannevar soulagé. Convoqué d'urgence, il avait craint que le prince eût découvert son double jeu. Mais tout semblait en ordre.

Et comme promis, il garderait un œil sur Phillips.

Il monta dans sa voiture et ordonna au chauffeur de le ramener à la maison.

9

A la nuit tombée, Sullivan rejoignit Loo devant la porte de Chinatown. Après le salut rituel, il entra avec sous le bras la tête de Delfonso enveloppée dans un sac plastique. Ils retrouvèrent Chi à sa place habituelle ; Sullivan brandit son trophée. En souriant, la vieille goule prit possession de la tête.

— Le Grand-Père est d'une humeur exceptionnellement bonne ce soir, dit-il. Il attend avec impatience de connaître la prédiction.

A son tour, Sullivan sourit. Après avoir été si longtemps tenu à distance par la Famille, savoir qu'il avait bien agi le rassurait.

— Que croit-il pouvoir apprendre ? demanda Loo.

Ils s'engagèrent dans l'allée menant à l'arrière-boutique du magasin de poissons.

Sullivan aussi était intéressé par la question.

— Ça, on ne peux pas le deviner, répondit Chi. Mais une tête aussi vieille promet de grandes révélations.

D'ordinaire souriante, la vieille goule était carrément rayonnante.

Cette fois, ils furent conduits directement dans la chambre du Grand-Père. Sullivan et Loo se retrouvèrent devant la grande silhouette masquée de leur Aîné. David était occupé à mettre du charbon dans le poêle collé contre le mur du fond. Chi quitta la pièce pour préparer la tête. Les deux vampires prirent place.

— Vous avez bien agi, mes fils, malgré des problèmes inattendus.

Sullivan crut entendre un petit rire étouffé sortir du masque. Il fut ravi de constater que le Grand-Père avait le sens de l'humour.

— Le prince est satisfait aussi. Notre vieil ennemi éliminé, la Famille est plus forte que jamais. Nous avons les faveurs des puissants. Tout va bien.

Il fit un petit salut à Loo et à Sullivan, qui le lui rendirent.

Chi réapparut, la tête de Delfonso posée sur un plateau en métal. Bien que nettoyée, les cheveux coiffés et attachés, elle souffrait des ravages de la décomposition. Le nez s'était affaissé ; devenus opaques, les yeux avaient jauni. Une odeur de putréfaction envahit la pièce, différente mais aussi tenace que celle qui d'ordinaire entourait le patriarche.

Sullivan s'attendait à voir un crâne dépouillé de sa chair, mais il ne dit rien.

— Le temps est venu, le fruit est mûr, déclara Chi.

— Que la cérémonie commence, ordonna le Grand-Père.

Le plateau fut posé sur un trépied, au-dessus du poêle. Chi et David reculèrent.

L'odeur de chair brûlée se mêla à celle de la pourriture. Un liquide chaud coula pour se répandre dans le poêle. Le relent de friture s'ajouta à ceux qui saturaient déjà l'air de la pièce. La fumée et la vapeur tourbillonnaient vers le plafond.

Le Grand-Père se pencha comme s'il regardait quelque chose. Les autres attendaient.

Sullivan ne détacha pas son regard de la tête.

Alors elle parla.

— Dieu miséricordieux du paradis, je me repends de mes péchés !

C'était la voix caverneuse du défunt Delfonso.

Elle semblait reprendre le discours qu'il tenait au moment de sa mort.

La chose commença à bouger. Les dents grincèrent. La fumée grisâtre s'épaississait. Elle forma une silhouette dans l'air.

— Aie pitié de mon âme ! cria soudain la tête. Je brûle dans les flammes de l'Enfer !

Chi se pencha pour observer la fumée.

— Les volutes qui s'élèvent du crâne d'un vampire sont spéciales, Grand-Père. Elle nous révèlent des secrets.

— Sauve-moi de mes tourments ! hurla Delfonso. Mon âme ! mon âme !

Sa langue claquait entre ses dents. Un œil gonfla lentement jusqu'à exploser ; un liquide gris suinta sur les joues creuses.

— Regardez, cria Chi, désignant la fumée.

Sullivan tourna les yeux. Il ne vit que des nuages de fumée. Par moments, certains formaient des silhouettes presque humaines, mais on ne pouvait rien en déduire.

— Là, dit le Grand-Père, en faisant un mouvement de la tête. C'est le signe.

La tête grillait et Delfonso hurlait comme un fou. Sullivan ne voyait toujours que de la fumée. Les hurlements de l'Espagnol lui donnaient envie de se boucher les oreilles, mais il voulait entendre ce que Chi et le Grand-Père allaient dire.

— Un moment ! avertit la vieille goule. Ne nous emballons pas. Les symboles sont étranges, anormaux.

L'Espagnol continuait de crier alors que sa tête cuisait, la graisse fondant en grésillant. La fumée prenait des formes assez définies pour qu'on interprète la prophétie.

— Regardez ! vociféra le Grand-Père. C'est lui ! Le fils assassin !

Soudain, la tête fumante tomba du plateau.

— Non, intervint Chi. Attendez !

Mais nul ne lui prêta attention. Tous les regards étaient tournés vers Sullivan.

— C'est lui ! Celui qui veut nous détruire ! Le traître !

D'une main griffue à peine humaine, le Grand-Père désigna Sullivan.

— Arrêtez-le ! hurla-t-il d'une voix tremblant de colère. Tuez-le avant qu'il ne vous élimine.

Sullivan n'en écouta pas plus. Il se rua vers la porte, mais Loo bloquait déjà le passage, hachette en main. Le vampire se tourna, empoigna David par les épaules et le jeta sur le Chinois.

A la recherche d'une arme, Sullivan s'empara de la tête toujours hurlante. La tenant par les cheveux, il la fit tourner dans les airs. Chi la reçut en plein front.

— Je saigne pour mes péchés, cria Delfonso pendant que Sullivan tenait la goule en respect.

Puis il envoya le crâne sur Loo. Consterné, il regarda la tête planter ses dents dans la gorge de son ami. Delfonso suça le sang du Chinois, le liquide rouge lui traversant la gorge pour couler directement sur le sol.

Loo se débattait en hurlant.

Sullivan saisit sa chance. Sautant par-dessus David, qui tentait toujours de se relever, il franchit la porte. Une fois dehors, il jeta un coup d'œil en arrière. Le Grand-Père avait abandonné ses coussins et rampait à quatre pattes dans sa direction. Son masque était tombé. Sullivan sentit son cœur défaillir en voyant le vrai visage du patriarche.

Il courut le plus vite possible le long du couloir. A quatre pattes, le Grand-Père grognait sur ses talons. Sullivan avait entrevu les membres tentaculaires qui pendaient le long des flancs du patriarche. Il se demanda quelle sorte de créature le poursuivait.

Atteignant enfin l'escalier, il s'y engagea, montant les marches deux par deux. Mais le Grand-Père lui agrippa la jambe. Sullivan trébucha, puis se retourna pour se dégager.

Alors il *le* vit vraiment.

C'était un monstre couvert d'une carapace. En équilibre sur la première marche, il ouvrit sa gueule géante et sa tête se darda comme si son cou était extensible. Sa mâchoire se referma à quelques millimètres du pied de Sullivan, qui venait de se dégager.

Il reprit l'ascension de l'escalier.

Alerté par le tapage, l'homme au couperet tenta d'arrêter Sullivan. Le vampire l'assomma avant de disparaître dans les ténèbres de la cité.

16 janvier

Equipe de nuit de la morgue de San Francisco...

Emily Grange rangeait son bureau en essayant de paraître efficace. Elle attendait de la compagnie, un membre des Primogènes, et elle voulait faire bonne impression. Grâce à son poste au bureau du coroner, Grange jouait un rôle important dans le monde des vampires. Sa position lui donnait le pouvoir de détruire ou de faire connaître les rapports d'autopsie signalant des activités vampiriques.

Ce travail lui conférait une influence considérable.

Le prince lui avait demandé d'étouffer des informations concernant un corps retrouvé quelques jours plus tôt près de l'Hôtel de la Monnaie. Elle s'était acquittée de sa tâche, mais elle avait prévenu Alicia McGreb, l'Aînée du clan des Gangrel, ouvertement opposée à la politique de Vannevar.

C'était une violation directe des consignes du prince mais elle s'en fichait. Ayant peu de respect pour lui, elle était disposée à s'allier avec ses adversaires dans l'espoir d'améliorer son sort. Si elle parvenait à se lier avec McGreb, personne ne pourrait dire jusqu'où elle irait.

Impitoyable, elle avait accédé à ce poste au dépens de son prédécesseur, un vampire disparu dont le sort restait mystérieux, sauf pour elle.

McGreb se montra quelques minutes plus tard. Elle avait conduit elle-même sa voiture jusqu'au bureau du coroner.

— Mademoiselle McGreb ? demanda Emily, qui s'était levée à l'entrée de l'Aînée.

— Tu m'as appelée, Grange... Pourquoi voulais tu me voir ?

Surprise par la froideur de McGreb, Emily songea qu'elle changerait d'attitude après avoir entendu ses propos.

— Venez par ici, dit-elle, conduisant sa visiteuse vers la porte à double battants de la morgue.

Emily ouvrit un des tiroirs réfrigérés où reposait un corps couvert d'un drap.

— Regardez, dit Grange.

Elle découvrit à moitié le cadavre.

C'était la dépouille de Domingo, dont la tête avait été sauvagement arrachée. Ratatiné et sec comme une vieille momie, il était difficilement reconnaissable. Mais pour qui l'avait connu en vie, ses dents en or valaient mieux qu'une carte d'identité.

— Nous l'avons trouvé derrière l'Hôtel de la Monnaie. C'est Sullivan qui l'a tué, mais le prince m'a prié de taire certaines caractéristiques du corps.

McGreb souleva le bras desséché du vampire puis le laissa retomber sur le marbre.

— Du cannibalisme vampirique ? demanda-t-elle à Grange.

— C'est comme ça que je vois les choses.

— Merci beaucoup pour cette information, dit McGreb en sortant. Elle est très utile. Je me souviendrai de toi.

Quand elle fut partie, Emily recouvrit le cadavre. Souriant, elle poussa le tiroir dans la chambre froide.

Oui, se dit-elle, *de l'excellent travail.* Avec McGreb dans la poche, elle irait très loin.

DEUXIÈME PARTIE

LE TUEUR DE PARENTS

10

Un quartier de lune brillait au-dessus du Golden Gate Park. Long de cinq kilomètres, c'était un espace de verdure au cœur même de San Francisco. Il s'étendait de Haight Street à l'est, vers l'océan Pacifique, à l'ouest. Créé à la fin du dix-neuvième siècle sous la direction de John McClaren, conçu pour les loisirs, il se composait de sentiers, de lacs et de jardins piquetés de fleurs exotiques. Le jour, il était le rendez-vous des pique-niqueurs, des cyclistes, des adeptes du roller ou des simples flâneurs. A la nuit tombée, il devenait le royaume des criminels, des sans-abris et des autres populations nocturnes.

Sullivan traversa un parterre de fougères et s'élança vers le bas de la colline. La végétation rendant le chemin glissant, il avait beaucoup de difficulté à rester debout.

Une moto apparut au-dessus de lui. Vêtu de noir, le pilote ne portait pas de casque. Hormis une mèche frisée sur le côté, ses cheveux blonds étaient noués en queue de cheval. Sur sa joue droite s'affichait le symbole international des matières dangereuses. Il rit en voyant Sullivan, puis se lança à sa poursuite.

La moto se cabra, glissa de gauche à droite, sa roue arrière saccageant les précieuses plantations. En bas du sentier, un pied à terre, l'homme fit tourner son engin en rond, puis il démarra derrière Sullivan, qui avait déjà disparu au détour d'un lacet. Le bruit de l'échappement emplissait l'air de la nuit. Le motard portait un pieu en bois dans le dos.

A la recherche de sa proie, il éclaira la pente avec son phare, mais ne vit rien. Le sentier était vide. Alors il aperçut sa cible sur le côté, près d'un arbre.

Sullivan tira quelque chose de toutes ses forces.

Un câble noir jaillit en travers de la route, face au motard, qui freina à mort pour s'arrêter. En vain. Le câble le heurta à la poitrine. Déséquilibré, il s'écrasa sur le sol. La moto continua à rouler sur quelques mètres, puis se retourna. La roue arrière tournait toujours et le phare éclairait le ciel.

Le silence retomba sur le parc.

Sullivan sortit de derrière l'arbre au moment où l'homme touchait terre. Avant qu'il l'atteigne, son ennemi était déjà en train de ramper. Le coup de pied de Sullivan le renvoya au sol. Impuissant, le motard regarda Sullivan lever le pieu puis lui enfoncer dans la poitrine. Le bois transperça le cœur de l'homme ; son sang épais jaillit autour de la blessure.

Son agresseur neutralisé, Sullivan tendit l'oreille pour s'assurer que le punk était bien seul. Il n'entendit rien de plus que le bourdonnement du trafic de Fulton Street et les échos de la vie nocturne du parc.

Il était sauf. Un autre salaud venu pour lui faire la peau avait échoué.

— Ça ne peut pas durer, Sullivan, dit une voix.

Le vampire sursauta. Il se calma aussitôt en reconnaissant son interlocuteur.

— Où es-tu, Jacob ? demanda-t-il.

— Ici, répondit la voix.

Une ombre sortit de derrière un eucalyptus. Jacob était grand et taciturne. Une épaisse frange noire tombait sur son front.

— Je ne peux pas tolérer ces bagarres, reprit-il en s'approchant du vampire. J'ai besoin d'avoir des relations amicales avec les Anarchs.

Sur les conseils de Jacob, Sullivan se cachait depuis deux semaines dans le parc. Avec l'attaque de cette nuit, il avait survécu à *trois* tentatives d'assassinat. La ruse employée pour stopper l'Anarch avait été mise au point quelques jours auparavant, après la deuxième agression.

Bien que son statut de criminel soit toujours contesté par le prince Vannevar et les Primogènes, le Grand-Père avait lancé un contrat contre lui. Alors que la majorité des vampires de la ville attendaient avec respect la décision du Conseil, les Anarchs aimaient afficher leur insolence. De plus, d'après ce qu'avait entendu dire Sullivan, la récompense était importante.

— Il n'est pas mort, dit Sullivan. Je vais le laisser là où un des ses amis pourra le trouver. Il sera secouru avant que le soleil se lève.

— C'est mieux que rien, lâcha Jacob, mais pas suffisant. Je ne peux plus tolérer ça. Rejoins-moi au camp. Nous pourrons discuter plus longuement.

D'un subtil mouvement du bras, il se transforma en chauve-souris.

Jacob appartenait au clan Gangrel, des Damnés pouvant se métamorphoser à volonté.

Sullivan traîna l'Anarch au bord d'une route, puis il se dirigea vers le camp, à la frontière ouest du parc. Délaissant les artères principales, il coupa à travers bois en évitant les quelques lieux que Jacob lui avait signalés comme dangereux.

« Ces endroits, près du Monde Imaginaire, doivent être évités, l'avait-il prévenu. Il y a beaucoup de coins comme ça dans le parc, dont certains que je n'ai pas encore découverts. »

Apparemment, ces connexions avaient été conçues par le créateur du parc, qui devait avoir des liens avec un étrange monde ancien inconnu de Sullivan.

Jacob était en ville — et dans le parc — depuis peu. Il avait été « importé » par un Primogène dans le but de protéger le lieu des incursions incessantes des garous.

Jacob avait été un des rares à offrir un refuge à Sullivan. Nouveau venu, il n'était pas concerné par les intrigues politiques de San Francisco. Sullivan avait découvert en lui un vampire honnête et sympathique.

Son camp se trouvait au milieu d'une épaisse haie de pins et d'eucalyptus, dans un coin sauvage, derrière le centre d'équitation. Il était protégé des humains par les pouvoirs magiques de Jacob, qui le rendait quasi impossible à découvrir par hasard. Connaissant le chemin, Sullivan entra facilement.

— Bienvenue, dit Jacob qui avait retrouvé sa forme humaine.

Il était accroupi devant un petit feu.

— Assieds-toi.

A côté de Jacob se tenait Dwight, un ex-vendeur de drogue devenu la goule du vampire. Malgré tout le respect qu'il portait à Jacob, Sullivan avait du mal à comprendre pourquoi il avait choisi pour compagnon un sale type pareil. Jacob lui avait expliqué que la tête de Dwight avait été mise à prix par un caïd local. Aussi longtemps qu'il serait sous la protection des Gangrel, il ne lui arriverait rien. Même les Anarchs le laissaient tranquille. Sans ça, Dwight n'aurait déjà plus été que de la viande froide. Cela faisait de lui un serviteur loyal. Mais pour Sullivan, ce n'était qu'une petite canaille indigne de confiance.

— Comment ça va, mec ? couina Dwight.

Il tentait de se lier d'amitié avec Sullivan. Le vampire le soupçonnait de rapporter ses mouvements aux Anarchs qui le pourchassaient.

— Pas mal, répondit Sullivan en s'asseyant par terre. Quoi de neuf ?

— Les Primogènes débattent de ton cas, répondit Jacob. Certains parlent d'une Chasse du Sang.

Le corps de Domingo avait été retrouvé vidé de son sang. Malgré les efforts de Vannevar pour occulter cette information, quelqu'un l'avait communiqué aux Enfants. Bien que les accusations et les théories concernant le crime soient multiples, la majorité des vampires tenaient Sullivan pour responsable. Et si Vannevar se laissait persuader de lancer une Chasse du Sang, tous rechercheraient Sullivan. Jacob aussi serait contacté pour le tuer. La proie ne survivrait pas une nuit !

— Tu crois que j'aurais fait ça ? demanda Sullivan.

— Non, répondit Jacob. Mais tu sais que ça ne fait aucune différence quand la Chasse est lancée !

— Je comprends.

Un instant, ils se turent et regardèrent le feu qui crépitait doucement dans la nuit. La chaleur leur faisait du bien. Jacob rompit le silence.

— En attendant, je veux que tu parles à Dirk.

Sans être le chef des Anarchs, Dirk était le plus respecté par le troupeau. Son gang, les Gutters, composé de vampires, de goules et d'humains, comptait parmi les plus importants et les plus violents de la ville.

— Tu peux le rencontrer sur Haight Street, en terrain neutre. Je m'occupe des modalités.

— Et s'il refuse d'écouter ?

— Je suis désolé, mais tu devras partir.

Sullivan savait qu'il avait raison. Jacob était apprécié par les Anarchs, qui le laissaient faire son travail. Les frictions dues à sa présence tourneraient inévitablement au conflit ouvert.

— Je comprends, répéta Sullivan.

Ils passèrent le reste de la nuit à parler. Jacob avait voyagé à travers le monde. A la différence de Sullivan, qui n'avait pas vu grand-chose d'autre que des ports, il avait vécu parmi les populations locales. Vieux, sage et cultivé, il avait beaucoup appris à Sullivan sur l'histoire des vampires, et sur les origines, les codes et les règles de la Mascarade, la grande supercherie destinée à la race humaine.

Sullivan admirait l'aisance et le sang-froid de Jacob. La majorité des vampires, lui compris, semblaient en perpétuel conflit avec leur monde. Jacob était détaché ; il fuyait les biens matériels et ne s'intéressait pas au pouvoir. Il n'avait jamais vécu très longtemps au même endroit et affirmait qu'il ne s'éterniserait pas à San Francisco une éternité.

« Jusqu'à ce que les Primogènes trouvent un pensionnaire permanent pour le parc. Alors je partirai. »

Selon Sullivan, Jacob était très vieux, mais il restait évasif sur son âge.

Il avait aussi vécu un bon moment avec les garous, utilisant son pouvoir pour se changer en loup afin de courir avec les différentes meutes. Bien entendu, il avait dû rester vigilant. Nombre de garous, découvrant un vampire dans leurs rangs, s'étaient retournés contre les traîtres et les avaient déchiquetés...

Aux premières lueurs de l'aube, ils se séparèrent. Jacob utilisa son pouvoir pour se mêler à la terre. Sullivan se contenta d'une tombe peu profonde débarrassée des saletés et des feuilles mortes. Tout le jour, Dwight resterait caché pour garantir que leur repos ne soit pas troublés.

3 février

Dans une suite luxueuse d'un des plus prestigieux hôtel de San Francisco...

Assise sur un divan, Donna Cambridge regardait le prince Vannevar parler au téléphone. « Enfant » et courtisane, elle était avec lui depuis des semaines, suivant le déroulement d'un plan compliqué mis au point des décennies plus tôt. Mais quelque chose menaçait la machination.

Vannevar travaillait sans relâche pour s'assurer que tout se passerait bien.

Le prince raccrocha et vint s'asseoir à côté de Donna qui s'inquiéta de le voir aussi fatigué. Si quelque chose tournait mal, la ville serait plongée dans le chaos. Alors Vannevar s'en voudrait...

Elle posa une main sur la sienne. L'expression soucieuse du vampire céda la place à un large sourire.

— Quelque chose ne va pas ? demanda Donna.

— McGreb nous fait des ennuis. Elle a appris la vérité sur Domingo.

Alicia McGreb faisait partie des Primogènes. Elle s'était débrouillée pour découvrir la « diablerie » commise sur Domingo. Elle avait d'abord accusé Sullivan ; maintenant, elle parlait d'une Chasse du Sang. Quelqu'un avait ébruité cette information.

— Elle a suffisamment de soutien ? s'enquit Donna.

Elle doutait que McGreb ait assez de vampires de son côté pour imposer son point de vue.

— Non. En tout cas, pas pour l'instant. Mais ça nous complique les choses. Il est important que Sullivan reste en vie. Il a un travail à effectuer.

Donna avait déjà entendu ce genre de discours. Comme beaucoup d'autres vampires, Sullivan avait un rôle à jouer. Mais comme tous, il était remplaçable.

— Honerius n'a-t-il pas démontré que Sullivan n'était pas indispensable ? N'a-t-il pas assuré que le Grand-Père tomberait quand même ?

— Bien sûr, approuva Vannevar, l'air distrait.

Il avait des raisons de ne pas faire confiance au clan Tremere, mais il gardait ses doutes pour lui.

— Je préfère voir Sullivan accomplir ce travail, ajouta-t-il pour finir.

Donna n'en crut rien. Vannevar ne l'aurait jamais admis, mais il s'attachait à son pion, faisant son possible pour le garder en vie plus longtemps que nécessaire.

Un autre appel les interrompit.

11

La nuit suivante, Sullivan traversa prudemment la partie est du parc, en direction de Haight. Choisissant des chemins écartés, il restait attentif aux possibles attaques des Anarchs qui géraient le territoire. Jacob lui avait assuré qu'il passerait sans être inquiété, mais son expérience lui avait appris à ne faire confiance à personne.

Emergeant des bois sur la pelouse qui bordait Stanyan Street, le vampire se sentit soulagé et même un peu surpris d'être passé sans encombre. Haight Street était à portée de vue, un pâté de maisons plus loin. Comme c'était une zone neutre pour les vampires de la ville, Sullivan y serait en sécurité. Mais avant, il fallait franchir ces quelques mètres sans autre protection que celle promise par Dirk.

Le vampire se décida à rejoindre la rue. Il regarda de tous côtés, mais ne vit rien d'autre que la foule habituelle massée autour du McDonald, en face du parc.

Autrefois, Haight Street était le royaume de la classe moyenne, mais l'arrivée du LSD et du mouvement hippie, dans les années soixante, l'avait métamorphosé. Elle était rapidement devenue le symbole international de la contre-culture. Sous l'impulsion artistique un rien tzigane du clan Toreador, l'*Elysium* avait été déclaré territoire de non-violence, un endroit où les luttes intestines étaient bannies. Les Immortels pouvaient s'y promener sans craindre une attaque ou des représailles. L'*Elysium* était un tabou que personne n'osait transgresser.

Sullivan était pourtant persuadé d'une chose : si Vannevar lançait une Chasse du Sang, l'*Elysium* ne l'arrêterait pas. Il n'y avait ni refuge ni sanctuaire pour un vampire ainsi traqué.

En plein jour, Haight Street était une rue ensoleillée, fréquentée par des punks, des mendiants et des touristes ; la nuit elle prenait un tour plus sinistre. Au coin des immeubles, de petits groupes murmuraient des secrets pendant que d'autres se piquaient dans les entrées sombres des magasins fermés. Dans cette rue, on s'habillait en noir de pied en cap ; les cheveux décolorés, les anneaux dans le nez et les tatouages restaient populaires.

Les vitrines des magasins présentaient des collections uniformément noires. Les mannequins étaient drapés de gaze funéraire tandis que des crânes, des squelettes et des gargouilles servaient de décor.

Une boutique avait consacré sa vitrine à la célébration du *Festivo dello Estinto,* prévu depuis des mois à Mission. Cet événement avait pour origine les festivals et les parades mexicaines qui duraient plusieurs jours et approfondissaient le thème de la mort. L'événement avait été « importé » par les habitants de Haight. Beaucoup s'étaient préparés pour le grand jour. On parlait même d'organiser un défilé.

La vitrine de ce magasin un peu particulier était décorée de dizaines de crânes et de squelettes. Des silhouettes en papier mâché, importées du Mexique, représentaient des squelettes jouant de divers instruments de musique. On les voyait aussi s'adonner au golf et au bowling. Des crânes et des squelettes en sucre de différentes tailles étaient également en vente.

Près de la boutique, flânaient deux jeunes filles en collants noirs, bottines et mini jupes. L'une d'entre elles, qui avait vu Sullivan s'arrêter devant le magasin, suça lascivement la tête d'un squelette en sucre en le regardant passer. Préoccupé, le vampire ne la remarqua pas. Se sentant ignorée, l'adolescente défoula sa colère sur la sucette. Elle croqua la tête d'un coup de dent rageur.

Gene Splice, le club où Sullivan était censé rencontrer Dirk, se trouvait dans le pâté de maisons suivant. A l'intérieur, un groupe de punk appelé Gran Mal s'en donnait à cœur joie.

Devant la porte, la foule bloquait le trottoir, parlant, riant et vendant de la drogue.

Trois hommes assis sur des motos attirèrent l'attention de Sullivan. Même à cette distance, il put voir qu'il s'agissait de vampires Anarchs. L'un portait sur la joue le symbole des matières dangereuses ; Sullivan reconnut le punk qui l'avait agressé la nuit précédente, celui que Jacob appelait Smash. Manifestement, quelqu'un l'avait sauvé de la morsure du soleil. Il semblait fatigué. Sullivan fut satisfait de le voir assis à l'arrière d'une moto. Apparemment la sienne était hors d'usage.

Les trois Anarchs regardèrent le vampire approcher.

— Dirk est en haut, dit le type assis devant Smash quand Sullivan les eut rejoints.

— Merci, déclara-t-il.

A l'intérieur, un portier le conduisit vers un escalier menant au second étage du club.

Sullivan connaissait Dirk de longue date. Il ne l'avait pas vu depuis plus de vingt ans, mais il comptait sur leur passé commun pour trouver un arrangement.

Dirk était arrivé en ville un peu avant la Première Guerre mondiale. Il avait passé le plus clair de son temps quelque part dans l'est. Dirk avait été entraîné dans différentes actions syndicales, mais Sullivan le soupçonnait d'avoir dû partir en hâte suite à quelque mauvais coup. Dirk s'était sagement présenté au prince et avait reçu la permission de rester à San Francisco. Le long du front de mer, les grèves augmentaient. Dirk était derrière tout ça.

Les deux vampires s'étaient rencontrés par hasard sur l'embarcadère où Sullivan venait de temps à autre contempler les bateaux. Par la suite, ils avaient arpenté ensemble les vieux quais. Fréquentant les bouges, jouant, cherchant les femmes, se bagarrant avec les marins, ils faisaient leur possible pour semer le trouble. *Ils étaient en ces temps de jeunes vampires,* songea Sullivan.

Quand Vannevar s'inquiéta de ces problèmes, Dirk fut tenu pour responsable et Sullivan fut mouillé avec lui. Sur l'ordre du Grand-Père, il mit un terme à leur amitié et s'éloigna des quais. Dirk, quant à lui, continua ses activités. Il défiait Vannevar et le harcelait à la moindre occasion.

Dans les années cinquante, le port de San Francisco devenu un foyer de grève sauvage et de violence, les compagnies nautiques avaient déplacé leurs activités dans les installations du port d'Oakland. Fortement ennuyé, Dirk avait transféré ses affaires à l'intérieur des terres. A l'entendre, il était responsable de tout ce qui avait commencé dans le district Haight-Ashbury lors des années soixante. Avec son gang de motards, ils avaient été dans les premiers à vendre des tonnes de LSD dans la rue.

Les souvenirs traversaient l'esprit de Sullivan pendant qu'il gravissait les marches menant au hall poussiéreux. Il longea une série de niches utilisées comme espaces de rangement. Au bout du couloir se trouvait une grande pièce éclairée. Derrière un vieux bureau en bois, un homme d'apparence jeune attendait. Appuyé contre sa chaise, les pieds sur la table, il se nettoyait les ongles avec une grande lame de couteau. Malgré sa coupe punk et ses oreilles percées, Dirk ressemblait au souvenir qu'en avait Sullivan.

— Y a longtemps qu'on s'est pas vus, lâcha-t-il en voyant apparaître Sullivan en haut des marches.

Une fois dans le bureau, Sullivan constata que Dirk n'était pas seul. Trois membres de son gang, les Gutters, l'entouraient. Se levant, Dirk ajouta :

— J'allais te demander comment ça va, mais je suppose que c'est une question idiote.

Il tendit la main. Les deux amis se saluèrent, puis échangèrent une rapide accolade. Dirk gratifia Sullivan d'une tape dans le dos.

— Assieds-toi, je vais te présenter mes amis, dit-il en retournant derrière son bureau.

Bien que son gang soit aussi composé d'humains et de goules, ces trois-là étaient des vampires.

Joe était un grand maigre aux cheveux noirs avec un penchant pour les vestes en cuir et les chaînes. Son attitude semblait décontractée, presque détachée. Le plus petit, Mac, était brun. Il regardait Sullivan avec suspicion. La jeune femme se prénommait Veronica. Longue et fine, les cheveux teints en vert, le look décontracté, elle paraissait à mi-chemin entre la femme indépendante et la putain.

— Tu es ici pour le prix de ta tête, hein ? demanda Dirk, les présentations faites. Je t'avais mis en garde contre la Camarilla.

Dirk était un Caitiff. Autrefois traités comme des proscrits — des impurs — ils s'étaient reproduits en masse au cours des siècles derniers. Maintenant, ils formaient une sorte de caste. Il y avait longtemps, en apprenant sa situation, Sullivan s'était senti désolé pour Dirk. Depuis sa propre brouille avec le Grand-Père, il se trouvait des raisons de l'envier.

— Tu sais que je devais obéir au Grand-Père ou mourir, expliqua Sullivan.

Quand le patriarche lui avait ordonné de mettre fin à leur amitié, Dirk avait soutenu qu'il pouvait quitter la Famille. Sullivan avait eu peur de défier son Aîné. Dirk l'avait engueulé et leur amitié s'était terminée sur une note amère. Dirk s'était senti trahi par la décision de Sullivan, qui ne fut jamais certain d'avoir fait le bon choix.

— J'aurais pu t'aider à l'époque, commença Dirk. Le Grand-Père n'aurait pas pu t'atteindre. Mais aujourd'hui...

Il leva les mains en signe d'impuissance.

— Je ne suis pas venu demander ton aide contre le Grand-Père... ou Vannevar, expliqua Sullivan. Dis simplement à tes amis de me laisser tranquille. Jacob m'a offert un refuge dans le parc et j'ai besoin de cet endroit pour me cacher.

Les sourcils froncés, Dirk s'égratigna la joue avec la pointe du couteau.

— Ce n'est pas si simple, Sullivan. Ce n'est pas moi qui commande. Ces types font ce qu'ils veulent, ils ne m'obéissent pas. Il y a une grosse récompense pour ta tête. Qui pourrait blâmer ceux qui espèrent l'empocher ?

Une vieille histoire, songea Sullivan. Comme à son habitude, Dirk niait toute responsabilité. Mais Sullivan savait qu'il se targuait de son influence sur les gens.

— Ce sont des conneries et tu le sais, dit-il. La plupart de ces cons te baiseraient le cul si tu leur disais de le faire.

Joe et Mac le foudroyèrent du regard. Dirk sourit, sachant qu'il était dans le vrai.

— D'accord, dit Dirk, se penchant sur le bureau. Je t'offre trois jours de grâce... et trois seulement. Après tu seras livré à toi même. Mais d'abord, tu dois prouver que tu mérites mon indulgence.

Il poussa le couteau devant Sullivan.

— Oh, Jésus ! gémit Veronica. Pas cette merde !

Dirk continua de sourire.

— Qu'en penses-tu, mec ? demanda-t-il.

Sullivan savait ce qu'il voulait. Jadis, ils faisaient de bonnes affaires sur le port, jouant contre les marins à un jeu vieux comme le monde. L'argent sur la table, les deux concurrents collaient leurs avant-bras, une cigarette allumée entre eux. Le premier à s'écarter avait perdu.

Malgré la douleur, les vampires tenaient généralement plus longtemps que quiconque, car ils savaient que leur corps cicatrisait en un éclair, remplaçant les tissus abîmés par de la chair et de la peau fraîches. Sullivan pensait que c'était l'idée d'être irréversiblement mutilé qui faisait craquer les humains.

Puis ils en eurent assez du truc de la cigarette. Une nuit pendant qu'ils buvaient le sang de deux marins intoxiqués, ils avaient inventé un jeu plus adapté à leur race. Au bout de tant d'années, Dirk voulait y jouer. Pourtant il savait qu'il leur faudrait beaucoup plus de nourriture pour accélérer le processus de réparation des mutilations.

Sullivan prit le couteau et, sans hésitation, commença à couper son oreille droite. En taillant le cartilage, il s'arrangea pour ne pas cesser de croiser le regard de Dirk.

— Tiens, dit-il, posant le couteau ensanglanté et l'oreille sur le bureau.

Sans quitter Sullivan des yeux, Dirk saisit la lame et s'attaqua à sa propre oreille.

— Ça suffit ! s'insurgea Veronica. Je m'en vais !

Silencieux, les deux autres vampires semblaient fascinés par la scène.

Dirk posa son oreille sur la table à côté de celle de Sullivan.

— Voilà, dit-il. A toi.

Il passa le couteau à Sullivan.

Ce dernier coupa son autre oreille et la posa à côté des deux premières. Le sang coulait sur son cou et sa chemise.

Puis ce fut au tour de Dirk.

— Tiens.

Sullivan sourit intérieurement. D'évidence, s'il voulait prouver sa valeur à Dirk, il devait aller jusqu'au bout.

Prenant le couteau, Sullivan s'attaqua à son nez. Coupant et taillant, il parvint à le détacher. Il le posa sur le bureau, à côté des autres morceaux de chair sanglants. Il mit le couteau devant Dirk qui décida de jeter l'éponge.

Il leva les mains en signe d'abandon.

— Je renonce ! s'exclama-t-il, s'appuyant contre le dossier de sa chaise. Tu gagnes.

— Tu vieillis, se moqua Sullivan.

Ils n'en étaient pas encore aux paupières, aux lèvres ou à la langue.

— Je te donne trois jours de répit, Sullivan. Ensuite tu te débrouilleras. Je ne pourrai pas les retenir plus longtemps.

— Merci, dit le vampire.

Le son de sa voix était grotesque. L'absence de nez la rendait ténue et sifflante.

— J'envoie Joe et Mac prévenir tout le monde. Reste dans le coin une demi-heure jusqu'à ce que le message ait circulé. Après tu pourras rentrer chez toi.

Ils restèrent encore un moment à remuer des souvenirs, évoquant ce qu'ils avaient fait depuis leur séparation. Vu les exploits de Dirk dans les années soixante et soixante-dix, Sullivan se dit qu'il avait perdu une grande partie de sa vie à servir la Famille.

Les quelques mètres qu'il parcourut pour retourner au parc furent assez singuliers. Dirk lui avait assuré que personne ne prêterait attention à son apparence. Sur Haight Street, un endroit où tout était permis. Si quelqu'un voulait sortir déguisé en squelette, c'était son problème.

— En plus, ajouta Dirk, tu es parfait pour le *Festivo dello Estinto*. Tu le fêtes à peine un peu trop tôt, c'est tout !

Dirk lui avait menti. Il n'y avait chez lui aucun miroir où Sullivan aurait pu vérifier son apparence. De retour dans la rue, faisant confiance à son ami, il s'efforça de déambuler naturellement. Mais la première femme qu'il croisa hurla comme une folle. Les gens s'écartaient sur son passage. Sullivan ne pouvait qu'imaginer l'aspect de sa tête.

Il arriva au parc sans ennuis et fut heureux de retrouver les bois pour se protéger du regard des passants. Ses chairs se régénéreraient pendant son sommeil, mais il préférait se cacher.

Retournant au camp, il fit part de la décision de Dirk à Jacob qui se montra ravi. Avant de quitter les lieux, Sullivan approcha de Dwight qui fouillait une poubelle. Se glissant furtivement à côté de lui, il cria :

— Bouh !

Il réussit presque à faire crever de peur le petit salaud.

3 février

Sur une rue nommée Beacon, en haut de Billy Goat Hill...

— J'ai un message de la rue, lança Gregori.

Il descendait lentement l'escalier qui menait à la chambre ensanglantée de Selena. Vêtu de son éternel manteau marron sale et déchiré, Gregori avait le visage d'un blanc cadavérique et les cheveux d'une autre nuance de blanc. Ses yeux rouges et enfoncés étaient cernés de noir.

— Lequel ? s'enquit Selena.

Elle était étendue langoureusement sur un tas de coussins en soie. L'adolescent, qu'on lui avait amené plus tôt dans la soirée, ne l'avait pas occupée très longtemps. Pâle et sans vie, il gisait à ses côtés. Ce n'était pas le premier qui faisait long feu, ces derniers temps.

— Raconte, ordonna-t-elle à Gregori.

— Les *diableries* commises sur Domingo commencent à se savoir, dit-il avec gravité.

Le prince et quelques initiés étaient au courant depuis le début. Maintenant tous les vampires de la ville l'étaient aussi.

— Ils accusent Sullivan.

— Bien, répondit-elle.

Aussi longtemps que Sullivan serait soupçonné, il y aurait peu de chance pour qu'elle et sa bande, les Sabbat, soient découverts. Pas si près du prochain *Festivo dello Estinto*, avec tout ce qu'ils avaient planifié au fil des années. Un de ses vampires, mort depuis, avait suivi Sullivan et Domingo cette nuit-là. Après que Sullivan eût caché le corps derrière les haies, il l'avait vidé de son sang. Par chance, le prince avait choisi d'étouffer l'affaire, craignant de voir ses plans bouleversés. Mais aujourd'hui, les *diableries* étaient connues de tous. Selena devait agir.

— Sullivan est-il toujours dans le Golden Gate Park ? demanda-t-elle.

— Oui, répondit Gregori. Il traîne avec Jacob, sous sa protection.

— Alors, voilà ce que je veux que vous fassiez...

12

Sullivan passait ses nuits à arpenter Ocean Beach, à l'ouest de la ville. Longue de plus de cinq kilomètres, la plage était balayée par le vent du Pacifique et rafraîchie par des bancs de brouillard. Deux cents mètres de sable gris la séparaient de l'autoroute qui longeait cette partie de la côte.

Idéale pour la promenade, le frisbee ou les cerfs-volants, la plage inondée de soleil était propice au bronzage. En revanche l'eau, trop froide, n'était fréquentée que par des baigneurs téméraires ou des surfers en combinaison.

La nuit, seuls quelques vagabonds s'aventuraient dans le coin. Mais Sullivan trouvait apaisant le bruit des vagues qui se brisaient contre le rivage. Parfois, il restait des heures à regarder les cargos passer sous le Golden Gate, lumières allumées, pour voguer vers des ports lointains. Il avait tendance à s'attendrir sur ses souvenirs de marin : le travail pénible, la sueur et la saleté. C'était une vie beaucoup plus simple et plus propre.

Cette nuit, Sullivan avait l'intention de se nourrir. Ocean Beach était devenue son lieu de chasse depuis qu'il logeait dans le parc. Les dîneurs sortant du *Cliff House* étaient sa nourriture la plus courante. Sullivan ne buvait qu'une partie de leur sang, les laissant inconscients, mais en vie. Restant en bonne santé, ils ne gardaient aucun souvenir de leur mésaventure.

Scrutant la promenade qui dominait la digue à la recherche d'une proie, Sullivan descendit sur la plage. Puis, comme un lézard, il rampa sur le mur en béton perpendiculaire. Il entendait se soustraire aux yeux d'un couple qui marchait vers lui.

Attendant patiemment, il songea à sa situation. Il n'avait que trois jours pour trouver une nouvelle résidence. Après, il était certain que les Anarchs fondraient sur lui. Jacob serait obligé de le *conduire* hors du parc, s'il ne partait pas de son plein gré. La veille, rentrant dans le parc, il avait croisé Smash. Assis sur sa moto, il attendait son heure. Quand le vampire l'avait dépassé, Smash avait levé trois doigts plein de sous-entendus.

Sullivan était certain de le vaincre. Mais la prochaine fois, il ne viendrait pas seul. Dirk lui avait confié qu'il avait très peu d'emprise sur Smash et les gens qui l'entouraient.

Sullivan savait qu'il serait trahi par le temps... et par ses congénères.

Un bruit de pas le ramena au présent. Le jeune couple aperçu quelques minutes plus tôt continuait son chemin pour rejoindre sa voiture. L'homme était un Anglais en costume-cravate. Un genre d'homme d'affaires, imagina Sullivan. La jeune femme avait la peau foncée : une Espagnole ou une Asiatique.

L'appétit du vampire augmentait au rythme des pas du couple. Jeunes, vibrants et bien portant, ils étaient loin de la racaille du quartier chaud dont Sullivan s'était accommodé si longtemps. Un régime où les possibilités d'infections étaient toujours présentes. Le plus souvent, ces maladies n'étaient pas mortelles, mais on les traînait indéfiniment. Sans compter le risque de les communiquer aux victimes à venir.

Le couple étant tout près, Sullivan se plaqua un peu plus contre le mur. Ignorant sa présence, les deux dîneurs continuaient à discuter. Le vampire entendit le tintement des clés que l'homme tenait dans la main.

Apparemment, ils s'étaient garés plus tôt dans la journée, quand les places de parking, autour du restaurant, étaient rares.

Sullivan attendit qu'ils passent et sauta derrière eux en silence. Aucun des deux ne l'entendit approcher ni ne sentit sa présence jusqu'à ce qu'il assomme l'homme d'un coup derrière la nuque.

La jeune femme n'eut pas le temps de crier. Sullivan se jeta sur elle, la bâillonna d'une main et lui tira la tête en arrière pour exposer sa gorge. Il planta ses dents dans la chair et but le liquide qui coulait de la blessure.

Son sang était doux. Sullivan s'autorisa à laisser la chaleur de la femme le pénétrer. Comme toujours, il faillit se laisser aller et la vider, consommant sa vie jusqu'à la dernière goutte. Mais il s'écarta, refusant de se laisser séduire.

Il baissa les yeux sur la jeune femme inconsciente et vulnérable qu'il tenait dans ses bras. Puis il lécha ses plaies pour les refermer. Sa salive soignait sans laisser de cicatrices. Quand il eut fini, il posa sa proie par terre, et chercha les papiers de l'homme. Assuré d'avoir trouvé le bon véhicule, il glissa la femme à l'intérieur d'une Toyota. Ensuite, il retourna près du type, le porta dans la voiture et le plaça derrière le volant.

Sullivan remarqua que le front de l'homme saignait. Le vampire jugea la lésion mineure. Dans quelques instant, les deux humains reprendraient conscience sans se souvenir de rien.

Il referma la portière.

A l'approche de l'aurore, Sullivan remontait la plage en direction du parc quand il aperçut Dwight. La goule agitait les bras en criant quelque chose que le bruit des vagues l'empêchait d'entendre.

— Que se passe-t-il ? demanda le vampire quand le petit salopard l'eut rejoint.

— C'est Jacob, lança la goule. Ils l'ont attaqué dans le parc et je crois qu'ils l'ont tué.

— Qui ? demanda Sullivan en le secouant. Les Anarchs ?

— Je ne pense pas..., répondit Dwight. C'étaient des vampires. Mais je ne les avais jamais vus.

— Combien étaient-ils ?

— Quatre ou cinq, mec. Ils étaient partout. Ils ont jaillis des buissons. J'ai essayé d'aider Jacob, je le jure. Ils étaient trop nombreux. J'ai tout juste pu sauver ma peau.

— Ça s'est passé où ? s'enquit Sullivan.

Il ne croyait pas du tout à l'héroïsme de Dwight. Au contraire, il était certain que ce couard avait filé aux premiers signes de danger.

— Derrière le golf, dans les bois.

Sullivan traversa la plage et monta vers l'autoroute. Déjà essoufflé, Dwight tenta de le suivre mais il laissa rapidement tomber. Sullivan atteignit le parc alors que la goule était à deux cents mètres derrière.

Le vampire s'arrêta pour l'attendre.

— Montre-moi le chemin, ordonna-t-il quand Dwight l'eut rattrapé.

La goule hésita, regardant son compagnon, les yeux écarquillés.

— Avance, dit Sullivan en le poussant dans les bois. Je ne sais pas où c'est arrivé. Tu dois me montrer.

Avec circonspection, toujours poussé par Sullivan, la goule s'enfonça dans l'épaisse végétation.

— C'était quelque part par ici...

En chemin, Sullivan interrogea Dwight sur les agresseurs. Les descriptions de la goule furent plutôt sommaires. Ils étaient habillés en noir et l'un d'eux avait de longs cheveux blancs. Dwight n'avait aucun détail supplémentaire. Il semblait évident qu'il n'avait pas traîné longtemps sur les lieux après le début de l'attaque.

Ils trouvèrent d'abord la tête de Jacob.

— Merde ! lâcha Sullivan.

Il souleva le crâne pour l'examiner de plus près. Il s'était attaché à Jacob. Le vieux Gangrel l'avait aidé au moment où il en avait le plus besoin. A la vue de ses restes, il se sentit plus seul que jamais. C'était le premier ami qu'il avait eu hors de la Famille depuis des décennies.

Ils retrouvèrent tous les morceaux du corps. Certains avaient des formes nettement canines, preuve que Jacob avait essayé de se transformer en loup pour s'enfuir. Sullivan fut choqué par la sauvagerie du meurtre. Tous les morceaux avaient été déchiquetés et rongés.

Mais il y avait pire.

— Il n'y a plus de sang dans son corps, constata Sullivan.

— La *diablerie* ? demanda Dwight.

Ce mot effrayant sorti de sa bouche, la goule recula comme si les restes de Jacob étaient infectés par cet acte blasphématoire.

— Quelqu'un a bu son sang. Les preuves sont là.

C'est fini, songea Sullivan. Qu'importe ce qu'il dirait, il serait accusé de ce crime. Les Primogènes ne resteraient pas sans réaction après la mort de Jacob. La Chasse du Sang serait lancée et Sullivan serait traqué, assassiné... et anéanti.

— On fait quoi ? demanda Dwight.

Sullivan le regarda sans comprendre.

— Je n'ai pas la moindre idée de ce que *tu* vas faire. Moi je file, et vite !

Si la nouvelle de la mort de Jacob se répandait, la Chasse du Sang pourrait commencer dès le lendemain soir. Sullivan ne devait pas prendre le risque de rester dans le parc.

— Et moi ? insista Dwight. Quand ses chefs apprendront la mort de Jacob, ils viendront me voir. Qu'est-ce que je ferai ?

— Si j'étais toi, j'accomplirais un travail utile en cachant les restes de notre ami. Aussi longtemps que les autres ignoreront sa mort, tu resteras en vie.

Sur ces mots, Sullivan s'éloigna et se dirigea vers la sortie nord du parc. Dwight courut derrière lui.

— Mais après ? Je ferai quoi ? J'ai besoin de nourriture, tu sais bien.

Il prit le bras de Sullivan l'obligeant à s'arrêter.

— Prends-moi avec toi, mec, supplia-t-il. Je n'ai nulle part où aller.

— Va te faire foutre ! s'exclama Sullivan, se dégageant. Tu es responsable de ta carcasse pourrie, désormais.

Il reprit sa route.

Dwight hésita un instant.

— Merde..., souffla-t-il.

Puis il fit demi-tour et piqua un sprint jusqu'à l'endroit où gisait le corps démembré de Jacob.

Au moment où Sullivan atteignit les bois, au nord du parc, la goule avait déjà enterré les premiers morceaux du vieux Gangrel.

4 février

Dans les salles secrètes du Conseil des Primogènes.

Huit vampires parmi les plus influents de la ville étaient réunis pour une session extraordinaire. Le prince Vannevar siégeait au bout d'une énorme table en chêne.

L'impatience d'Alicia McGreb grandissait. Elle en avait assez d'entendre les mauvaises excuses et le double langage du prince. Elle voulait de l'action.

— Vannevar, s'écria-t-elle, en se levant, ça suffit ! Je demande que tu lances la Chasse. Ce chien n'a plus le droit de vivre.

Malgré les arguments du prince, McGreb restait convaincue que Sullivan était responsable de la mort de Jacob.

— Je te l'ai déjà dit, répliqua Vannevar, dont l'expression venait de s'assombrir, il n'y aura pas de Chasse du Sang !

Debout depuis le début de la séance, il allait et venait autour de sa chaise.

— Assieds-toi McGreb, ordonna-t-il.

Sans un mot, l'Aînée des Gangrel s'exécuta.

Le prince retourna à la table. Il prit un moment pour réfléchir. En même temps, il se concentra pour retrouver le contrôle de ses nerfs.

— Nous n'avons pas de preuves de la culpabilité de Sullivan, dit-il. Il serait criminel de condamner un innocent.

Il observa les vampires assis autour de la table pour mesurer l'impact de ses propos. Il pouvait compter sur son ministre des Finances, Nickoli, sur Honerius le Tremere et sur la Douairière, assise à sa droite. Son ennemie de toujours, McGreb s'était assurée du soutien du chef des Brujah, Tomaine, et de l'Aîné des Toreador, Allanyan Serata. Le huitième membre du Conseil, l'Aînée des Malkavian, une folle qui se surnommait elle-même Bloody Mary, était d'ordinaire neutre.

— Et le corps de Domingo ? demanda McGreb.

— Nous savons que Sullivan était en état de légitime défense. Ce n'est pas un meurtre.

— Le cadavre de Domingo a été vidé de son sang, annonça McGreb.

Des murmures parcoururent l'assistance.

— Je mène actuellement une enquête sur la fin de Domingo, répondit le prince.

— Ce n'est pas une raison ! s'écria McGreb. Tu protèges Sullivan. Pourquoi ?

Je ne protège personne, songea le prince. *J'ai besoin que Sullivan soit en vie pour assurer la chute du Grand-Père.*

Mais ce n'est pas la réponse qu'il fit à McGreb. Elle ne savait rien de ses plans.

— J'ai pris ma décision, déclara Vannevar. A moins que les Primogènes veuillent procéder à un vote.

C'était un défi. McGreb fit un rapide compte. Nickoli, Honerius et la Douairière soutiendraient le prince. Bloody Mary, qui avait tout juste prêté attention à la conversation, s'abstiendrait comme à son habitude, laissant Vannevar arbitrer. McGreb ne rassemblerait pas assez de votes pour battre le prince.

— Alors valide le contrat, dit-elle. Sanctionne-le.

Le Grand-Père avait placé un contrat privé sur la tête de Sullivan. C'était illégal, mais la loi était souvent violée dans le monde des vampires. Les affaires de famille se réglaient comme ça. Certains se sentaient le droit de se mêler aux disputes entre Anciens et Enfants. Mais ces problèmes internes étaient mieux gérés par les individus directement concernés.

— Je ne vois pas de mal à ça, intervint soudain la Douairière.

Vannevar fut surpris. Il comptait la vieille parmi ses partisans, et voilà qu'elle s'alliait à l'opposition. Pour quelles raisons ?

— Valide le contrat ! s'exclama Tomaine.

Le vote fut bref. La désertion de la Douairière donna la majorité aux partisans de la légalisation du contrat.

N'importe quel vampire pourrait tuer Sullivan sans craindre le prince ou les Primogènes.

— Très bien, dit Vannevar. C'est fait.

— Merci, mes seigneurs et camarades Primogènes, dit McGreb, se levant pour partir. Restons-en là pour cette fois. Mais, je te préviens, Vannevar : si d'autres Enfants sont victimes de la *diablerie*, je déploierai beaucoup d'énergie pour te remplacer sur le trône.

Sur ces mots, elle quitta la pièce. Les membres du Conseil en restèrent muets. Personne n'avait jamais osé parler sur ce ton au prince, et nul ne pouvait imaginer sa réaction.

Après le départ de McGreb, Vannevar tenta de minimiser l'incident. Mais il paraissait évident que les propos de son ennemie l'avaient rendu furieux.

13

Sullivan prit le bus de nuit qui passait en bas de Fulton, à l'extrémité nord du parc, et qui se dirigeait vers le centre-ville. Il descendit à Market Street, marcha vers le sud, traversa les quartiers bas et continua vers Mission. Gibier potentiel d'une Chasse du Sang, il n'avait pas intérêt à être reconnu.

La mort de Delfonso et celle de son acolyte Domingo laissaient Mission dans l'anarchie. Avant d'être divisée entre les factions régnantes de la ville, le quartier n'appartiendrait plus à personne. Malgré le risque d'être vu par d'autres vampires braconnant dans le coin, il aurait plus de chance ici qu'en empiétant sur le territoire d'un Aîné.

Près de la Sixième et de Portrero, il trouva une boulangerie vide. En haut de l'escalier, dans le grenier, il dénicha un endroit sûr. Il se couvrit de vieilles bâches et passa le reste de la journée à dormir.

Il se leva tôt dans la soirée, et s'enfonça dans les rues dès que le soleil fut couché. Affamé, il décida de se nourrir au plus vite. Ensuite, il se mettrait en quête d'un refuge plus sûr.

Les lieux les plus fréquentés de Mission étant le sud et l'ouest, Sullivan prit la direction opposée pour éviter les endroits où pouvaient traîner ses congénères. Il s'enfonça dans China Basin, un quartier quasi désert semé de vieux entrepôts vides.

Autrefois, cet endroit grouillait de marins et de dockers. Les entrepôts étaient occupés par des compagnies maritimes spécialisées dans le commerce avec l'Extrême-Orient. Jadis, Sullivan et Loo avaient fait de nombreux allers-retours pour récupérer des cargaisons destinées au Grand-Père. La fin du commerce maritime et la fermeture des quais avaient eu raison de tout ça. Les entrepôts abandonnés, le quartier était devenu le plus délabré de San Francisco.

Sullivan s'y sentait en sécurité. Les proies seraient plus rares, et de qualité douteuse. Mais il serait difficile de le suivre sans qu'il s'en aperçoive.

Le vampire se faufila dans les rues sombres, silencieux comme un chat.

Après avoir longé un entrepôt, il s'arrêta et étudia le vieux dock de chargement. Au bout se trouvait un Dumpster abandonné. Sullivan sentit une présence, peut-être un humain.

Ça pouvait être un alcoolique essayant d'entrer dans le véhicule pour passer la nuit. Il allait servir les desseins de Sullivan.

Lentement, celui-ci se glissa derrière le bâtiment. En évitant de se faire remarquer, il comptait prendre sa victime au dépourvu. Mais quand il huma l'air, il sentit que quelque chose n'allait pas. Parmi les odeurs de vêtements crasseux et de vin bon marché, il détecta celle du sang. L'homme était blessé. Se précipitant, il trouva le vagabond au moment où il poussait son dernier soupir.

Examinant le corps, Sullivan constata qu'il avait été réduit en bouillie ; le visage était méconnaissable.

Le reste du cadavre était tellement couvert de sang que le vampire ne remarqua pas tout de suite son étrange pâleur. Deux petites blessures, sur la gorge, confirmèrent ses craintes. Il n'était pas le seul vampire à traîner dans le coin.

L'élément le plus inexplicable, c'était la balle de softball coincée dans la bouche de l'homme. La sortir de là sans couper la bouche où la balle paraissait encore plus difficile que de l'y mettre.

Sullivan se redressa et étudia les rues alentours pour vérifier s'il avait été vu.

Au-dessus, vers le nord, la travée du double pont à cinq voies était constamment empruntée par les bus ainsi que les camions qui allaient et venaient entre la ville et East Bay. En bas, dans le China Basin, Sullivan était seul.

Il décida de retourner dans Mission. Il marcha aussi vite qu'il le pouvait, espérant quitter le quartier sans que personne ne remarque sa présence.

Ses espoirs s'envolèrent quand il entendit une voix derrière lui.

— Coucou !

Sullivan se retourna, mais il ne distingua rien. Il reprit son chemin en accélérant le pas.

— Coucou.

Cette fois le bruit venait de sa droite. L'écho montait d'une allée sombre ou peut-être d'un toit. Sullivan se hâta encore plus et passa du côté gauche de la rue.

— Coucou.

Ça venait d'en face. Le vampire s'arrêta au milieu de la rue.

— Coucou, dit la voix de gauche.

— Coucou, répéta celle de devant.

— Coucou ! Coucou ! Coucou !

Un véritable concert de coucous explosa tout autour de Sullivan, rebondissant contre la façade de l'entrepôt vide. Les cris tournaient dans l'air. Le vampire tenta de localiser la source de ces bruits insupportables.

Puis tout redevint calme.

Sullivan ouvrit grands ses yeux et ses oreilles, cherchant ses tourmenteurs.

— Hé, hé, hé.

Une tête blafarde à force de maquillage blanc apparut au-dessus d'un toit, de l'autre côté de la rue. Elle émit de nouveau un petit rire bête.

— Hé, hé, hé.

Les Clowns Sanglants ! Les angoisses de Sullivan se confirmaient.

Il se mit à courir alors que les coucous reprenaient, le pourchassant. Des cris aigus et des rires dansaient autour du vampire.

La gigue cessa quand un Clown lui barra le passage.

— Monsieur ! Qu'as-tu fais de notre balle ? demanda le personnage de cirque.

Il brandissait une batte de base-ball.

Le visage peint en blanc, le Clown était habillé comme un petit garçon du siècle dernier. Une sorte de copie du petit lord Fauntleroy, avec un chapeau et une énorme cravate. A cela près qu'il mesurait près de deux mètres et pesait au moins cent kilos.

— Je ne sais pas de quoi tu parles, répondit Sullivan.

Le clown avança vers lui. Le vampire remarqua le pénis en plastique long de près d'un mètre attaché à sa ceinture. Il pendait entre ses jambes et rebondissait contre ses genoux à chaque pas.

— Tu as pris notre balle, rapiat ! Rends-là ! s'écria le Clown.

Il leva sa batte pour frapper.

— Non !

Un autre Clown vint se mêler à l'échauffourée. C'était une femme endimanchée comme une gamine, les cheveux coiffés en natte. Sortant d'une allée, elle se dirigea vers eux.

— Arrête, Kyle, ordonna-t-elle à son collègue. Il n'a pas la balle.

Elle se tourna vers Sullivan.

— Le nom de notre dernière balle est Ed, expliqua-t-elle. Du moins, c'est ce que le type a pu nous dire avant que Kyle arrive et lui balance un coup maison.

Elle lança à son compagnon un regard sinistre.

— Ouais ! s'écria Kyle, en levant la batte. J'ai frappé une bonne fois et bingo !

Sullivan songea à l'alcoolique et à la balle placée dans sa bouche. Il grimaça.

D'autres Clowns vinrent se joindre à eux. Ils étaient six, peut-être plus...

Le vampire remarqua que tous portaient des chaussures de base-ball.

— Nous adhérerons à la Ligue cette année, ajouta un Clown qui n'avait encore rien dit.

— Ouais, confirma un autre. Nous avons appelé notre équipe les *Tueurs en Série*.

— Et nous avons changé de nom, expliqua la femme. Nous sommes de célèbres tueurs en série. Nos patronymes sont inscrits au dos de nos maillots pour que tout le monde puisse les lire.

— Je suis Ted Bundy, déclara fièrement un Clown.

— Et moi Henry Lee Lucas, dit un autre.

— Et moi David Berkowitz, le Fils de Sam, ajouta celui qui était à côté de Sullivan.

Soudain, le Clown dégaina un énorme revolver. Avant que Sullivan n'ait pu bouger, il le pointa sur sa tête.

Le .38 aboya dans la nuit. Le canon était si près du visage du vampire que sa peau roussit. La balle lui traversa le crâne et pénétra dans son cerveau.

Sullivan tomba.

— La violence est aveugle ! La violence est aveugle ! commencèrent à crier les Clowns.

Ils flanquèrent des coups de pieds à Sullivan qui tenta de ramper en se hissant sur un bras. Les yeux remplis de sang, il ne parvenait plus à penser. Son flanc gauche était engourdi, et ni son bras ni sa jambe ne semblaient vouloir répondre à ses ordres.

Quand les Clowns s'aperçurent qu'il essayait de s'enfuir, ils changèrent de tactique.

— A mort ! hurlèrent-ils, lui sautant dessus.

Le maintenant au sol, ils déchirèrent ses vêtements, ses oreilles, ses lèvres.

Puis ils commencèrent leur repas. L'un enleva les chaussures de Sullivan et planta les dents dans un gros orteil. Ensuite il lapa le sang qui coulait de la blessure.

Ils l'attaquaient de toutes parts, lui suçant le sang et la vie avec. La douleur diminua avec la perte progressive de conscience. Il mourrait bientôt, mais il prenait la chose avec calme, en se disant que ce n'était pas si mal.

Soudain il vit de nouveau la lumière. Gisant sur le dos, Sullivan regarda les Clowns se disperser en hurlant. Une belle silhouette aux cheveux argentés, vêtue d'une robe blanche flottait au-dessus de lui.

Un ange est venu m'emmener au Paradis, songea le vampire en fermant les yeux...

5 févrierj97

Dans l'immeuble du FBI, centre-ville de San Francisco...

D'un grand trait de plume, l'agent spécial Simmons signa son rapport et le posa sur le tas de documents qui attendait d'être classés.

L'agent spécial Markowitz entra dans le bureau.

— Ça va ? demanda-t-il à son collègue.

— Je suis fatigué, répondit Simmons.

Il s'adossa à sa chaise et croisa les bras derrière sa tête.

— Je vais partir en vacances. J'emmène Julie et les enfants à Tahoe le mois prochain.

— Aucun signe de Phillips ?

Le tueur en série avait été vu à Oakland en compagnie d'un prédicateur noir nommé Hayes. Phillips avait été impliqué dans l'incendie qui avait détruit une usine abandonnée et l'église d'à côté, propriété de son compagnon. Hayes avait été aperçu plus tard à San Francisco, près de Chinatown.

— Non, répondit Simmons. Nous avons interrogé les habitants, mais aucun n'a vu Phillips depuis plus d'une semaine. Tu sais comment sont ces gens.

Chinatown savait conserver ses secrets.

— Tu crois qu'il a quitté la ville ?

— C'est possible, répondit Simmons. Qui sait ?

Il était près de dix-sept heures. Les deux agents se préparèrent à rentrer chez eux.

Quelques minutes plus tard, ils partirent.

14

Sullivan se réveilla couché sur le dos. Il crachait des caillots de sang. Sa tête semblait avoir été broyée. Les yeux toujours fermés, il leva une main et, avec précaution, la porta vers la blessure. Il fut surpris de trouver la plaie bandée avec soin.

Une main se posa sur son poignet et écarta son bras du bandage. Le vampire se sentit trop épuisé pour résister.

— N'y touche pas pour l'instant, dit une voix. Tout ira bien si tu cesses de t'agiter.

Sullivan ouvrit les yeux. Sa vision resta brouillée quelques instants avant de se stabiliser. Il découvrit qu'il se trouvait dans un confortable salon, allongé sur un canapé, sans ses chaussures. A côté de lui, une grosse lampe en céramique diffusait une lumière jaune. A droite, une peinture représentait un paysage que sa vision hésitante l'empêcha d'identifier.

Il tenta de tourner la tête à droite, vers la voix qui venait de retentir, mais la douleur l'arrêta. Il referma les yeux et gémit.

— N'essaie pas de bouger, dit la voix.

Il rouvrit les yeux et se trouva face à l'ange qu'il avait vu à China Basin.

Il tenta de se lever, mais son corps n'obéit pas.

— Détends-toi, ajouta l'Ange. Ton côté gauche est encore partiellement paralysé, mais tu guériras. Nous sommes une race difficile à éliminer, tu sais. Donne-nous juste un peu de temps.

L'Ange se leva et disparut du champ de vision de Sullivan, qui l'entendit demander :

— Will, la compresse est enfin prête ?

Quelque part dans la maison, une voix lui répondit.

— Non ! Comment peut-on espérer trouver quelque chose dans cette cuisine ?

La question fut suivie d'un grand bruit et d'un juron.

— Tiens le coup, j'arrive ! lança l'Ange. (Il se pencha vers Sullivan.) Je reviens tout de suite.

Le vampire l'entendit quitter la pièce.

Il était sûr de l'avoir reconnu. Il s'agissait d'Eddie Conlan. Jadis travesti, il tapinait dans le quartier du vieux Folsom. Après la Seconde Guerre mondiale, Eddie avait été l'ami, et peut-être même plus, de Sebastian Melmoth, le directeur Toreador du très fermé *Club des Vampires* de San Francisco. Sullivan savait qu'il était homosexuel. D'ailleurs, il lui semblait que la moitié des membres du clan Toreador l'étaient. Mais ce n'était peut-être qu'une impression.

Il avait entendu dire qu'Eddie avait attrapé le sida et qu'il ne se montrait plus en société. Il habitait toujours quelque part dans Castro, continuant de souffrir de la maladie.

Une discussion parvint aux oreilles de Sullivan, qui déduisit qu'elle provenait de la cuisine.

Puis l'Ange revint.

— Je vais mettre ce truc sur ta tête. Tu te sentiras mieux.

Sullivan sentit la chaleur de la compresse calmer la douleur.

— C'est mieux ? demanda l'Ange en se penchant sur le blessé.

Eddie avait toujours l'air jeune, mais son visage était trop décharné, même pour un vampire. Sous le fond de teint, sa peau semblait desséchée. Ses pommettes étaient trop saillantes et ses lèvres maquillées paraissaient craquelées comme du parchemin.

Sullivan remarqua deux plaies à vif partiellement camouflées par le maquillage.

— Oui, répondit-il.

L'Ange s'affairait toujours avec la compresse.

— Là, dit-il en soulevant le bras droit de Sullivan. Tiens ça en place pendant que je vais chercher de l'adhésif.

Le vampire obéit. Déjà, la chaleur tuait la douleur. Il sentait son corps se réparer tout seul, renouvelant les tissus et les os endommagés. Il remua lentement la tête : la douleur subsistait.

Il étudia la pièce. Pas très grande, elle était décorée avec goût et très propre. Les rangées de livres, sur les étagères, laissaient penser qu'un lecteur avide vivait dans la maison.

L'Ange revint dans la pièce et s'aperçut que Sullivan avait bougé.

— Nous allons mieux, n'est-ce pas ?

Il rapportait un rouleau de sparadrap.

— Ça devrait aller. J'ai travaillé dans un hôpital, tu sais.

Maintenant qu'il le voyait distinctement, Sullivan réalisa pourquoi il l'avait pris pour un ange. Drapé dans une robe blanche en tulle, les pieds nus, les cheveux longs frisés teintés d'or et d'argent : l'effet était positivement éthéré. Pâle et très maigre, Eddie semblait à peine vivant.

Sullivan se souvint des Clowns Sanglants et de son agression.

— Que s'est-il passé ? murmura-t-il alors que l'Ange fixait la compresse.

— Je crains que tu sois tombé sur les pires membres des Malkavian.

Les vampires du clan Malkavian étaient tous fous. Les Clowns étaient les plus violents du lot. Ils formaient un gang de rue en marge de la Mascarade et tout juste toléré par le prince et les Primogènes.

— Tu m'as sauvé ? demanda Sullivan.

— Plus ou moins, répondit l'Ange.

Il prit place sur un fauteuil, en face du divan.

— Les Clowns me craignent un peu. Ils s'enfuient dès que j'apparais. C'est vraiment un jeu. Je crois qu'ils savent que je ne leur veux pas de mal.

Il leva les bras, agita sa robe et battit des paupières pour accentuer l'effet.

— Ils me surnomment l'Ange de la Mort.

Eddie s'était retiré du monde après avoir contracté sa maladie. Bien que personne n'en ait jamais parlé, nombreux étaient les vampires qui ne voulaient pas être vus en sa compagnie.

Sullivan commença à retrouver des sensations dans le côté gauche. Ses nerfs et ses tissus se régénéraient à une vitesse exceptionnelle. Se sentant mieux, il posa les pieds par terre et tenta de s'asseoir.

L'Ange se précipita pour l'aider. Sullivan le repoussa, il préférait se débrouiller seul.

— Tu es toujours un « dur », se moqua l'Ange en se rasseyant.

Il croisa les jambes et regarda Sullivan se démener pour s'asseoir. L'effort le laissa haletant, mais il était heureux d'avoir réussi.

— Quelle heure est-il ? demanda-t-il.

— Près de cinq heures du matin. Tu as perdu connaissance pendant quatre heures.

L'Ange lui raconta comment il avait trébuché sur son corps après qu'il fut tombé entre les mains des Clowns. Ces derniers jours, Eddie errait dans plusieurs territoires à la recherche de victimes. Les seigneurs locaux, qui d'ordinaire poursuivaient les intrus, se montraient indulgents avec lui.

Ils savaient qu'une seule morsure de l'Ange serait suffisante pour leur transmettre le virus. Craignant la maladie, ils le laissaient faire tant qu'il ne les gênait pas.

C'était le hasard qui l'avait conduit au China Basin la nuit dernière, et permis de tomber sur Sullivan et ses petits camarades de jeu.

— Il est évident que je me nourris de sujets déjà infectés, dit l'Ange.

Sullivan se demanda pourquoi il lui racontait ça. Avait-il senti son malaise ? Essayait-il de le rassurer ? Encore faible, il associait à celle d'un cobra l'image du vampire « empoisonné » assis face à lui.

— J'ai pris cette décision il y a des années, quand j'ai su que j'étais malade, continua l'Ange. J'ai été un des premiers à promouvoir le « safe-sex ». Tu n'as rien à craindre.

Il s'enfonça dans son siège et appela par-dessus son épaule :

— Will, voudrais-tu sortir de ton trou et venir dire bonjour.

Dans la cuisine, le vacarme qui ponctuait leur conversation s'arrêta.

— Je veux que tu connaisses Will, ajouta l'Ange à l'intention de Sullivan.

Un petit homme, la trentaine passée, apparut dans l'encadrement de la porte. *Presque chauve, il devait avoir été gros,* songea Sullivan. A présent, il était plutôt mince, même s'il semblait mieux nourri que l'Ange. L'un et l'autre portaient les signes de la maladie.

Will jeta un coup d'œil menaçant à son compagnon, mais il se radoucit en voyant Sullivan assis. Il lui fit un large sourire.

— Salut, dit-il.

— Will nous a aidés cette nuit, expliqua Eddie. Il nous a emmenés en voiture après que je t'ai trouvé. Je me sens rarement assez bien pour accomplir le genre d'exploit que notre race affectionne. Je ne crois pas que j'aurais pu te porter jusqu'ici.

— Merci, dit Sullivan à Will. Tu m'as sauvé la vie.

— C'est normal, assura Will.

Se tournant vers l'Ange, il ajouta :

— Je vais finir de cuisiner, si tu es d'accord ?

— Je t'en prie, va, répondit l'Ange avec un signe de la main. Will est vraiment un amour, souffla-t-il quand son ami fut sorti. Nous sommes ensemble depuis trois ans...

— C'est une goule ? demanda Sullivan.

Il n'en était pas certain. La pâleur maladive du type jetait un doute sur sa condition.

— Oui. Je l'ai transformé peu après notre rencontre. Il était malade. Je voulais l'aider, le sortir de sa misère, tu comprends ?

Sullivan acquiesça.

— Ça enrayera peut-être la progression de la maladie. Elle semble ralentir, mais pas vraiment s'arrêter. Je ne pense pas que ce soit un mieux permanent.

L'Ange vérifia que Will était sorti.

— Si je pouvais, murmura-t-il, j'en ferais un vampire. Mais Vannevar n'approuvera jamais. Inutile de déposer une requête !

Sullivan déclara que l'Ange n'avait qu'à se passer d'autorisation. Qui pourrait l'arrêter ? La plupart des vampires le craignaient.

— Ils m'extermineront sans autre forme de procès. Ils tuent ceux dont ils ont peur, Sullivan. Tant que je ne leur fais pas de problèmes, ils me laissent vivre. Mais si je tente un truc qui les effraie, par exemple créer un autre vampire comme moi, ils se sentiront *contraints* de m'éliminer.

Sullivan comprit. Il demanda à Eddie s'il avait entendu parler d'une Chasse du Sang lancée par les Primogènes.

— Non, répondit-il. Mais je suis sûr que je l'aurais su si c'était fait. Je sortirai demain soir pour aller aux nouvelles.

L'aube pointait. Eddie déclara qu'il fallait se coucher. Se sentant de mieux en mieux, Sullivan fut capable de se lever. Avec l'aide de l'Ange, il fit quelques mètres dans le couloir pour rejoindre la pièce noire qui servait de refuge à son hôte.

— Je crains que nous soyons un peu à l'étroit, s'excusa Eddie.

Ils entrèrent dans la chambre ; l'Ange referma la porte.

La pièce était vide, hormis un grand cercueil posé sur le sol. Sullivan n'en crut pas ses yeux.

— Je sais, c'est un peu mélodramatique, dit l'Ange. Pas mal de vedettes du spectacle ont pour habitude de dormir là-dedans. Dans mon cas, ça semble parfait. Je te proposerai autre chose demain. Pour l'heure, c'est tout ce que j'ai. Aucune des pièces n'est imperméable au jour.

Il souleva le couvercle.

Sullivan observa avec émoi le cercueil ouvert devant lui. Déjà l'aube pointait à travers les rideaux. Bientôt le soleil serait au-dessus de l'horizon. Il devrait être à l'abri de ses rayons.

— Allez, dit l'Ange en le poussant. Je ne te mordrai pas, c'est promis.

Réalisant qu'il n'avait pas d'autre choix, Sullivan lui permit de l'aider à s'allonger. Puis, impuissant, il regarda Eddie se coucher près de lui et refermer le couvercle. L'obscurité les enveloppa.

7 février

Dans une librairie poussiéreuse et exiguë de Haight Street...

Il était presque dix heures. Marty Chin s'apprêtait à partir quand le dernier client fit tinter la clochette de la porte d'entrée. Se demandant qui était passé outre le panneau « fermé », Marty se retourna pour voir à quoi ressemblait ce lecteur nocturne.

Il fut surpris de se trouver face à une belle jeune femme en tailleur.

— Monsieur Chin ?

— Oui, répondit-il. C'est moi.

— Je voudrais un renseignement.

La femme ouvrit la main et lui montra une minuscule statue.

Chin était connu dans la ville pour ses connaissances en antiquité. Un des rares humains de San Francisco informés de la mainmise des Immortels sur la ville, il était au courant de plusieurs grands secrets. Laisser certains vampires croire qu'il détenait des informations susceptibles de leur nuire le rendait intouchable. C'était un business dangereux, mais rentable.

Après avoir reconnu le symbole, il hocha la tête en souriant. *J'ai deviné,* songea-t-il. *Cette femme n'est pas humaine.*

— Bien sûr, madame, dit-il. Que puis-je faire pour vous ?

— Je cherche un homme appelé Sullivan.

Elle lui tendit une enveloppe bourrée de billets de cent dollars.

15

La première nuit que Sullivan passa chez l'Ange, il se réveilla en sursaut. Il était coincé dans l'étrange cercueil, les bras de son compagnon autour de lui. Un frisson le parcourut quand il se remémora les événements de la nuit précédente.

L'Ange se réveilla puis ouvrit le couvercle, laissant entrer un peu de lumière. Voyant l'expression de Sullivan, il souffla :

— Ne t'inquiète pas. Je t'ai dit que je ne te mordrais pas, et je ne l'ai pas fait.

Sullivan semblait toujours mal à l'aise.

— Et si *tu* avais tenté de me mordre, ajouta l'Ange, je t'aurais réveillé pour que tu arrêtes !

Sullivan n'avait pas trouvé de nourriture la nuit précédente. Il commençait à avoir faim. Dans son état, il aurait pu faire n'importe quoi durant son sommeil. Une sensation de vide lui tenaillait l'estomac.

L'Ange l'aida à sortir du cercueil. Un fois sur pied, le vampire découvrit qu'il pouvait se tenir debout et marcher seul.

Dans le salon, les attendait un matelas à ressorts flambant neuf apporté par la goule. Sullivan se sentit soulagé. Et Will sembla satisfait d'avoir bien agi.

— Tu as appelé Ross comme je te l'avais demandé ? lui demanda l'Ange.

— C'est fait.

L'Ange expliqua à Sullivan qu'ils avaient contacté un ami disposé à lui fournir de la nourriture.

Ross était digne de confiance et séronégatif.

Un demi-heure plus tard, un grand type d'une trentaine d'années arriva. Joueur de tennis et de golf, Ross était bronzé et en forme. A côté de l'Ange et de Will, il irradiait la santé et la vitalité.

Ross et Sullivan se retirèrent dans la chambre pendant que Will aidait l'Ange à se préparer pour la nuit.

Comme d'habitude, Eddie arpenterait les rues de San Francisco à la recherche de victimes frappées par la maladie et aux portes de la mort.

Sullivan et Ross réapparurent vite. Le premier semblait avoir retrouvé un peu de ses forces tandis que le second montrait des signes d'épuisement. Ross se laissa tomber sur une chaise. Il inclina la tête en arrière et ferma les yeux. Will partit chercher de quoi manger. Deux marques à peine visibles se distinguaient sur son avant-bras.

— Je suis désolé d'en avoir pris autant, s'excusa Sullivan, s'asseyant à côté de Ross. Je ne m'en suis pas rendu compte...

Il paraissait à peine plus en forme que l'humain.

— Ça va, dit Ross, lui faisant un signe de la main. Tu en avais davantage besoin que moi. En plus, ce n'est pas *complètement* désagréable.

Fronçant les sourcils, Sullivan resta silencieux.

Will ramena du thé et des cookies. Ross accepta avec reconnaissance.

— La Croix Rouge offre toujours ce genre de truc aux donneurs, dit Will. Je ne sais pas si ça fait du bien ou pas, mais c'est une bonne excuse pour manger.

De nouveau, Ross le remercia.

— Je suis prêt, annonça l'Ange.

Surgi de nulle part, il traversa la pièce en direction de la porte d'entrée.

Son apparence était la même que la nuit dernière, n'étaient quelques détails que Sullivan remarqua. La coupe de sa robe était différente et il avait modifié son maquillage et sa coiffure.

— A plus tard, les mecs, lança-t-il en sortant.

Ross et Will le regardèrent partir. Il était évident que les deux hommes avaient de l'affection pour lui.

— Dans son genre, il est remarquable, dit Will à Sullivan. Un peu emmerdant à ses heures, mais super !

Ross rit de la remarque.

— Il est devenu une partie de la légende de Castro, expliqua-t-il. Beaucoup d'humains le connaissent à cause de ce qu'il fait.

Will raconta que l'Ange allait réconforter les victimes du sida pour qui la souffrance était devenue intolérable. Dans la communauté homosexuelle, il avait été surnommé l'« Ange de la Mort », une figure de miséricorde qui visitait les malades et les mourants. Eddie avait très vite adopté ce surnom.

Ross passa à des détails plus personnels.

— Je l'ai rencontré par hasard chez mon frère. Jim était mourant. J'habitais chez lui pour l'aider. Un jour, je suis tombé sur l'Ange, qui venait de l'achever.

Perdu dans ses pensées, Ross se tut.

Will intervint :

— L'Ange raconte que Ross a manqué faire dans son pantalon quand il est entré dans la pièce et qu'il l'a vu.

Il éclata de rire.

Leur mélancolie se dissipa, Ross sourit.

— Quoi qu'il en soit, je suis ami avec Will et l'Ange depuis deux ans.

Ils parlèrent encore un peu. Se sentant assez solide pour conduire, Ross s'en alla. Un peu plus tard, Will se retira dans son antre pour lire, laissant Sullivan se distraire tout seul. Très vite, le vampire s'ennuya. Il ne se souvenait pas de sa dernière nuit passée dans une maison.

Il regarda un peu la télévision. Ne trouvant rien d'intéressant, il l'éteignit.

Une heure avant l'aurore l'Ange revint avec de bonnes nouvelles.

— J'ai vérifié, dit-il. Il n'y a pas de Chasse du Sang. Vannevar a refusé d'en ouvrir une. Il dit avoir les preuves de ton innocence.

Sullivan poussa un soupir de soulagement.

— La mauvaise nouvelle, c'est que le prince a quand même ratifié le contrat du Grand-Père.

Les Primogènes n'avaient pas mis Sullivan hors-la-loi, mais ils approuvaient le contrat du patriarche, avalisant les tentatives d'assassinat aussi longtemps qu'elles ne mettraient pas la Mascarade en danger.

— Tu peux rester ici aussi longtemps que tu veux, dit l'Ange en voyant la mine déconfite de son protégé. Tu es en sécurité. Fais-moi confiance, la plupart des Damnés sont trop peureux pour s'approcher de moi ou de mon refuge.

Sullivan passa la journée à dormir dans son nouveau lit, près du cercueil de l'Ange.

Sullivan consacra les jours suivants à se régénérer. Les visites diurnes de Ross furent complétées par celles d'un homme appelé Richard et d'un ou deux autres amis humains du couple. Mais Ross était là presque tous les soirs, et c'était auprès de lui que Sullivan puisait le plus de forces.

Ils s'étaient liés d'amitié car le problème du sida les avait rapprochés. Ces derniers temps, une grande partie des gens que Sullivan côtoyait étaient infectés. Il trouvait Ross chanceux de ne pas avoir contracté le virus.

— Je suppose que tu as raison. Mais être testé négatif éveille un drôle de sentiment. Comme si tu étais le seul survivant d'un accident d'avion fatal pour ta famille et tes amis. *Pourquoi moi ?* te demandes-tu. Tu te sens seul et un peu coupable.

Sullivan connaissait ce sentiment. Il l'avait ressenti après la perte de son équipage, sur le navire de la mort. Du groupe, il avait été le seul survivant.

Les années qui suivirent, il s'était souvent demandé pourquoi.

Sullivan passait ses nuit avec Will, qui avait autrefois tenu une boutique de livres d'occasion. Le vampire n'avait jamais été un grand lecteur, mais il était intrigué par la collection d'ouvrages sur le vampirisme de la goule. La plupart des livres, lui avait expliqué Will, étaient apocryphes. Ecrits par des fanatiques et des mégalomanes, ils n'étaient qu'un ramassis de contes folkloriques et de légendes. Mais quelques-uns se révélaient précis et fiables.

Très calé sur le sujet, Will fut surpris par le peu de savoir de Sullivan. Ce dernier fut intrigué par les nombreux clans de vampires que la goule connaissait. Certains lui étaient familiers. Il y en avait d'autres dont il n'avait jamais entendu parler. Will lui expliqua que bien des faits étaient oblitérés par la rumeur et le secret. C'était le but de la Mascarade imaginée par les vampires pour échapper aux persécutions de l'Inquisition.

Sullivan lut quelques livres recommandés par Will. Il portait un vif intérêt aux mythes concernant les origines du vampirisme, particulièrement ceux qui remontaient à Caïn, le fils d'Adam et d'Eve, assassin de son frère Abel. Dans les croyances humaines, les vampires avaient hérité du péché originel d'Adam et Eve. Sullivan apprit que sa race portait la « Marque de Caïn », la malédiction du premier fratricide.

Sullivan était tout aussi intéressé par ses propres racines. Pour autant qu'il le sût, il n'appartenait à aucun clan. A l'inverse des vampires qu'il connaissait, Sullivan n'était qu'un membre de la Famille.

Will lui expliqua qu'on savait peu de choses sur les vampires d'Asie. Les Immortels de ce continent étaient d'un type inconnu ailleurs.

Sullivan se souvint de ce qu'il avait vu du Grand-Père, cette fameuse nuit.

Il frissonna.

Vendredi, pour le trente et unième anniversaire de Ross, Will avait organisé une petite fête à la maison. Quatre jours après avoir été agressé par les Clowns Sanglants, Sullivan était complètement rétabli. Depuis deux nuit, il devenait nerveux. Il avait envie de sortir, mais il savait ne pas être en état de faire face à un autre vampire. Après en avoir discuté avec l'Ange, il décida d'attendre encore une nuit. Ensuite, il s'aventurerait dehors avec son ami.

Sullivan aida Will à la cuisine. Il éplucha des pommes de terre pendant que la goule préparait la viande. L'Ange et Richard accrochèrent des serpentins et des ballons dans la salle à manger.

Ne se doutant de rien, Ross fut accueilli par une bande de joyeux fêtards. On servit à boire et à manger, la conversation s'anima et les plaisanteries fusèrent.

Un heure plus tard, quelqu'un sonna à la porte. Will se leva pour répondre.

— Je ne vois pas qui ça peut être. Tous les invités sont là.

Les conversations reprirent, mais Sullivan, inquiet, tendit l'oreille. Il entendit Will parler avec quelqu'un. Bien qu'il ne comprît pas ce qui se disait, il pensa que tout allait bien car le ton ne montait pas.

Un peu plus tard, tout le monde se tut en voyant Will revenir avec une grande jeune femme blonde vêtue d'un tailleur ultra chic. Son regard fit le tour de la pièce, et ses yeux bleus se posèrent sur Sullivan, assis de l'autre côté de la table.

Il était certain d'avoir déjà vu cette femme, mais où ? Soudain il se leva d'un bond.

— Kathy ? demanda-t-il, incrédule.

— Salut, Sullivan.

9 février
Dans une rue appelée Beacon, en haut de Billy Goat Hill.

Allongé sur une estrade couverte de coussins, Selena entendit craquer sa lourde porte de bois.
— Qui est-ce ? demanda-t-elle.
— Gregori. J'amène un cadeau.
Selena se redressa pour regarder le petit vampire descendre l'escalier en traînant un prisonnier. L'homme était vêtu de haillons. Son visage portait des traces de brulûres récentes.
— Je l'ai surpris en train de rôder autour de la maison de l'Ange, expliqua le vampire.
Gregori avait été chargé d'épier les activités de Sullivan.
— Il se cachait dans les buissons. Il ne m'a pas vu arriver.
La langue de Gregori se darda comme celle d'un serpent.
— Qui est-ce ? demanda Selena.
Elle se leva pour examiner le prisonnier.
Une rumeur prétendait qu'un des Primogènes avait attiré un chasseur de vampires dans la ville.
— Tout va bien..., murmura l'homme, sa tête roulant sur le sol. Ayons foi dans le Père Qui Sait Tout...
Il délirait, mais ses propos semblaient familiers à Selena.
— Etonnant..., dit-elle, pensive. Emmène-le dans la chambre du fond, Gregori. Nous allons le faire parler.
Elle traversa la pièce pour gagner la chambre spéciale.
— Nous devons découvrir qui il est. Peut-être servira-t-il nos intérêts.
Gregori suivit Selena, traînant toujours le pauvre type.
— Un bon plan, approuva-t-il.

16

On pria Kathy de s'asseoir. Ross se leva pour lui tirer une chaise. Sullivan se rassit.

L'apparence de Kathy le stupéfiait. Pas à cause de sa coiffure, de ses vêtements chers ou de son maquillage classe, mais parce qu'elle semblait si différente de la jeune femme qu'il connaissait. Elle était devenue une goule — il venait de le réaliser — mais elle paraissait en pleine forme.

Le vampire s'étonna qu'elle se soit sortie de la drogue. Ses yeux bleus étaient si clairs, sa voix si régulière, sa diction si modulée...

Rejoignant l'assemblée, elle raconta comment elle avait rencontré Sullivan, omettant de dire qu'ils travaillaient ensemble. Le vampire approuva sans rien révéler de leur relation « professionnelle ».

Plus tard dans la nuit, Sullivan prit Kathy à part et la questionna.

— Je travaille pour Vannevar, lui dit-elle.

Elle raconta qu'après s'être faite coincer, à l'aéroport, elle avait été ramenée en ville pour rencontrer le prince.

— Ce n'est pas vraiment un méchant type, ajouta-t-elle.

Il l'avait aidée à se sortir de la drogue. Désormais elle travaillait pour lui. Elle avait une voiture et tout ce qu'elle désirait. Sullivan admit qu'elle était très bien habillée et la complimenta.

— Merci, répondit-elle, flattée.

Puis elle lui expliqua la raison de sa visite.

— Vannevar te cherche. Il a un marché à te proposer.

— Quel genre ? s'enquit le vampire.

— Le prince n'a rien contre toi. Il aimerait t'aider, mais *tu* dois l'aider d'abord.

— Que pourrais-je faire ?

— Il veut que tu élimines le Grand-Père.

Ne sachant quoi répondre, Sullivan resta silencieux.

— Vannevar t'offre sa protection si tu fais le travail. Le Grand-Père mort, lui et la Douairière domineront Chinatown. Leurs ennemis du Conseil seraient dans l'impossibilité de s'opposer à eux. Le prince suppose que tu as tes raisons de tuer le Grand-Père. Le contrat en est une. Car il s'éteindrait avec le patriarche.

C'est vrai, songea Sullivan. *Se débarrasser du Grand-Père... Mais comment ?*

— Vannevar m'offre son aide ? Dans tous les cas ?

Sullivan n'avait aucune idée sur la façon de détruire une créature aussi puissante que le Grand-Père.

— Non. Il ne doit pas montrer qu'il t'aide. La moindre preuve qu'il agit contre un des seigneurs locaux pourrait lui coûter le trône. Personne ne doit se douter qu'il tire les ficelles. Une fois la *chose* faite, il pourra te soutenir ouvertement.

Sullivan ne voyait pas comment réussir ce tour de force. Mais il ne voyait pas non plus comment sauver sa peau autrement.

— Où irons-nous en partant d'ici ? demanda-t-il.

— Le prince désire te rencontrer, répondit Kathy.

Sullivan fronça les sourcils. Le prince ? Se retrouver devant Vannevar était une perspective intimidante.

— Où et quand ?

— Je m'occuperai des détails, maintenant que je sais que ça t'intéresse. Je t'appellerai demain...

Quelques minutes plus tard, Kathy s'en alla au volant d'une Lexus neuve. Sullivan regarda la voiture jusqu'à ce qu'elle soit hors de sa vue. Il n'en revenait pas de voir la femme si différente, il ne se faisait pas davantage à l'idée que le prince veuille le rencontrer.

Il retourna près de ses amis, mais ses pensées étaient occupées ailleurs.

La nuit suivante, Sullivan et l'Ange quittèrent la maison ensemble. C'était la première sortie du vampire depuis une semaine et l'air lui sembla chaud et grisant. Il était encore un peu engourdi, mais il se sentait prêt à se tester. Il passa quelques heures en compagnie de l'Ange, suivant sa tournée chez les malades du sida. Puis, il se sentit d'attaque et décida de continuer seul.

— Tu es sûr que ça ira ? demanda l'Ange avant de le laisser partir. Il y a toujours un contrat sur ta tête...

— Tout va bien, assura Sullivan.

Je me sens assez fort et combatif pour faire face à des tueurs, se dit-il en se faufilant dans les rues.

Il prit cependant soin d'éviter China Basin et les Clowns Sanglants.

A l'est de Mission, il s'arrêta pour boire le sang d'une secrétaire qui rentrait tard chez elle. L'attaque silencieuse de Sullivan la laissa longtemps inconsciente mais elle en sortit indemne, juste un peu affaiblie par l'expérience.

Attiré par les lumières de la ville, le vampire marcha vers le nord.

Une heure plus tard, il arriva sur Market Street.

Toujours affamé, il trouva une autre victime. Son corps réclamait de la nourriture, car tout supplément de sang accélérait le processus de régénération. Une nuit passée à errer avait aussi contribué à mettre son corps à l'épreuve.

Il s'attarda à la frontière du territoire interdit, se demandant comment il pourrait retourner dans son monde. Une impulsion soudaine le fit traverser la rue. Il éprouva une joie singulière en remettant les pieds « chez lui ». Il savait que c'était une folie de revenir ici.

Le seul fait d'y avoir pensé était impardonnable. Sans hésitation, il se dirigea pourtant vers Chinatown.

Il se cacha dans les ombres de Grant Street, au sud de Bush, de l'autre côté de la porte de Chinatown. Il regarda les touristes aller et venir dans son ancien repaire. L'odeur de la nourriture exotique lui rappela son passé, quand il vivait dans cette rue, alors appelée DuPont. A l'époque, Sullivan était connu comme le « démon blanc » — le faire-valoir païen du Grand-Père. Puis il y avait eu le séisme, cause de son départ pour Pine Street. Un moment, il avait dirigé les fumeries d'opium et les casinos clandestins, approvisionnant les toxicomanes et les joueurs de la vieille ville...

Sullivan aperçut Loo dans la foule. D'un mouvement rapide, il recula dans l'ombre d'une porte cochère. Loo prit position devant la porte, et sonda Bush Street. Il paraissait évident qu'il attendait quelqu'un, prêt à sacrifier au rite d'entrée que Sullivan avait observé lors de ses visites au Grand-Père.

Un taxi jaune s'arrêta devant le trottoir. Une femme en descendit. Quand elle se retourna pour payer le chauffeur, Sullivan entrevit son visage. Mais il savait déjà qui c'était : Kathy !

Loo et la jeune femme se saluèrent. Kathy disparut dans Chinatown.

Sullivan retourna chez l'Ange.

— Comment ça va ? lui demanda son ami. On commençait à s'inquiéter.

— Pas de problèmes, répondit Sullivan, distrait.

— Kathy a appelé tout à l'heure, dit Will. La rencontre est pour demain soir. Elle passera te prendre à dix heures.

— A-t-elle précisé où ça aurait lieu ?

— Non. Je n'ai pas pensé à lui demander.

— Mon vieux, dit Sullivan, s'adressant à l'Ange, il s'est passé quelque chose. J'ai besoin de toi.

L'Ange écouta attentivement.

10 février

Service des relations publiques de la mairie à l'Hôtel de Ville...

Sur le bureau de Jayne Hallender, les téléphones sonnaient sans interruption. Son patron, l'attaché de presse du maire, répondait tant bien que mal pendant que son autre assistant, Mike, s'occupait de la meute de journalistes massée devant la porte.

Exaspérée, Jayne décrocha le combiné le plus proche.

— Bonjour, bureau de presse du maire, dit-elle en redoutant ce qui allait suivre.

A l'autre bout du fil, la voix jacassait assez fort pour être entendue dans toute la pièce. Jayne éloigna le téléphone de son oreille. Elle ferma les yeux et écouta.

Seigneur, songea-t-elle, *dire que c'est seulement mon deuxième jour de travail.*

— Oui, monsieur, répondit-elle aussi poliment que possible. C'est vrai. Le maire a différé le *Festivo dello Estinto*, comme vous l'avez entendu dire. Pour combien de temps ? Je l'ignore, monsieur... pas plus d'une semaine ou deux...

Son correspondant l'interrompit.

— Je comprends, monsieur. Beaucoup de nos concitoyens sont pénalisés par cette décision mais le maire assure que c'est temporaire...

Le râleur lui raccrocha au nez.

C'était comme ça depuis que le maire avait annoncé le report. Les commerçants étaient furieux. Ils avaient dépensé de l'argent en publicité, en affiches... Tout ça pour rien ?

Jayne n'avait aucune réponse à donner à ceux qui appelaient.

Les téléphones sonnaient toujours. Elle en décrocha un autre.

17

Kathy se gara devant la maison de l'Ange à dix heures tapantes. Sullivan sortit en l'entendant arriver et prit place dans la voiture.

— Bonsoir, dit la jeune femme en souriant.

— Salut, répondit Sullivan, tentant de paraître nonchalant.

Kathy démarra et fit demi-tour pour descendre la colline. En silence, Sullivan continua de martyriser son fauteuil sous prétexte de le régler, gigotant assez pour vérifier qu'ils étaient bien suivis.

— Ça va ? demanda Kathy. Tu sembles nerveux.

— Ouais, ça va, répondit-il.

Il venait d'apercevoir la Hyundai bleu foncé de Will. Il se sentit soulagé de le savoir sur leurs traces.

— Je suis un peu nerveux. Ce n'est pas toutes les nuits qu'on rencontre le prince.

Sans quitter la route du regard, Kathy sourit et acquiesça.

Sale putain, songea Sullivan.

Après l'avoir vue en compagnie de Loo, il avait, avec l'aide de l'Ange, procédé à quelques vérifications. Personne n'avait entendu dire que Kathy travaillait avec le prince. Mais au cours des deux dernières semaines, on l'avait souvent croisée autour de Chinatown.

— Où va-t-on ? s'enquit le vampire.

Ils se dirigeaient vers l'est, le long d'Army Street, en direction de la baie.

— C'est un secret. Je ne peux pas te le dire.

— J'ai le droit de savoir, non ?

La tension le rendait irritable. Il semblait à bout de nerfs. Il fallait qu'il retrouve son calme.

— Après tout, ajouta-t-il, quelle différence ça fait, maintenant ?

— C'est par là, pointa Kathy. Le long du canal.

Elle tourna dans une rue étroite bordée de vieux entrepôts. Sullivan jeta un coup d'œil par-dessus son épaule. La Hyundai était toujours là. Will avait laissé un peu de distance entre eux ; le vampire espéra qu'il les avait vus tourner.

Islais Creek Channel était un vieux cours d'eau naturel, aujourd'hui asséché et couvert de béton puis de gravier. L'endroit était dépourvu d'habitations. Désert, le quartier des entrepôts n'avait rien de rassurant.

S'étant laissé entraîner dans ce qu'il savait être un piège, il ne lui restait qu'à espérer que Will suivait toujours.

Approchant du canal, visible après le dernier entrepôt, Sullivan s'énerva à l'idée que Loo et la Famille l'aient cru assez stupide pour tomber dans le panneau. Il se souvint d'avoir frôlé la mort dans l'usine déserte d'Oakland et nota avec plaisir qu'il était devenu un peu plus prudent. Ou peut-être simplement plus chanceux.

Arrivés près des berges du canal, ils approchèrent d'une Mercedes garée au bord de l'eau.

— C'est Vannevar ? demanda innocemment Sullivan en désignant la voiture.

— C'est lui, répondit Kathy.

Sullivan avait posé cette question idiote pour faire mentir Kathy. Entendre ces mots sortir de sa bouche rendrait plus facile ce qu'il avait prévu pour cette nuit.

Ils passèrent devant la Mercedes. Kathy se gara face au canal, à quelques mètres de la voiture. Elle coupa le moteur, éteignit les phares et ouvrit la portière. En sortant, elle lança :

— On y va.

Sullivan descendit du véhicule et regarda au bout de la rue, cherchant la Hyundai. Il ne vit rien, mais c'était prévu, puisqu'il avait demandé à ses amis d'attendre sans se faire remarquer jusqu'à ce qu'il soit certain qu'il s'agissait d'un piège.

Juste au cas où Vannevar l'attendrait.

Kathy et le vampire marchèrent vers la Mercedes. Le gravier crissait sous leurs pas. La portière du passager s'ouvrit. Une grande silhouette apparut.

Vannevar ? s'étonna Sullivan. Il y avait donc encore un espoir ?

Alors il reconnut l'homme à sa gestuelle et à son allure cadavérique. C'était Chi, la goule. L'autre portière s'ouvrit et Loo apparut. Il se planta devant Sullivan.

— Bonsoir, mon frère, dit-il.

Sullivan s'arrêta net. Kathy avança pour se placer près de Loo. Chi les rejoignit et se posta de l'autre côté du Chinois.

La goule portait une coupe en bronze munie d'un couvercle.

— Alors, quel est le marché ? demanda Sullivan, jouant à l'idiot. J'étais supposé rencontrer le prince.

Il n'y avait aucun signe de ses amis, Will, l'Ange et Ross. Il s'inquiéta de ne pas les voir. Peut-être l'avaient-ils perdu ?

— Le Grand-Père veut te parler, répondit Loo.

Son visage était menaçant. Il semblait irrité. Loo avait toujours eu une attitude amicale. Cette nuit, il était différent.

— Moi, je n'ai aucune envie de le voir, répliqua Sullivan cherchant à gagner du temps.

— Tu n'as pas vraiment le choix. J'ai l'ordre de te ramener ou de te tuer.

— Je ne veux pas *te* tuer, Loo...

— Tu ne peux pas. Chi a apporté quelque chose qui nous assurera le succès.

Sullivan jeta un coup d'œil sur la coupe. Personne ne pouvait savoir quelle arme secrète elle contenait. Chi était un maître en magie.

Sullivan continua à gagner du temps, attendant un signe de ses amis. Loo tendit lentement la main vers le couvercle de la coupe.

— Que me veut le Grand-Père ? demanda Sullivan.

Soudain la Hyundai apparut. Elle fonça vers le petit groupe et s'arrêta avec un crissement de pneus. Les portières s'ouvrirent. Ross sauta du siège passager, pistolet au poing, et visa Chi. Will se montra, suivi par l'Ange.

Chi et Loo étaient restés sereins pendant l'approche de la voiture. Idem en voyant Ross et Will. Mais quand l'Ange émergea de la banquette arrière, Loo se retourna. Sullivan en profita pour tenter sa chance. D'un bond, il se jeta sur lui et lui serra le cou. La puissance de l'impact les projeta contre la Mercedes. La tête de Loo traversa la vitre. Des éclats de verre tombèrent sur le gravier au moment où Sullivan tirait le Chinois vers lui pour le faire pivoter.

S'éloignant du combat, Chi retira le couvercle de la coupe. De longs tentacules de fumée noire s'en échappèrent. La chose s'allongeait et se contorsionnait comme si elle était vivante.

L'Ange se rua sur Chi, mais le pistolet de Ross fut plus efficace. La vieille goule prit trois balles dans la poitrine.

Lâchant la coupe, qui s'écrasa contre le gravier, Chi tomba à la renverse et bascula dans l'eau glacée. L'Ange se précipita.

Voyant Loo en mauvaise posture, Kathy bondit. Elle sauta sur le dos de Sullivan et lui planta ses dents dans la nuque.

Hurlant de douleur, Sullivan lança une main derrière lui et agrippa la garce par la peau du cou, l'obligeant à lâcher prise. Il la jeta la tête la première contre la voiture.

Elle glissa sur le sol comme une poupée brisée.

L'Ange continuait de chercher une trace de la goule tombée dans le canal. Il ne remarqua pas la coupe en bronze ni les tentacules noirs qui glissaient vers ses chevilles.

— Attention ! cria Will.

Il courut vers la coupe et lui flanqua un coup de pied. Elle rebondit, roula en direction du canal puis disparut, entraînant derrière elle les derniers tentacules.

La coupe s'enfonça dans l'eau deux mètres plus bas. Elle en ressortit immédiatement, accompagnée d'un véritable mur de liquide vert incandescent qui s'éleva au-dessus de Will et de l'Ange avant de retomber en les laissant trempés.

Loo venait de sortir sa hachette. Ayant réussi à se dégager de la prise de Sullivan, il lui planta le tranchant dans l'avant-bras.

Mais le vampire parvint à lui arracher son arme.

Sullivan fit pivoter Loo et le souleva de terre. Puis il le posa sur son genou droit et, d'un coup sec, lui brisa l'échine.

Laissant le vampire paralysé sur le gravier, il récupéra la hachette. Ensuite, il se laissa tomber à genoux sur la poitrine du vaincu. L'agrippant par les cheveux, il leva l'arme au-dessus de sa tête.

— L'un de nous perdra, l'autre gagnera, lâcha Loo dans un souffle. On le savait depuis toujours. Je te félicite de ta victoire, mon frère...

Il s'arrêta pour cracher du sang, puis souffla.

— Mais le perdant a un lot de consolation. Il va mourir.

Sullivan abattit la hachette, séparant la tête de Loo de son corps.

— Tout va bien ? demanda Ross, se précipitant pour aider son ami.

Le vampire s'était déjà remis debout.

— Ça va, répondit-il, j'ai gagné.

Will et Eddie étaient penchés sur Kathy.

— Elle est toujours en vie, dit l'Ange. Mais à peine. Son crâne est salement touché.

Trop heureux d'avoir l'occasion de lui faire payer sa trahison, Sullivan n'avait pas économisé sa force en la poussant contre la voiture.

— Et alors ? lâcha-t-il.

Ils portèrent le cadavre décapité de Loo dans la Mercedes, puis la poussèrent dans le canal. En la regardant sombrer, Sullivan s'enquit de ce qui était arrivé à Chi.

— Je ne l'ai pas vu, répondit l'Ange. Il a dû couler comme une pierre.

— Il est peut-être mort dans l'explosion, après que j'ai *shooté* dans la coupe, ajouta Will.

Ils font erreur, songea Sullivan, qui connaissait Chi mieux que ses amis.

Accompagné par Ross, Sullivan conduisit la Lexus de Kathy jusque chez l'Ange. Will et son compagnon reprirent leur Hyundai.

Toujours inconsciente, Kathy reposait sur le siège arrière.

— Ces deux cinglés ont l'intention d'en faire quoi ? grommela Sullivan sur le chemin.

— On ne pouvait pas la laisser là, répondit Ross.

Sullivan aurait préféré la mettre dans la Mercedes, à côté de Loo.

— Cette femme est une menteuse. Elle ne mérite pas de vivre.

— L'Ange dit que la blessure est grave. Il ne pense pas qu'elle survivra plus de quelques heures. Si ça peut te faire plaisir...

Remis à sa place, Sullivan n'ajouta rien.

Le trajet se passa en silence.

Arrivé à la maison, ils posèrent Kathy sur le divan où Sullivan avait passé la nuit après l'agression des Clowns Sanglants. Le vampire savait que l'Ange l'avait sauvé sans raison particulière, simplement parce que c'était dans sa nature. Il ne pouvait pas vraiment lui en vouloir de tenter d'aider Kathy.

L'Ange et Will lavèrent la plaie, puis la bandèrent pendant que Sullivan faisait les cent pas. Tuer Loo, l'avait bouleversé. Il savait qu'il n'avait plus aucun espoir, sauf à éliminer le Grand-Père. Et ça devenait possible. Sans Loo, peut-être sans Chi, il restait peu de protection au vieux vampire.

En sortir vivant était une autre affaire. En y réfléchissant, Sullivan conclut qu'agir le plus tôt serait le mieux. S'ils lui laissaient une nuit supplémentaire, le Grand-Père pourrait se préparer. S'ils l'attaquaient ce soir, Sullivan le cueillerait avant qu'il apprenne les morts de Chi et de Loo.

— Je ne pense pas qu'elle tiendra une heure de plus, annonça l'Ange en revenant dans l'entrée où Sullivan élaborait ses plans. Elle fait une hémorragie massive.

Perdu dans ses pensées, Sullivan entendit à peine les propos de l'Ange.

— Et l'hôpital ? suggéra Ross, qui venait de les rejoindre.

Will était resté au chevet de Kathy.

— Trop tard, dit l'Ange. J'ai bien peur que personne ne puisse plus rien faire.

Il y eut un moment de silence, puis Ross reprit :

— Tu peux la sauver, n'est-ce pas, Sullivan ?

L'interpellé le regarda du coin de l'œil, sans comprendre. Puis le sens de la question arriva à son cerveau.

— Tu veux dire, la *convertir* ? demanda-t-il, incrédule.

Ross lui suggérait de faire un vampire de cette pute.

— Tu le peux, renchérit l'Ange. Moi aussi, mais nous connaissons tous les conséquences que ça aurait.

— Pourquoi faire tout ce bazar ? voulut savoir Sullivan.

Il ne comprenait pas qu'ils se tracassent pour une femme qui avait tenté de le piéger. Il savait qu'elle leur avait fait une forte impression, la nuit où elle était venue ferrer son poisson, mais à ce point...

— C'est une pute à qui on peut pas se fier, et elle a toujours été comme ça, insista Sullivan.

— Elle s'est montrée loyale envers Loo, dit Ross. Elle a risqué sa vie pour lui.

— Loo l'avait aidée, ajouta l'Ange. La loyauté appelle la loyauté. Qu'as-tu jamais fait pour elle ?

Les trois hommes connaissaient la vérité sur leurs relations depuis que Sullivan avait découvert qu'elle jouait double jeu.

L'Ange marquait un point. Mais Sullivan détestait être coincé comme ça. Il résista.

— Vannevar ne l'acceptera pas.

— Vannevar n'est pas ici, constata l'Ange, prosaïque. En outre, s'il découvre l'affaire et qu'il n'aime pas ça, il n'aura qu'à la tuer. Quelle est *ta* décision ?

Sa logique servait à embrouiller un peu plus Sullivan. A court d'arguments, celui-ci sentit qu'il perdait la bataille. Malgré sa trahison, l'Ange aimait bien Kathy. Il l'avait appréciée et il se sentait concerné par son sort.

— Elle n'a personne d'autre dans ce monde, Sullivan. Elle deviendra ton Enfant et te sera fidèle, si tu le mérites.

La bataille était perdue. Ross et l'Ange avait tellement culpabilisé Sullivan qu'il dut accéder à leur demande.

Le vampire accepta de se rendre dans le salon.

Seul avec Kathy, il s'agenouilla devant le divan et la regarda. Le côté droit de sa tête disparaissait sous les bandages.

Doucement, il lui perça la gorge avec ses crocs, puis but le sang qui coulait lentement de la plaie. Le pouls de la jeune femme se fit plus régulier tandis que Sullivan savourait la vie douce-amère de Kathy.

Son sang devint plus froid et son cœur faiblit. Elle sembla de plus en plus pâle jusqu'à ce qu'une convulsion lui redonne vie. Le débit du sang augmenta dans la bouche de Sullivan.

Sullivan se redressa, chancela un instant, rempli de l'énergie d'une autre vie, maintenant consumée. Avec son ongle, il s'entailla l'avant-bras. Une ligne de sang marqua la coupure, formant des rigoles qui coulaient vers le poignet. Il leva la tête de Kathy, lui ouvrit la bouche, et laissa le sang couler entre ses lèvres écartées.

Il n'y eut pas de réaction immédiate. Sullivan lui massa la gorge pour s'assurer que le liquide vital arrivait au bon endroit. Puis il la nourrit de nouveau.

Cette fois, Kathy toussa et remua. En ouvrant les yeux, elle vit l'avant-bras couvert de sang du vampire et se releva, plantant ses dents dans la chair tendre. Sullivan défaillit quand le sang chaud jaillit de son corps comme un torrent.

Kathy était vorace. Elle but le liquide jusqu'à ce que Sullivan menace de s'évanouir. Alors il retira son bras. Kathy chercha à le mordre. Puis elle s'éveilla complètement.

— Sullivan ? s'étonna-t-elle.

Il était debout devant elle.

— Salut, répondit-il, sur un ton qui se voulait dégagé.

11 février

Dans un embouteillage tardif, près de Bay Bridge...

— Merde ! jura Tomaine.

De jour comme de nuit, Le trafic était si dense que le moindre incident se transformait en catastrophe. Quelque part devant, deux automobilistes s'étaient accrochés, provoquant un bouchon considérable.

Tomaine saisit son téléphone cellulaire et composa un numéro. Il détestait utiliser un portable pour ce genre d'appel, mais il n'avait pas de choix.

De plus, qu'aurait été la vie sans risque !

Après trois sonneries, quelqu'un décrocha.

— Allô, dit une voix endormie.

— Denton ? demanda Tomaine.

— Oui, répondit le type, soudain réveillé.

Denton était un membre du conseil municipal.

— Tu sais qui je suis ?

— Oui.

— Je ne crois pas que nous devrions accepter la décision du maire au sujet du *Festivo*. Qu'en penses-tu ?

Denton approuva.

— Beaucoup de gens avaient placé tous leurs espoirs dans cette manifestation. Il n'est pas juste de l'annuler sans en tenir compte.

Denton continua d'acquiescer.

— Je te suggère d'en parler avec Mlle Tildon. Elle a toujours soutenu la population. Fais-ça bien et tu seras sur les rangs pour la prochaine élection.

Denton remercia et raccrocha.

Voilà qui s'appelle faire du bon travail, songea Tomaine en reposant le téléphone.

Cela faisait des semaines qu'il tentait de savoir qui était derrière le *Festivo*. Ayant échoué, il avait convaincu Vannevar que le Sabbat tirait les ficelles. Donc l'événement devait être retardé.

Depuis, Denton accusait le maire d'être à la botte de Vannevar et il montait les gens contre sa décision. La chute de l'élu était proche.

La rumeur sur les « communistes mexicains » était une idée de génie, se félicita Tomaine. Il espérait que son plan éliminerait le Sabbat dans la foulée...

La circulation étant toujours bouchée, il klaxonna.

— Enfoirés ! murmura-t-il.

18

Sullivan passa un moment avec Kathy, puis s'avisa qu'il avait peu de temps à perdre en bavardage. La laissant aux bons soins de ses amis, il commença à préparer son assaut contre le Grand-Père. L'Ange tenta de le dissuader, arguant qu'il était affaibli par la « résurrection » de Kathy, mais le vampire resta inflexible. Il comptait attaquer le Grand-Père tant qu'il ne se doutait de rien. S'il lui permettait de rassembler ses forces, il aurait moins de chance de s'en sortir vivant.

Dans le garage, sous la maison, Sullivan trouva une tondeuse et de l'essence. Utilisant des bouteilles de bière, il fabriqua deux cocktails Molotov. Il les fourra dans le sac qui contenait la tête de Loo et s'apprêta à quitter la maison.

— Je viens avec toi, proposa l'Ange.

— Non, merci, répondit Sullivan. C'est trop dangereux.

— Je m'en fous ! insista l'Ange. De toute façon, tu as besoin de quelqu'un pour surveiller tes arrières. Je garderai l'entrée pour être sûr que personne ne te suit.

A contrecœur, Sullivan accepta ; un court moment après, tous deux partirent pour la ville. Ross et Will étaient restés à la maison afin de surveiller Kathy.

— Doucement, implora l'Ange alors que Sullivan se faufilait dans le trafic encore dense dans certaines parties de la cité, même à trois heures du matin. Mieux vaut qu'on arrive entiers, non ?

L'aube se lèverait dans deux heures. Sullivan était pressé par le temps. Au cours du trajet, il se remémora les événements de la nuit, remâchant sans cesse la mort de Loo. La colère lui donnait la force de finir le travail. Pendant des années, le Grand-Père avait joué avec eux, les montant l'un contre l'autre. Cette idée le rendait assez furieux pour affronter ce qui allait suivre.

Il lâcha quand même un peu la pédale d'accélérateur.

En ville, Sullivan entra dans Chinatown par une route parallèle, en haut de Jackson Street. Il y avait peu de voitures, mais la rue était encombrée par les camions qui livraient au marché des produits frais, du poisson et de la viande. Sullivan s'énerva : ils avançaient lentement et le temps passait. Excédé, il prit le sac, sur le siège arrière, coupa le moteur et sortit de la voiture.

— Viens, dit-il à l'Ange, on y va à pied.

— Et on rentrera comment ? demanda son ami avec un coup d'œil à la Lexus abandonnée au milieu de la rue.

Derrière, les conducteurs commençaient à klaxonner.

— Je ne sais pas, répondit Sullivan. On verra ça en temps voulu.

En réalité, il s'en fichait. Il avait très peu de chance de survivre à cette nuit.

Dans l'allée, ils se heurtèrent à la porte de la boutique de poissons. Le rideau était tiré pour la nuit. D'un coup de pied, le vampire fracassa le chambranle. L'intérieur du magasin était sombre et tranquille. Personne à l'horizon.

— Attends ici, chuchota Sullivan. Le Grand-Père est en bas. (Il désigna l'escalier qui conduisait au sous-sol.) Ne laisse personne passer après moi.

En silence, il descendit les marches.

Le sous-bassement n'étant pas éclairé, Sullivan dut trouver son chemin dans l'obscurité. L'odeur d'encens, maintenant familière, masquait celle de la pourriture. Le couloir était tellement sombre que les yeux ultra-sensibles du vampire avaient du mal à percer l'obscurité.

Il trouva quand même l'antichambre de l'antre du Grand-Père. Il s'arrêta à l'entrée et tendit l'oreille. David était avec l'Aîné. La goule jacassait, mais Sullivan ne comprit pas ses propos.

Le vampire pénétra dans la petite pièce, prenant garde de ne pas renverser une des tables chargées de jades et d'ivoires sculptés. Il s'arrêta près du rideau qui séparait l'antichambre des quartiers du Grand-Père. Tout était calme. David l'avait bouclée. Seule la respiration sifflante du vieux vampire restait audible. Sullivan hésita une seconde, puis écarta la tenture et entra.

Le Grand-Père trônait sur ses coussins. Il ne portait pas de masque. Son faciès mi-humain mi-insectoïde était ignoble.

La créature était penchée sur David, qui s'abreuvait à un de ses membres tordus.

Sullivan vit le Grand-Père bouger lentement pour déloger la vermine qui le parasitait. Un amas de vers tomba sur David. Le corps du patriarche était couvert de poches de pus qui semblaient prêtes à éclater. En séchant, elles se transformaient en une myriade de plaies ouvertes.

— Grand-Père ! cria Sullivan.

La créature leva la tête. David cessa de se nourrir. Il se releva, pivotant pour faire face à l'intrus.

Les deux monstres semblaient surpris. Ils n'avaient pas l'air d'être informés des événements de la nuit.

— Sullivan, dit le Grand-Père, mielleux.

Son étonnement se mua en une bienveillance inhumaine.

— Qu'est ce qui t'amène ?

— Je t'ai apporté un cadeau, répondit le vampire en fouillant dans son sac. Tiens.

Il lança la tête de Loo.

Elle vola à travers la pièce, rebondit sur le sol, roula un peu, puis s'immobilisa en face du Grand-Père, le fixant de ses yeux grands ouverts.

Incrédule, le patriarche la contempla un instant avant de réagir.

— Le tueur d'Enfants ! cria-t-il, en pointant sur Sullivan un long doigt crochu. A mort !

Mais il était trop tard. Sullivan avait déjà allumé les deux cocktails Molotov.

Il les lança un après l'autre sur le monstre. Ils atteignirent leur cible, se fracassant contre le cartilage et les os pourris qui composaient le squelette du Grand-Père. L'essence se répandit et prit feu instantanément. Les flammes coururent sur la robe du patriarche, puis sur les tentures. Hurlant de douleur, le Grand-Père se débattit pour échapper au feu.

Sullivan se précipita sans prendre garde à David. La goule lui flanqua un coup de poing qui l'envoya au tapis loin de l'issue qu'il espérait atteindre. David accroché à ses jambes, il essaya de se libérer à coups de pied, mais la goule refusait de lâcher prise.

Dévoré par les flammes, le Grand-Père rampait vers eux, comme une torche vivante qui illuminait la chambre.

Puis le monstre trébucha. Presque vaincu, il trouva la force de se redresser et de se remettre à avancer vers les deux combattants. La haine se lisait sur son visage. Sur son passage, il semait des lambeaux de chair brûlée. Il ressemblait à une tour embrasée, un bûcher funéraire ambulant qui emplissait la pièce d'une fumée noire.

Une silhouette apparut dans l'encadrement de la porte. David cria quand quelqu'un le frappa dans le dos. Sullivan se dégagea et franchit le seuil au moment où le Grand-Père faisait son dernier pas.

Il s'écroula tête la première. Tombant sur David, il l'entraîna avec lui dans la mort.

Sullivan percuta quelqu'un.

La personne qui avait frappé David.

— Vite ! dit une voix de femme. Sortons d'ici.

Kathy ! Elle avait tiré Sullivan des griffes du Grand-Père et elle l'aidait à sortir de cet enfer. Prenant appui sur une main, le monstre se redressa pour laisser échapper un dernier grognement.

Puis il s'écroula.

— Comment es-tu arrivée ici ? demanda Sullivan.

Ils couraient déjà dans le passage qui les ramènerait à la boutique.

— Will m'a emmenée. Ross m'a *dépannée*. J'ai bu son sang...

Elle continua de tirer Sullivan, qui chancelait. Atteignant l'escalier, ils s'aperçurent que le magasin était envahi par la fumée.

— Vite, dit Kathy. Ce sera bientôt l'aurore.

L'Ange les attendait en haut des marches ; il aida Kathy à tirer Sullivan hors du bâtiment. Will faisait le guet au volant de la Hyundai, garée au bout de l'allée, moteur allumé.

Les alarmes de l'immeuble retentirent. Dans le lointain, Sullivan entendit les sirènes des pompiers.

Le trio avait presque atteint la voiture quand une grande silhouette tourna le coin de la rue, remontant l'allée dans sa direction.

C'était Chi. Blessé, il avait encore assez d'énergie pour tenter de sauver le Grand-Père. Sullivan s'arrêta pour combattre, mais la goule passa devant lui sans un regard.

Le vieux Chinois descendit l'allée et, sans aucune hésitation, se jeta dans le bâtiment en flammes.

Un hurlement retentit. Quelque chose, dans la boutique, s'effondra, propulsant un nuage de cendres et de fumée à travers la porte.

— Bon débarras, dit l'Ange.

Très vite, ils furent de retour dans Castro. Quelques minutes plus tard, en sécurité chez l'Ange, ils trouvèrent Ross couché sur le canapé.

La perte de sang l'avait épuisé.

L'aube se levait. Les trois vampires se retirèrent remettant le « débriefing » à plus tard.

Kathy partagea le lit de Sullivan.

12 février

Dans une suite luxueuse d'un des plus beaux hôtels de San Francisco....

Honerius leva son verre rempli de sang pour porter un toast avec le prince et Nickoli, le ministre des Finances des Primogènes. Ils fêtaient leur succès.

— A la chute du Grand-Père, messieurs, dit Vannevar avant d'avaler une gorgée. Et à notre victoire.

Ils s'étaient congratulés toute la soirée, pourtant Honerius sentait que quelque chose clochait. Le prince remettait sans cesse Sullivan sur le tapis. Il voulait savoir pourquoi il avait survécu. Des années de magie avaient laissé penser que le tueur de « parents » mourrait avec le Grand-Père.

— Tu ne devrais pas te soucier de ça, seigneur, dit Honerius. Tu connais aussi bien que moi les faiblesses de ce genre de prédictions. Soyons simplement heureux de notre succès et ne nous embarrassons pas des détails. Nous avons d'autres défis à relever. Le Sabbat en est un.

La secte vampirique était réapparue. Les deux corps retrouvés vidés de leur sang en étaient la preuve. Les Anciens avaient appris que le Sabbat tirait les ficelles du *Festivo dello Estinto*, obligeant Vannevar à l'annuler.

— Je vais m'en occuper, répondit sèchement le prince. Le *Festivo* est reporté *sine die*. Le maire était contraint de prendre cette décision.

— Il perdra des voix, intervint Nickoli. Inutile de compter sur sa réélection.

— Aucune importance. On trouvera un autre agneau à mettre dans ses chaussures. Je suppose que tu as sous la main un jeune homme prometteur bien dressé et en forme.

— Bien sûr, répondit Nickoli en souriant.

— Revenons à Sullivan, fit le prince, reprenant le sujet honni par Honerius. Pourquoi a-t-il survécu ? A cause de l'intervention d'un autre vampire que nous n'avons jamais vu, une femme qui n'existerait pas si un certain Phillips ne l'avait pas laissée errer dans notre petit monde.

— Je crois que tu aimes bien Sullivan, lança Honerius. Il est toujours en vie : tu devrais être heureux.

— Je suis content, admit Vannevar. Mais je te soupçonne quand même de comploter contre moi, Honerius.

— C'est faux, seigneur ! s'insurgea Honerius.

— Silence ! Et hors de ma vue !

Honerius posa son verre et quitta la pièce. A la porte, il s'arrêta pour s'acquitter du rituel d'usage.

— Je désire ton bien, mon seigneur. Aie foi dans le Père Qui Sait Tout.

— Epargne-moi tes simagrées, cria Vannevar. Sors d'ici !

Honerius prit congé en hâte.

— Alors que fait-on de Sullivan ? demanda Nickoli.

— On verra, répondit Vannevar. Nous devons le ramener dans notre giron. J'ai un plan.

19

— Essaie ça, dit Ross, tendant à Sullivan une veste de sport noire.

Le vampire enfila la veste cintrée et se regarda dans un miroir.

— Pas mal, constata l'humain, les mains sur les hanches. Maintenant, on va trouver des chaussures.

Ross avait apporté une sélection de ses vêtements pour les faire essayer à Sullivan. Cette nuit serait la plus importante de la vie du vampire, et il voulait être bien habillé. Ross avait aussi apporté un rasoir. Pour la première fois depuis des décennies, Sullivan était rasé de près.

Il avait rendez-vous avec le prince.

Vannevar lui avait envoyé un mot indiquant qu'il était ravi de la mort du Grand-Père et heureux d'apprendre qu'il avait survécu. Il assurait Sullivan qu'aucune charge ne serait retenue contre lui, y compris les accusations de diablerie. En clair, il était pardonné.

Plus encore, il était invité à une soirée spéciale au *Vampire Club* de la Marina, au nord de la ville. Mais le message ne disait pas si le prince avait l'intention d'autoriser Sullivan à être *indépendant*, ce qui lui permettrait de posséder une Enfant.

L'approbation du nouveau statut de Kathy par le chef des vampires assurerait sa survie.

La jeune femme était dans l'autre pièce avec l'Ange, qui l'aidait à se maquiller. Partie faire les boutiques en compagnie de Will, elle était revenue les bras chargés de boîtes et de sacs.

Pendant que Sullivan triait les vêtements, Will, assis sur un chaise, s'absorbait dans la lecture d'un grimoire. Un habitude prise depuis la destruction du Grand-Père.

— Il est écrit là, dit-il, que les sorciers peuvent demander l'aide de créatures d'un autre monde. Apparemment, c'est ce que Chi voulait faire. Je ne suis pas tout à fait sûr, mais un des livres se réfère à des êtres appelés « Nyarlix ». Il décrit quelque chose de similaire à ce que nous avons vu sortir de la coupe de Chi.

Tout à son essayage, Sullivan ne prêta pas grande attention aux propos de Will.

— Je ne sais pas si ça va, dit-il à Ross. Nous aurions peut-être dû louer un smoking, comme on en avait parlé.

— Ne t'inquiète pas. L'Ange m'a dit qu'il fallait être *habillé* pour cette soirée, mais le style est n'est pas imposé.

Sullivan s'émouvait de rencontrer l'élite des vampires. Il en connaissait déjà certains, mais il ne s'était jamais trouvé dans une telle assemblée. Très fermé, le *Vampire Club* était un lieu où les Immortels s'amusaient, oubliant la Mascarade durant quelques heures de détente.

L'Ange déboula dans la pièce.

— Pas mal ! lança-t-il en regardant Sullivan de haut en bas.

— C'est mieux que nous l'espérions ! plaisanta Ross.

Sullivan fit quelques pas pour mieux sentir ses nouveaux vêtements. Le tissu semblait fragile comparé à son jeans et à sa veste en laine. Réalisant combien il devait être facile à accrocher ou à déchirer, Sullivan se sentit mal à l'aise. Il redoutait de rendre des vêtements souillés à Ross.

— Ne te fais pas de soucis, lui avait dit celui-ci. On pourra toujours les faire nettoyer.

Sullivan avait quand même opté pour les plus sombres, car les taches se verraient moins.

Kathy apparut dans l'encadrement de la porte.

— *Ta-dah*, gloussa-t-elle, tournant sur elle-même pour faire admirer sa robe.

Will et Ross sourirent en la voyant. L'Ange applaudit. Sullivan en resta muet.

Avec ses cheveux tirés en arrière, un maquillage raffiné, et une robe neuve, Kathy semblait une femme nouvelle, plus encore que la nuit où elle avait débarqué chez l'Ange en tailleur. Le vampire réalisa qu'il savait peu de chose sur elle. Tel un caméléon, elle se transformait avec l'environnement.

Ce soir, elle semblait radieuse. Sa peau était pâle mais elle vibrait de vitalité et d'énergie. Les yeux bleus de la jeune femme brillaient d'excitation. La pute camée n'était plus qu'un souvenir.

Il était temps de partir. Après avoir mis leur manteau, Sullivan et Kathy sortirent. Will et l'Ange les suivirent. Prêt à rentrer chez lui, Ross avait une pile de vêtements sur les bras.

— Bonne chance, dit l'Ange à Kathy. Passez une bonne soirée.

— Ne nous attendez pas, lança la jeune femme pardessus son épaule.

Ross leur souhaita une bonne nuit et entra dans sa BMW. Will avait prêté sa Hyundai à Kathy et à Sullivan. La Lexus avait été abandonnée à Chinatown la nuit où Sullivan avait tué le Grand-Père.

Cet événement avait secoué la *communauté*. La plupart des vampires étaient heureux que le monstre n'existe plus, car ils avaient déploré sa présence pendant plus d'un siècle et demi. Mais son décès avait perturbé l'équilibre des pouvoirs. Vannevar avait surfé sur la vague, devenant encore plus puissant qu'avant. Chinatown était passé aux mains de la Douairière, Mission étant partagé entre ceux qui avaient exigé à grands cris l'exécution de Sullivan. Tuer son Aîné n'était pas une petite affaire ; de nombreux Anciens trouvaient que c'était un très mauvais exemple.

La peine habituelle était la mort, mais Vannevar avait fait taire les loups, convainquant les Primogènes que Sullivan leur avait fait une faveur. En conséquence, il méritait de vivre. Achetés par des territoires et des privilèges, les « sages » avaient voté pour la *reconnaissance* de Sullivan. C'était désormais un vampire libre, titre qui lui donnait le privilège de créer et de posséder un Enfant.

— A quoi ressemble Vannevar ? demanda Kathy durant le trajet.

Ils roulaient vers le nord en direction de la Marina et du *Vampire Club*.

Sullivan lui décrivit le prince — pour autant qu'il s'en souvînt. Il ne l'avait rencontré qu'une fois, des années auparavant, au moment de son accession au trône. Il avait été impressionné par sa taille et sa minceur aristocratique. Thomas avait été officier pendant la guerre de Sécession. Aux yeux de Sullivan, il combinait l'intelligence et les bonnes manières de la classe supérieure à l'esprit pratique de l'armée. Comme un symbole de ses origines, il portait toujours ses cheveux bruns en queue de cheval. Sullivan avait été effrayé par sa puissance, mais il l'admirait.

Arrivé à la Marina, le vampire emprunta la voie privée qui conduisait à l'enceinte du *Vampire Club* et à l'immeuble avoisinant, le Westminster. Une plaque annonçait la couleur :

THE ALEXANDRIAN CLUB

FONDÉ EN 1917

PRIVÉ

RÉSERVÉ AUX MEMBRES.

Sullivan s'arrêta devant la maison du gardien, en face du portail ouvert.

— Sullivan, dit-il, et Kathy.

La goule leur fit signe de passer.

Sullivan était venu deux fois en ces lieux. Ouvert aux vampires de tous les clans et de toutes les confessions, le club était un « terrain neutre » où les ressentiments devaient rester au vestiaire. Le bâtiment qui l'abritait était en réalité un yacht à coque d'acier échoué pendant le séisme de 1906. Renforcé et redécoré, il avait été inauguré en grande pompe onze ans plus tôt. Bien que propriété du prince, l'établissement marchait grâce à son directeur, Sebastian Melmoth.

Un voiturier entra dans la Hyundai et la conduisit dans un parc encombré de Mercedes, de Cadillacs et d'autres véhicules de luxe. La petite auto de Will sembla intimidée par cette compagnie.

Tex R. Cainen accueillit le couple devant la porte. Vieille figure de San Francisco, il connaissait Sullivan depuis des lustres.

— Comment ça va, mon vieux ? s'écria-t-il. Il me tardait de te revoir.

Il flanqua une tape dans le dos du vampire, puis se tourna vers Kathy.

— Qui est cette beauté ? demanda-t-il, charmeur.

Sullivan fit les présentations. Les deux vampires suivirent Tex dans l'*Alexandrian Room*.

Des serveurs humains se mêlaient aux vampires et aux goules. Certains étaient hypnotisés, d'autres côtoyaient les Immortels de leur plein gré. L'*Alexandrian Room* était conçu pour ces humains. Le *Vampire Club*, au-dessous, ne les acceptait pas.

Aucun mortel n'en était jamais ressorti vivant.

Sebastian Melmoth allait et venait, bavardait avec les invités, s'assurait que tout allait bien.

Ses longs cheveux bruns soyeux étaient attachés avec un nœud rouge. Il portait une veste noire en cuir et un pantalon moulant ajouré sur les fesses. Apercevant Sullivan et Kathy, il leur fit signe en lançant un « salut » sonore.

— Bonsoir, dit-il quand il les eut rejoints. L'*Alexandrian Club* souhaite la bienvenue à ses invités d'honneur.

Il s'inclina devant Sullivan, puis baisa la main de Kathy.

Sullivan ne l'avait jamais tellement aimé. La langue acérée, il avait souvent tenté de le mettre mal à l'aise. Depuis qu'il connaissait l'Ange, et découvert que

Sebastian avait abandonné son Enfant, il l'aimait encore moins. Malgré tout, il grommela un salut presque amical

— Venez, dit Melmoth. Je vous conduis vers la fête.

Prenant Kathy par le bras, il leur montra l'escalier qui descendait au *Vampire Club*.

Tex retourna près de la porte.

Pendant qu'ils descendaient une trentaine de marches, Sullivan sentit un frisson parcourir son échine. Depuis des jours, il attendait cette soirée. Pressé de rencontrer le prince, il n'avait jamais vraiment cru que tout ça était réel. La neutralité du *Vampire Club* était inviolable, et il n'avait aucune raison de croire que Vannevar lui voulait du mal. Mais il était tombé dans tant de pièges....

Devant lui, Sebastian et Kathy flirtaient. Sullivan tentait toujours de se calmer quand ils arrivèrent devant une porte de bois où était écrit « Privé ».

Melmoth ouvrit la porte. Sullivan fut submergé par une déferlante de bruit, de lumière et de gestes. Une odeur de sang humain flottait dans l'air. La pièce était remplie de vampires de tous âges, vêtus dans des styles allant du gothique à l'ultra-moderne. Le brouhaha des conversations faisait jeu égal avec la musique des hauts-parleurs.

Tous les convives tenaient des gobelets en cristal remplis de sang. En discutant, ils en buvaient de petites gorgées. Le sang provenait de diverses origines, remarqua Sullivan en reniflant l'air. Il semblait très frais.

Sullivan et Kathy furent happés par la foule. Des vampires apparurent, comme venus de nulle part. Beaucoup congratulèrent Sullivan, lui serrant même la main. Il en reconnut certains et pas d'autres.

Quelques-uns étaient de vieilles connaissances.

On lui mit un verre dans la main. Affamé, il but. Le goût d'un bon whisky emplit sa bouche. Il apprit plus tard que Melmoth servait du sang d'alcooliques, une fantaisie généralement interdite dans le régime des vampires.

La foule ouvrit un passage à Sullivan et à Kathy. Puis tous s'écartèrent pour laisser voir Vannevar Thomas, le prince de San Francisco.

Il était debout et conversait avec un vieux vampire, un bras passé autour de la taille de sa somptueuse maîtresse, Donna Cambridge. Habillé « ancien », le prince portait une chemise blanche avec des manches bouffantes et des boutons de manchettes. Son pantalon noir s'harmonisait avec ses chaussures de cuir souple. Il ressemblait au souvenir qu'en avait Sullivan, grand, mince, le regard dur et le nez crochu. Descendant des premiers colons américains, Vannevar clamait qu'il y avait du sang indien dans sa famille.

— Bienvenue ! lança-t-il en voyant Sullivan.

Vannevar avança, les bras grands ouverts. Il donna l'accolade à son invité, et lui planta deux bises sur les joues, à la française.

Sullivan savait que le prince était satisfait de lui, mais il n'avait pas envisagé ce type d'accueil.

— Viens, dit Vannevar le prenant par l'épaule. Laisse-moi te présenter. Donna ? Occupe-toi de Kathy, veux-tu ?

Abandonnant Kathy avec la maîtresse du prince, Sullivan fit la connaissance d'un nombre impressionnant d'invités. Il fut surpris de trouver plusieurs Primogènes dans l'assistance. Il salua Nickoli, le ministre des Finances, et Tomaine, le chef du clan Brujah.

La Primogène Gangrel, Alicia McGreb s'arrangea pour l'éviter toute la soirée. Le prince expliqua qu'elle le jugeait toujours responsable de la mort de Jacob. Il ne devait surtout pas s'inquiéter pour ça.

Plus tard, le prince s'avisa que le verre de Sullivan était vide. Il appela Melmoth et lui murmura quelque chose à l'oreille. Ce dernier sourit et acquiesça. Il revint vite avec deux grands verres de sang. Vannevar en tendit un à Sullivan.

— De la Fine Napoléon, chuchota-t-il au vampire. Ma réserve personnelle.

Sullivan s'extasia. En réalité, il aurait préféré une bière.

Un peu plus tard, quand le prince l'eut abandonné, Sullivan suivit une conversation assommante entre le poète Toreador Virgil et l'homme d'affaires véreux Malkavian, Antonine Aristotle.

Puis, il réalisa qu'il avait perdu la trace de Kathy. Il la repéra près du mur, en train de flirter avec un jeune vampire. Il se surprit à éprouver un rien de jalousie.

Le prince lui tapa sur l'épaule.

— C'est l'heure d'un petit divertissement.

Vannevar le tira vers une rangée de chaises et le fit asseoir à son côté pendant que les serveurs débarrassaient le centre de la pièce. Kathy vint se placer à la droite de Sullivan et Donna à la gauche du prince.

Les lumières baissèrent ; un spot éclaira le milieu de la salle. Tandis qu'une musique de romanichelle s'échappait des enceintes, une danseuse bondit dans le cercle lumineux.

Sullivan reconnut la fille. C'était Carlotta, une vampire qu'il avait croisée dans les rues une demi-douzaine de fois. Elle faisait partie du clan Ravnos, des nomades. C'était une beauté aux cheveux noirs et aux yeux brillants connue pour son tempérament... chaud.

Alors que la foule l'observait avec avidité, Carlotta exécuta une danse destinée à séduire un jeune homme. Beau et fort, il s'agissait d'un humain. Son regard vitreux expliquait sa docilité.

C'est aussi bien pour lui, se dit Sullivan.

Carlotta continua son œuvre de séduction, se frottant contre le jeune homme comme si elle se réchauffait. Le prince se pencha et murmura à l'oreille de Sullivan.

— J'ai une proposition à te faire.

Pris par le spectacle, Sullivan tendit pourtant l'oreille. Carlotta s'était déshabillée, son partenaire aussi. Elle le taquinait et le chatouillait à petits coups de langue et d'ongles.

— Ça fait peut-être cliché, déclara le prince, mais j'ai besoin d'un homme comme toi.

Vannevar m'offre un travail, songea Sullivan. *Tout va bien.*

— Pour quoi faire ? répondit-il.

Carlotta chevauchait maintenant le jeune homme.

— J'ai besoin de ta force, insista le prince avant d'avaler une gorgée de sang à la Fine.

Sullivan acquiesça.

Le jeune homme commença à se tordre de plaisir. Un grognement s'échappa de ses lèvres tandis que Carlotta continuait de l'exciter.

— Je veux que tu deviennes mon fils, Sullivan. Je veux t'adopter.

Carlotta se pencha et planta ses crocs dans la gorge de l'humain. Ils roulèrent sur le sol pendant qu'elle le vidait de sa vie.

Sullivan sursauta en entendant son verre se briser. Sans qu'il s'en aperçoive, il avait glissé de ses doigts.

18 février

Dans la maison de l'Ange, dans Castro...

La sonnette retentit.

— J'y vais, lança Will.

Dans la chambre du fond, l'Ange cria quelque chose mais son ami ne l'entendit pas. Il ouvrit la porte...

20

— Bien entendu, tu pourras prendre Kathy pour Enfant, ajouta le prince, ignorant l'incident du verre.

Sullivan était à court de reparties. Il se tourna vers Vannevar, qui regardait devant lui avec un large sourire.

Carlotta s'était remise debout. Devant l'assistance enchantée, elle levait les bras en signe de victoire. Elle était nue et couverte de sang. La foule répondit avec enthousiasme quand elle se tourna lentement vers elle. Le mort fut rapidement emporté par les employés du club.

— Qu'en dis-tu ? demanda Vannevar.

Sullivan balbutia une réponse affirmative. Il redoutait de lâcher une bêtise qui gâcherait tout.

— Bien ! Bien ! dit Vannevar en lui tapant dans le dos.

Le prince se leva pour s'adresser à l'assistance.

— Mes Enfants, cria-t-il. Rassemblez-vous devant moi. J'ai une annonce à faire.

Le silence tomba.

— J'ai parlé avec mon ami, dit-il en désignant Sullivan. Il est d'accord pour devenir mon fils adoptif.

La foule applaudit avec enthousiasme. Certains poussèrent des « oh ! » d'envies. Sullivan remarqua quelques visages mécontents. Ces vampires le tenaient toujours pour une menace. Il se redressa un peu sur son siège.

— Cette nuit, nous accomplirons le Rituel des Liens du Sang.

Un vampire qui se nourrissait trois fois du sang d'un Ancien devenait soumis à ses désirs... et éternellement loyal. Voilà ce que Vannevar requérait de Sullivan.

Il avait été lié par le sang à Kwon, comme Loo, mais ça avait pris fin à sa mort. Après il avait été libre, bien qu'il eût continué à servir le Grand-Père et la Famille avec la plus extrême loyauté. Etre adopté par le prince était un grand honneur, et surtout une source de pouvoir. Un jour, il serait en lice pour gouverner la ville.

Le prince remonta sa manche et lui présenta son bras. Sullivan se leva.

— Penche-toi, sujet, ordonna Vannevar, et puise en moi la force et la vie. Nourris-toi de mon sang et de ma vitalité. Deviens une partie de moi.

Le prince ferma les yeux. Sullivan mordit la chair et but.

Personne ne connaissait les limites du pouvoir de Vannevar. Pour l'heure, son sang coulait dans les entrailles de Sullivan, lui infusant sa force.

Le fils but goulûment, grognant quand le prince tenta de l'arrêter.

— Assez ! dit Thomas en retirant son bras.

Puis il ajouta :

— Ça suffit pour cette nuit, mon fils.

Il aida Sullivan à se relever.

— Encore deux, annonça-t-il à l'assistance, et nous ne ferons plus qu'un !

Il y eut plus d'applaudissements et moins de « hourras ». Toujours surexcité, Sullivan s'essuya le menton d'une main couverte du sang. Il baissa les yeux pour constater que la chemise et la veste prêtées par Ross étaient rouges et poisseuses.

Surgie de nulle part, Kathy l'essuya avec une serviette humide.

— Les fringues sont foutues, dit-elle, sinistre.

Puis elle ajouta :

— Félicitations !

Elle posa sur la joue de son Aîné un baiser sonore.

Le prince quitta le club peu après, sans avoir salué Sullivan et Kathy. Cependant, il leur avait promis de les revoir bientôt. Le couple resta encore un peu, mais la fête était finie.

Ils quittèrent le club dans la Hyundai.

Ayant quelques heures à tuer avant l'aube, ils roulèrent sans but avant que Kathy suggère de faire un tour sur les collines pour avoir un superbe point de vue sur la ville.

Sullivan approuva.

Ils empruntèrent les routes sinueuses conduisant au Mont Sutro, à Twin Peaks et au Mont Davidson, tous très proches du centre-ville. Garés sur le Mont Davidson, sous la croix géante qui dominait les cimetières de Colma, ils se détendirent en regardant les lumières de la ville.

— Qu'est-ce que tout ça veut *vraiment* dire ? demanda Kathy.

— Je pense que ça signifie que je travaille pour Vannevar en permanence.

Sullivan n'avait jamais rien fait d'autre que travailler pour quelqu'un.

— Il y a plus que ça, répliqua Kathy. Il fait partie de l'élite, c'est un prince. Ça doit t'évoquer quelque chose...

Sullivan secoua la tête. Il n'avait pas la moindre idée de ce qu'impliquait son lien avec le prince. Incapable de résister à Vannevar, il serait obligé de faire tout ce qu'il voulait, même mourir si nécessaire.

Pourtant il en avait assez de danser sur la musique des autres...

Ils quittèrent le Mont Davidson. Il restait encore deux heures avant le lever du soleil, mais Will et l'Ange devaient être impatients d'entendre le récit de la soirée.

Sullivan et Kathy étaient tout aussi pressés de la leur raconter.

Pendant le trajet, ils échangèrent leurs impressions sur les vampires qu'ils avaient rencontrés. Ils convinrent que Vannevar était tel que les gens le décrivait, charmant et agréable. Du mieux qu'il pouvait, Sullivan décrivit les Primogènes présents, qu'ils fussent amis ou ennemis du prince. En une soirée, Sullivan en avait appris beaucoup sur les factions et les alliances qui plongeaient la communauté de San Francisco dans un état de tension permanent. Il avait eu le privilège d'être informé de certaines choses. En y repensant, il trouvait ça déplaisant. Il ne se sentait aucune aptitude pour le genre de magouilles qui occupaient Vannevar et ses acolytes.

— Que penses-tu de Donna ? demanda-t-il à Kathy.

Lui n'avait pas eu l'occasion de dire autre chose que bonjour et au revoir à la maîtresse du prince.

— Pas mal... Un peu prétentieuse peut-être. Elle imagine qu'être avec le prince la rend plus intéressante.

Sullivan haussa les épaules.

Ils arrivaient. Le vampire ouvrit la porte du garage et parqua la Hyundai. Ils passèrent par l'escalier qui débouchait dans la cuisine.

Voir sur le sol des débris de verre, une coupe cassée et une chaise retournée les alarma à juste titre.

— Regarde, dit Kathy.

Il y avait une tache de sang sur la porte.

Sullivan fit signe à sa compagne de se taire. Ils traversèrent la pièce. Le vampire colla une oreille contre la porte du salon. Il n'entendit rien. Lentement, il ouvrit.

La tête de l'Ange était fichée sur un pieu en bois. Ses yeux avaient été remplacés par deux médailles à la gloire de Jésus, et sa bouche ouverte avait été farcie d'un mélange de gousses d'ail et d'hosties.

Kathy se détourna pour ne plus voir cette horreur.

Sullivan décida d'avancer quand même. Il sortit de la cuisine et laissa la porte se fermer sur Kathy. N'en croyant pas ses yeux, il tourna lentement autour du pieu. Puis il songea à Will et entreprit de le chercher. Il trouva son cadavre près de la porte d'entrée. Will avait trois balles dans la tête ; son corps avait été déchiqueté histoire de s'assurer de sa mort. L'essentiel du combat avait dû avoir lieu dans le salon, car il y avait du sang partout. C'était là que les intrus avaient affronté l'Ange.

Ne touchant à rien, Sullivan mit le feu à la maison. De retour dans la cuisine, il prit Kathy par le bras et la poussa dans l'escalier. Ils entrèrent dans la Hyundai, et, ouvrant de nouveau la porte du garage, disparurent dans la nuit pendant que les premières flammes jaillissaient d'une fenêtre ouverte.

— Merde ! hurla Sullivan en boxant le volant. Pourquoi ?

Ils allaient vers l'ouest, par le Mont Davidson. La maison de Ross était sur l'autre versant.

Kathy pleurait toujours des larmes teintées de sang.

— Tu ne dois pas accuser Vannevar, dit-elle. Je doute qu'il ait quelque chose à voir avec ça.

— Pourquoi ? s'écria le vampire.

Il tenait le prince pour responsable. Tant pis s'il n'avait aucune preuve.

— Il a très bien pu vouloir se débarrasser d'Eddie, insista Sullivan. Tu as vu combien l'Ange était bouleversé en parlant de Vannevar. Et il n'a pas voulu venir...

— L'Ange ne voulait jamais bouger son cul, lui rappela Kathy. Tu le savais.

La jeune femme affirmait que l'ostracisme dont se plaignait l'Ange était imaginaire. Elle l'accusait de se poser en victime.

— Le prince savait que l'Ange serait seul à la maison...

— Vannevar aurait pu nous faire tous tuer !

Sullivan réfléchit un instant.

— Il voulait que je sois lié avec lui par le sang juste pour me faire sortir d'ici...

Son raisonnement ne tenait pas et il le savait.

— Si c'était vrai, remarqua Kathy, il aurait attendu que tu sois lié avec lui pour éliminer l'Ange.

Sullivan convint *in petto* qu'elle avait raison. Mais il tenait à rejeter la faute sur le prince. Toute la nuit, il l'avait regardé pousser ses pions et tirer les ficelles de ses marionnettes...

— Qu'il aille se faire foutre ! Sans Vannevar et toute sa merde, l'Ange vivrait encore. Je ne veux plus rien avoir affaire avec lui !

Soudain, il réalisa qu'il n'avait aucune raison de se défouler sur Kathy.

— Je suis désolé, dit-il.

Elle ne répondit pas.

— J'ai dit que je m'excusais...

Toujours aucune réponse. Sullivan se tourna vers elle, s'attendant à la trouver boudeuse. Mais il la découvrit plaquée à son siège, les yeux écarquillés la bouche ouverte. Sa tête s'inclina bizarrement vers lui, révélant le pieu en bois qui sortait de sa bouche. Il avait été planté dans son crâne par un type assis à l'arrière de la voiture : un vampire au visage couvert de brûlures.

Sullivan reconnut Phillips.

— Meurs, servante du diable ! cria-t-il.

Kathy se contorsionnait, incapable de se dégager.

Lâchant le volant, Sullivan se jeta sur la banquette arrière. Il frappa Phillips pour l'éloigner de Kathy.

La Huyndai quitta la route. Elle fit plusieurs tonneaux et s'immobilisa, les roues en l'air.

Sullivan regarda Phillips reprendre conscience, les pieds pendant au-dessus du sol. Il était attaché sur une gigantesque croix en béton haute de trente mètres.

Le vampire contemplait son ennemi avec un sourire diabolique. Assise par terre, Kathy se massait le crâne à l'endroit où Phillips avait planté le pieu.

— Réveille-toi, enfoiré ! cria Sullivan. Il est temps de faire face à la lumière.

Phillips regarda ses poignets, attachés avec les chaînes pour pneus que le vampire avait trouvées dans le coffre de la Hyundai.

Phillips était tourné vers l'est, face à Oakland, là où le ciel s'éclaircissait. Bientôt les premiers rayons du soleil apparaîtraient entre les cimes.

— Dommage pour toi, dit Sullivan. J'ai repris conscience le premier.

— Progéniture de l'Enfer ! hurla Phillips. Blasphémateur !

— Va te faire foutre ! lança Sullivan.

Il aida Kathy à se redresser.

Ils disparurent derrière la colline, longeant le flanc ombragé pour se rendre chez Ross.

— Tu brûleras en Enfer, Sullivan ! cria Phillips. Et la pute aussi !

Pressés d'atteindre la maison avant le lever du soleil, ils l'ignorèrent.

Phillips éructait toujours quand les premiers rayons commencèrent à lui brûler la peau. Il continua à maudire Sullivan et sa race pendant que sa chair cuisait. Puis son corps se boursoufla, dégageant de la fumée.

Enfin, il éclata.

Des morceaux de chair sanglants tombèrent au pied de la croix.

TROISIÈME PARTIE
LE FILS CAPRICIEUX

21

La *Civic Center Plaza*, au cœur de San Francisco, était envahie tous les jours par une foule bruyante. Furieux de l'annulation du *Festivo dello Estinto*, les citoyens avaient marché sur l'Hôtel de Ville, brandissant des pancartes et criant des slogans. Beaucoup de manifestants étaient des Espagnols. Résidant de Mission, ils avaient été le plus touchés par la décision du maire. Mais d'autres citoyens, venus de toute la ville, étaient présents pour exprimer leur désaccord. Les conseillers municipaux avaient tenté de parlementer avec les mécontents. Le maire était venu s'expliquer. En vain. Rien de ce qu'ils pouvaient dire ne délogeraient les protestataires de la place.

La police assurait l'ordre sans provoquer l'hostilité de la population. Malgré l'antagonisme ambiant, il n'y avait eu aucune altercation ni arrestation.

Le soir, le rassemblement devenait moins dynamique. Ceux qui avaient passé la journée à défiler étaient fatigués et songeaient à rentrer chez eux.

Ce jour-là, les fonctionnaires de police poussèrent un soupir de soulagement quand la situation se calma.

Dans une allée de McAllister Street, un gang de motards attendait dans l'obscurité. Moteurs coupés et phares éteints, les vampires observaient la place à distance.

— On dirait que ça se tasse, dit Dirk.

— Quel dommage ! commenta un grand type qui portait une barbe rousse de plusieurs jours.

Une jolie blonde aux yeux bleus était assise derrière lui. Vêtue d'une mini jupe et de collants noirs, elle avait les pieds sur les pédales. Ses mains reposaient sur les épaules du pilote.

— Regarde, dit Sullivan, désignant la place.

Des policiers bloquaient les rues transversales avec des barrières en bois. Ils espéraient pousser la foule hors de Market Street.

— Ces foutus bâtards piétinent les libertés civiques, s'insurgea Dirk. Ils ferment des voies publiques. Ils ne peuvent pas faire ça, hein, Sullivan ?

— Non. Le peuple a des droits.

— Alors, allons exercer les nôtres ! lança Dirk.

Il fit démarrer sa Harley. Les autres l'imitèrent ; bientôt la rue s'emplit du grondement d'une douzaine de moteurs. Lumières allumées, les motos filèrent vers la place.

Se faufilant entre les émeutiers, les motards se frayèrent un chemin jusqu'à l'endroit où les policiers barricadaient les rues.

Les manifestants s'écartaient pour les laisser passer. La plupart des motos s'arrêtèrent à quelques mètres des barricades. Seuls Dirk et Sullivan continuèrent, faisant vrombir leurs moteurs.

— Eloignez ces engins de la place, dit un policier. Ce que vous faites est illégal.

Sans cesser de se regarder avec une expression candide, les deux vampires ne répondirent pas.

— Illégal, mon cul ! lança Kathy.

Dirk leva une main puis la baissa. A ce signal, un des motards restés derrière fit hurler son moteur et cabra sa roue avant.

Le voyant arriver, le policier cria un ordre inutile. Il s'écarta de la barricade au moment où la moto s'écrasait dessus. La roue avant retomba sur les pavés ; des éclats de bois volèrent dans toutes les directions.

Les autres Gutters commencèrent à tourner en rond pendant que la foule courait vers le lieu de l'altercation. Paniqués, les policiers se postèrent devant la barrière désormais inutile. Incapable de ralentir, la foule entra en contact avec cette ultime ligne de défense.

Sullivan et Dirk s'éloignèrent.

Deux manifestants furent jetés au sol par des policiers. La foule conspua les flics quand ils leur passèrent les menottes. Puis les citoyens chargèrent. Les deux « otages » furent libérés et poussés en arrière afin de se perdre dans la masse. Les forces de l'ordre se replièrent et formèrent une ligne brisée pour diviser les manifestants.

Les protestataires s'égaillèrent sur la place pour échapper aux flics. Les motards continuèrent à tourner en rond, leur lançant des encouragements. Ils narguaient les forces de l'ordre et stimulaient la frénésie populaire.

Le petit contingent de policiers, craignant d'être encerclé, recula vers la barrière, la foule sur les talons.

Alors un hélicoptère de la police apparut au-dessus du dôme de l'Hôtel de Ville.

Sullivan et Kathy tournaient eux aussi autour de la foule quand le vampire vit un motard qu'il ne connaissait pas foncer vers eux. Avant qu'il ait pu réagir, le passager sortit une batte de base-ball noire.

Le coup atteignit Sullivan à la mâchoire. Déséquilibré, il tomba de sa selle. Au moment où il touchait le sol, il identifia son agresseur, un membre du *Belladonna's Fish Wives*. Ces lesbiennes avaient pour vocation de prêter leurs muscles au prince et aux Primogènes.

Sullivan roula par terre et se redressa à temps pour voir tomber la Harley. Kathy avait eu assez de réflexes pour sauter.

Le motard fit demi-tour et revint attaquer Sullivan. Il laissa sa passagère — une humaine — lui flanquer un bon coup de batte dans les côtes.

Le vampire saisit l'arme au vol, et arracha la passagère de sa selle. Déséquilibrée, la moto s'écrasa sur le sol.

L'humaine blessée rampa pour échapper au carnage. La vampire se releva.

Kathy se jeta sur elle et l'assomma à coup de chaîne de moto. La lesbienne tomba presque aussi vite qu'elle s'était levée. Sullivan bondit. D'un coup de poing, il s'assura qu'elle ne se réveillerait pas de si tôt.

Les sirènes hurlaient et l'hélicoptère volait au ras de la place. L'équipage braquait des projecteurs sur la foule, lui ordonnant de se disperser dans le calme.

Les motos continuaient de gronder. Sullivan aperçut d'autres Gutters engagés dans une rixe contre les Fish Wives et leurs passagères humaines. Le nombre jouait en faveur des Gutters...

Des bruits sourds retentirent de l'autre côté de la place : des lacrymogènes venaient d'être lâchés sur la foule. Des renforts de police se préparaient à un nouvel assaut.

— Viens, dit Sullivan à Kathy. On s'en va !

Le vampire inspecta la moto. Constatant que les dégâts étaient mineurs, il démarra. Kathy reprit place derrière son Aîné, et ils contournèrent la Fish Wife assommée. L'essence de la moto coulait sur la place. Sullivan ralentit seulement pour permettre à Kathy d'enflammer une boîte d'allumettes et de la jeter sur l'engin.

Des flammes de cinq mètres de haut illuminèrent la place. Réveillée par l'explosion, la Fish Wife bondit sur ses pieds et tapa sur son jean qui commençait à brûler.

Kathy éclata de rire. Il y avait de plus en plus de vacarme. La manifestation tournait à l'émeute.

Sullivan accéléra tandis que l'hélicoptère tenait la foule en respect.

Les Gutters se retrouvèrent au *Gene Splice*, sur Haight Street, où ils seraient en sécurité jusqu'à ce que le calme revienne. Sullivan et Kathy arrivèrent les premiers. Prenant place à une table, ils écoutèrent le groupe trash en attendant les autres.

Sullivan et Kathy traînaient avec les Gutters depuis trois semaines. Ils étaient restés chez Ross une seule nuit. Dirk les avait accueillis et installés dans une maison qu'il partageait avec deux goules, sur Valler Street, au sud de Haight. Kathy s'était très vite remise de ses blessures. Sullivan s'était procuré une vieille Harley. La nuit, ils sillonnaient ensemble les rues de la ville. Parfois, Dirk et ses Gutters les accompagnaient.

Malgré les arguments de Kathy, Sullivan avait refusé les invitations de Vannevar. Même s'il admettait qu'il n'avait rien à voir avec les morts de l'Ange et de Will, il le tenait toujours pour *responsable*. La rumeur laissait entendre que Phillips avait été attiré dans la baie par un Enfant — peut-être même un Primogène, disaient certains. Sullivan savait que rien, dans cette ville, n'arrivait par hasard. Le prince était derrière chaque affaire.

Néanmoins, les émeutes de la soirée étaient improvisées. Ayant appris au réveil que des citoyens en colère assiégeaient l'Hôtel de Ville, les Gutters s'étaient rendus sur les lieux.

Aux côtés de la population déçue marchaient de nombreux commerçants qui avaient gonflé leur stock pour faire face à l'événement.

La sentence du maire était tombée comme un couperet et les observateurs prévoyaient sa défaite aux prochaines élections.

Les manifestants étaient essentiellement espagnols. Mais d'autres citoyens les accompagnaient, exprimant ainsi leur mécontentement. On parlait même d'organiser une parade illégale.

Dirk arriva au club, bientôt suivi par les autres membres du gang. Il s'assit près de Sullivan. Un moment, ils regardèrent Kathy danser avec un jeune homme qui la draguait sans réaliser qu'il jouait avec le feu. Depuis quelques jours, Dirk était seul, Veronica l'avait quitté sans cérémonie. Malgré son charme, l'Anarch n'avait jamais eu beaucoup de chance en amour.

— Tu as entendu parler du prince, ces derniers temps ? cria Dirk dans l'oreille de Sullivan.

— Non, je pense qu'il a renoncé à moi.

Dirk sourit.

Les gars étaient arrivés. Ils riaient et se vantaient de leurs exploits.

— Que fait Kathy ? demanda Dirk en poussant Sullivan du coude.

La jeune femme se dirigeait vers la porte. Le type qui l'escortait avait le regard vitreux.

Bien qu'elle ait suivi Sullivan chez les Anarchs, tout le monde savait qu'elle le harcelait pour qu'il retourne auprès du prince.

— Elle est réglo, répondit le vampire. Elle se distrait un peu, mais tout va bien.

Il la regarda pousser son repas dehors. Elle serait de retour dans quelques minutes, rassasiée et rayonnante de santé. Sullivan détestait la voir partir avec des hommes. Un sentiment qu'il ne comprenait pas vraiment...

La jeune femme s'était adaptée rapidement au style de vie des Anarchs. Pourtant elle pensait qu'ils seraient mieux lotis si Sullivan travaillait pour le prince. Elle avait aimé les beaux vêtements, la voiture, et rêvait d'une existence plus stable. Dirk qualifiait ces fantasmes de « bourgeois ». Dans le vocabulaire de Sullivan, ce mot était nouveau et il l'appliquait à tout ce qui ne lui convenait pas — au grand désespoir de Kathy. Au cours d'une dispute, elle avait dénoncé la mauvaise influence de Dirk.

— Ne la laisse pas te mettre des pantoufles, souffla Dirk à l'oreille de Sullivan. Elles rêvent toutes de ça !

Le vampire grogna et haussa les épaules.

— Bourgeois, lança-t-il.

Dirk éclata de rire.

9 mars, tôt le matin
Sur Beacon Street, en haut de Billy Goat Hill...

— Quelle est l'ambiance dans la rue, demanda Selena à la jeune Sabbat aux yeux hagards qui descendait l'escalier.

— Trente arrestations, des blessés, mais pas de morts, dit Loonar en traversant la pièce.

Ses yeux étaient jaunes et ses cheveux blancs hirsutes, striés de rouge.

— Les Anarchs font bien notre travail, dit Selena.

Loonar monta sur l'estrade où était allongé un homme nu : de la nourriture pour la maîtresse des lieux et son invitée.

— Les habitants de Mission sont furieux, dit Loonar entre deux gorgées de sang. Ils parlent d'organiser le *Festivo* quand même.

— C'est bien, fit Selena. Et Sullivan ?

— Il était là...

Nous pourrions utiliser quelqu'un comme lui, songea Selena.

22

Le soir suivant, le trio ne trouva rien à faire. Plusieurs possibilités furent examinées — dont une virée nocturne à travers le comté de Marin —, mais rien n'éveilla vraiment l'intérêt des trois vampires. Alors ils roulèrent sans but dans la ville à la recherche de distractions.

Puis ils se dirigèrent vers le nord pour aller observer la foule le long de Fisherman's Wharf. Au coin de Powell et de Jefferson, Kathy descendit de la moto de Sullivan pour partir de son côté, laissant les deux hommes à leur destin. Ils remontèrent lentement Jefferson, scrutant les trottoirs bondés de touristes.

— Voilà ce qu'il nous faut, dit Dirk, désignant deux filles qui attendaient sur un trottoir.

Impressionnées en voyant les motards, elles avaient détourné le regard pour simuler l'indifférence dès que Dirk les avaient montrées du doigt.

Les deux vampires s'arrêtèrent et engagèrent la conversation.

Un peu plus tard, Dirk et Sullivan laissèrent les deux filles dormir en paix sur un banc, délestées d'une partie de leur sang, mais en vie. Les passants n'avaient vu que deux jeunes couples occupés à se bécoter.

Reprenant leurs motos, les deux vampires rejoignirent le square Ghiradelli, où ils avaient prévu de retrouver Kathy.

En l'attendant, ils prirent place sur un banc dominant Aquatic Park et Hyde Street Pier. La digue abritait une collection d'anciens navires dont un brick semblable à celui sur lequel Sullivan naviguait autrefois. Il le regardait, songeant aux bateaux et à la mer, quand Dirk interrompit sa rêverie.

— Tu en sais un peu plus sur Vannevar ?

Sullivan haussa les épaules et grogna.

La rumeur prétendait que Vannevar s'apprêtait à prendre des sanctions contre lui. Il était douteux que Vannevar puisse le bannir, car la situation politique était trop instable. Mais il pouvait lui refuser de garder Kathy.

— Moi, fit Dirk, je ne pense pas qu'il le fera. Il est plus intelligent que ça. Pourquoi te foutre dehors ? Ça servirait à quoi ?

— A marquer un point, répliqua Sullivan.

Selon lui, Vannevar le punirait pour sauver la face. Son ressentiment s'était accru ces derniers jours, car des détails sur la mort de Delfonso et du Grand-Père avaient fait surface. La pensée d'avoir été manipulé par le prince le rendait fou.

Kathy arriva, accompagnée d'un touriste d'âge moyen en polo et pantalon de sport, un des styles préférés de la jeune femme. Sullivan trouvait amusante la façon dont elle s'arrangeait pour garder ses proies un peu avec elle quand tout était fini. L'homme paraissait fatigué et pâle ; Kathy était comme dynamisée par le sang.

— Salut ! lança-t-elle en approchant des deux vampires.

Elle congédia le type d'un signe de la main.

Hébété, l'homme s'éloigna en titubant.

— Tout va bien ? demanda Sullivan.

— Oui.

Il était tout juste minuit. Cherchant de quoi s'occuper, ils décidèrent d'aller au *Vampire Club*. Sullivan n'y était pas retourné depuis la nuit où il avait rencontré le prince. Remontant à moto, le trio partit pour la Marina.

Tex les accueillit à la porte, la surprise se lisant sur son visage.

— Salut Sullivan, dit-il, plutôt gaiement. Dirk, Kathy... Comment allez-vous ?

— Bien, répondit Sullivan. Très bien, même ! Pour l'instant.... Nous descendons.

— Attends une seconde, dit Tex.

Il prit le bras de Sullivan et le poussa sur le côté.

— Ecoute, dit-il à voix basse, le prince est ici avec des amis. Ça n'est peut-être pas le moment de...

— Qu'il aille se faire foutre ! cracha le vampire.

Il retira son bras. Il se sentait invulnérable. Les deux filles avaient sniffé de la cocaïne. Elles en avaient offert aux vampires, qui avaient refusé, mais leur sang en était gorgé. Sullivan ressentait toujours les effets de la drogue. Il reconnaissait cette sensation pour l'avoir éprouvée quelques années plus tôt, quand il aimait *ça*.

— C'est un pays libre, non ? s'énerva-t-il. Mes amis et moi voulons juste boire un verre !

Tex soupira, et s'écarta pour les laisser passer. Dirk lui fit un clin d'œil en passant.

— Tout ira bien, assura-t-il. On gardera un œil sur lui.

Sebastian Melmoth les croisa dans l'*Alexander Room*.

— Monsieur Sullivan, dit-il, glacial. Qu'est-ce qui vous amène ce soir ?

— Nous voulons passer un moment en bas, répondit le vampire.

— Bien sûr, approuva Melmoth. Laissez-moi vous placer.

Il se précipita devant Sullivan, histoire d'ouvrir la marche.

Melmoth leur attribua une table aussi éloignée que possible de celle du prince. Accompagné de Donna, Vannevar passait la soirée avec un couple de vampires Tremere. Sullivan reconnut la femme. Il s'agissait d'Anastasia, fraîchement débarquée en ville. L'autre était Don Benedict, un des types de la Douairière que Sullivan avait déjà vu traîner dans Chinatown. Benedict et Anastasia jetèrent un coup d'œil par-dessus leurs épaules quand les Anarchs traversèrent la salle, faisant claquer leurs talons et tinter leurs chaînes.

Ils s'assirent en riant. Dirk mit les pieds sur la table et cria pour réclamer un verre.

Vannevar ne leur prêta aucune attention.

Sullivan et Kathy partagèrent la banquette. Un serveur vint prendre les commandes. Sullivan demanda du sang au whisky.

Le club lui semblait différent. Lors de sa dernière visite, il y avait un gala. Ce soir, l'endroit était tranquille.

Vannevar et ses amis conversaient à voix basse. Sullivan ne put pas capter un mot. De temps à autre, le prince devait lancer une plaisanterie, car tous les autres riaient.

— Sale con de bourgeois, murmura Sullivan.

Il commanda un autre whisky.

Les Anarchs tentèrent de mettre un peu d'ambiance, parlant fort, et cognant leurs verres vides sur la table en criant « garçon ! ». Ils insultèrent les serveurs qui changeaient la musique. Puis ils parlèrent à voix haute de l'annulation du *Festivo*. C'était pour provoquer le prince. Tout le monde savait que l'ordre émanait de Vannevar. Dirk, Sullivan et leurs acolytes étant responsables de l'émeute qui avait suivi cette décision. Intouchables dans le club, les trois amis se sentaient libres de narguer le prince. Le wiskhy et la cocaïne couraient dans leurs veines. Sullivan se sentait invulnérable.

— Ouais, c'est pas bien, pour le *Festivo*, dit-il assez fort pour être entendu malgré la musique.

Les conversations cessèrent. La musique continua, paraissant plus forte dans le silence. Dirk et Kathy se regardèrent, étonnés.

— Ouais ! reprit Sullivan. Ces enfoirés dénient aux gens le droit de s'amuser !

Sullivan leva les yeux de son verre pour regarder le prince. Jusque-là, il les avait ignorés. A cette dernière remarque, il tourna la tête et jeta à Sullivan un regard assassin.

C'est pas encore assez, hein ? se dit le vampire. Il se leva et se dirigea vers la table de Vannevar.

Kathy devina ce qu'il s'apprêtait à faire.

— Dirk ! Arrête-le ! cria-t-elle.

L'Anarch tenta d'attraper Sullivan par l'épaule.

— Fous-moi la paix ! grogna le vampire en repoussant sa main. Je sais ce que je fais.

Dirk recula. Impuissant, il regarda Kathy. Sullivan avança vers la table de Vannevar en chancelant. Le prince le regarda d'un œil noir.

— Alors, demanda Sullivan, rien à dire pour ta défense, prince ?

— Tu as bu, mon petit. Rentre chez toi.

— Va te faire foutre ! cracha Sullivan.

Il lui jeta son verre à la figure.

Ce geste surprit le prince. Le sang lui coula dans les yeux et se répandit sur sa chemise. Les invités aussi avaient été éclaboussés.

Le prince se leva d'un bond. Donna suffoquait de colère, mais Vannevar, se maîtrisant, garda le silence. Les goules qui faisaient office de videurs approchèrent de la table. Dirk et Kathy prirent Sullivan par les bras et le tirèrent vers l'escalier. Le vampire continua de hurler ; le prince resta silencieux jusqu'au bout. Il regarda les trublions sortir pendant que sa maîtresse essuyait le sang qui coulait sur son visage.

Prévenu de l'incident, Melmoth attendait en haut des marches.

— Sortez-le d'ici, dit-il, affolé, en regardant Kathy. Sortez-le tout de suite !

— Va te faire foutre ! cria la jeune femme.

Ils avaient remis Sullivan sur pied et s'échinaient à le pousser vers la sortie.

— Tirez-vous ! beugla Melmoth en les suivant. Tu es banni, Sullivan. Ne reviens plus jamais dans mon club !

Sullivan échappa à ses amis et se tourna vers Melmoth. Son poing s'écrasa sur le nez du directeur qui s'écroula, les mains sur le visage.

— Hé !

— Va te faire mettre avec ton club, beugla Sullivan pendant que Dirk et Kathy le poussaient vers la porte.

— Et ça, c'est pour l'Ange ! cria-t-il au moment où ils franchissaient le seuil. Enfoirés de bourgeois...

Dans le parking, rien ne s'arrangea. Sullivan accusa Kathy et Dirk de s'être mis au travers de son chemin. Il les qualifia d'« enfoirés de pédés ».

Comme Kathy et Dirk laissèrent courir, le vampire se calma tout seul. Il enfourcha sa Harley et partit chercher un endroit où cuver.

Il se retrouva à *Ocean Beach*. Après avoir garé la moto dans le sable, il déambula le long du rivage. Parfois, il s'arrêtait pour ramasser une pierre et la jeter dans les déferlantes. La cocaïne et le wiskhy circulaient encore dans ses veines, mais il retrouvait son sang-froid et ne regrettait toujours pas son éclat. Il savait que défier le prince en public était le plus sûr moyen de s'attirer des ennuis, mais il n'en avait rien à faire.

Va te faire foutre, Vannevar, songea-t-il.

Une brume montait de l'océan. Un nuage gris couvrait lentement la plage, dissimulant la côte. A quelques mètres, la Harley n'était déjà plus visible. De l'autoroute, on ne distinguait plus que la lumière des phares. Le bruit des moteurs se perdait dans le vacarme de l'océan.

Regardant l'eau, Sullivan aperçut du mouvement au-dessous des vagues, non loin du rivage. Quelqu'un ou quelque chose émergea des flots et se glissa vers lui.

C'était une femme aux yeux et aux cheveux noirs. Elle volait au ras des eaux comme par magie. Sullivan se frotta les yeux et secoua la tête. Mais elle était toujours là, de plus en plus proche.

Arrivée près de lui, la jeune femme leva ses bras nus. Son sourire dévoila de longs crocs effilés. Sullivan se sentit vaseux comme si la cocaïne et l'alcool avaient soudain repris le dessus. La sensation passa quand la femme se blottit dans ses bras.

— Je te cherchais, Sullivan, dit-elle avec une moue sensuelle. Je m'appelle Selena.

Un peu plus tard, ils enfourchèrent la Harley et partirent en direction du sud.

9 mars, tard dans la soirée
Une session de nuit du conseil municipal...

La présidente du conseil, Margaret Tildon, abattit son maillet sur le petit bloc de bois posé devant elle.

— Silence ! cria-t-elle, essayant de se faire entendre malgré les cris de la foule en colère.

Les galeries étaient pleines de citoyens venus assister à la session d'urgence réclamée par le Conseil pour discuter de l'annulation du *Festivo*. Les émeutes et les campagnes de protestations avaient poussé les élus à agir. Avec tant de mécontents, même les amis du maire voteraient contre l'annulation.

— Silence ou je fais évacuer la salle ! cria Tildon.

La foule se calma peu à peu. Tildon ayant déjà apporté son soutien à la reprogrammation du *Festivo,* l'assistance était disposée à la laisser s'exprimer.

— Nous avons entendu l'opinion des différentes parties. Je pense que nous pouvons procéder au vote.

— J'approuve la motion ! s'écria le conseiller Denton.

Il avait bondi sur ses pieds, espérant être le premier à parler.

Vieil allié du maire, Denton avait rompu avec lui pour se ranger du côté du *peuple*. Il avait persuadé trois autres conseillers de le soutenir, exerçant assez de pression sur les indécis pour les rallier à sa cause.

Le vote eut lieu. La mesure qui annulait la décision du maire eut la majorité moins une voix et une abstention.

Un cri de joie monta de la foule.

Puis l'immeuble se vida rapidement.

A l'ombre d'un pilier, le Primogène Brujah, Tomaine, attendit pour partir que la foule se disperse.

Il avait suivi la réunion et le vote tapi au fond de la salle. Satisfait du travail de Denton, il songea qu'il devrait trouver quelque chose pour récompenser le conseiller. Peut-être la victoire aux prochaines municipales, maintenant que l'homme du prince était condamné.

Tomaine se dirigea vers le parking spécial où il avait garé sa Mercedes. L'anti-vol émit un bip lorsqu'il le coupa. Il déverrouilla la porte et s'installa au volant. A présent, il n'avait plus qu'à découvrir qui se cachait derrière le *Festivo*. Le coup puait le Sabbat, comme il l'avait dit à Vannevar. Mais il était impatient de savoir qui était impliqué.

23

Avant qu'ils quittent la plage, Selena avait expliqué à Sullivan pourquoi elle était là.

— Nous sollicitons ton aide, Sullivan. Nous avons besoin de ta force.

— Qui êtes-vous ? avait demandé le vampire, le cerveau embrumé.

— Des gens qui ont le courage d'affronter la vérité, Sullivan. Et qui n'ont pas de raisons de craindre le prince.

Elle lui confia son appartenance à une société secrète qui, comme lui, se fichait des lois de Vannevar et de la précieuse Camarilla. (Elle avait prononcé ces derniers mots comme si du poison sortait de sa bouche.)

— Je suis un Anarch, avait fièrement dit Sullivan.

— Les Anarchs sont des gamins. Sans quelqu'un à blâmer, ils sont perdus. Ils ont besoin de la Camarilla. Nous n'avons *besoin* de personne.

Elle lui révéla qu'elle et ses amis étaient derrière le *Festivo* annulé par le prince.

— Il nous craint. Nous avons plus de pouvoir que lui.

— Que veux-tu faire contre Vannevar ?

— Nous avons prévu de l'éliminer.

Près du zoo municipal, au sud-est de San Francisco, Selena demanda à Sullivan de garer la moto dans un parking désert. Puis, ils approchèrent de la haute clôture en fer et la franchirent sans difficulté. Une fois à l'intérieur, ils sentirent l'odeur forte des animaux.

— Que fait-on ici ? demanda Sullivan.

— Une petite leçon de sciences naturelles, dit Selena. Que sais-tu de Darwin ? Et de l'évolution ?

Elle le prit par la main.

Sullivan dut admettre qu'il savait peu de choses sur le sujet. Le nom lui était familier — un savant du siècle dernier — mais il n'était pas sûr de savoir ce qu'il avait découvert.

— Nous sommes censés descendre des gorilles, ou un truc comme ça, finit-il par répondre.

— Eh bien, c'est quelque chose « comme ça », dit Selena, souriant de son ignorance. Mais la théorie à laquelle je fais allusion a pour base le concept de « survie du meilleur ». Son postulat est que les forts, les plus méritants, s'élèvent vers le pouvoir !

Le vampire connaissait cette théorie. Il l'avait vue se vérifier partout, à bord des navires comme en ville. Les plus forts dominaient toujours, c'était une évidence.

Il le dit à Selena.

— Alors pourquoi les Immortels s'obligent-ils à cacher leur véritable nature aux humains, qui devraient les craindre et les respecter ?

Sullivan ne répondit pas. Il avait toujours évité les humains par peur d'être découvert et éliminé. Une fois repérés, les Damnés étaient très vite détruits. Les vampires, plus qu'une malédiction, semblaient être les parasites du genre humain.

— C'est ce que les seigneurs de la Camarilla veulent que tu crois, dit Selena. C'est avec ça qu'ils te contrôlent. En vérité, nous sommes l'espèce dominante — au sommet de la chaîne alimentaire.

Ils approchaient de la fosse aux lions.

— Regarde, dit Selena, désignant un gros mâle qui rôdait en silence. C'est ta vraie nature, Sullivan. Un seigneur, un puissant guerrier.

Elle se tourna vers lui.

— Pas un maquereau qui vend des putes aux humains et tire profit de la drogue. C'est le comportement d'une hyène, un animal méprisable.

Sullivan se sentit embarrassé. Ce qu'elle disait était vrai. Il était même parfois un peu honteux.

— Il y a longtemps, les vampires étaient considérés comme des dieux par les humains. Ils les adoraient, les protégeaient et les nourrissaient. Nous étions les maîtres et le monde tournait bien mieux. En ce temps-là, tu n'aurais pas traîné dans une poubelle comme le quartier chaud. Nous ne pouvons permettre cette décadence. Ceux qui vivent et meurent sous notre gouvernement mènent un vie heureuse et ordonnée.

Ils passèrent devant un enclos de verre où dormaient des koalas. Sullivan s'arrêta un instant pour observer les créatures, puis il continua la « visite ».

— Les gens ne meurent pas de bon cœur, objecta-t-il.

— Il fut un temps où la mort n'était pas la fin de tout, mais une part du cycle naturel. Aujourd'hui les gens vivent dans la hantise de la mort. Ils font tout ce qu'ils peuvent pour la fuir, mais la « sécurité » leur laisse encore plus de temps pour réfléchir à leurs angoisses. Ils sont continuellement inquiets. Nous pouvons leur apprendre à apprécier et même à aimer la mort.

Sullivan songea aux propos de Delfonso : des milliers d'hommes avaient marché vers la mort dans une ancienne cité aztèque, au Mexique. Ils attendaient patiemment que leur cœur soit arraché de leur poitrine et offert en sacrifice aux dieux.

— Je ne crois pas, dit Sullivan. Les humains ne sont pas prêts à accepter l'idée de leur fin.

— Sullivan, la mort est naturelle. La mort est juste. La mort est miséricordieuse.

Dans le bâtiment des reptiles, ils admiraient un énorme python africain.

— Les animaux ne tuent pas par méchanceté, ou par médiocrité, comme les humains, continua la femme.

Seulement par nécessité. Et la peur que tu crois voir dans les yeux d'une antilope poursuivie par un lion est de l'excitation — la vie jusqu'à son paroxysme. Une fois que le lion l'a saisie, quand l'antilope sait le jeu terminé, elle se détend. Les scientifiques disent qu'elle est en état de choc pour se protéger de l'horreur, mais ce n'est pas si simple. La mise à mort est une part du plaisir de la vie pour le prédateur *et* pour sa proie.

Même si ces mots sonnaient vrais, Sullivan se sentait perdu.

Selena souleva une poubelle et la lança sur la vitre de la cage, qui explosa. La vampire entra dans l'enclos, se frayant un chemin à travers les éclats de verre.

— Même les serpents sont tendres, dit-elle. Ils étreignent leur victime jusqu'à la mort.

Le plus gros python regarda Selena avec circonspection. Il recula, mais elle le prit de vitesse, le saisissant derrière la tête.

— Regarde !

Elle sortit le reptile des rochers artificiels qui lui servaient de cachette.

Incapable de se libérer, le python changea de tactique. Cessant de se débattre, il s'enroula autour de Selena, entourant peu à peu sa poitrine, sa taille, ses hanches puis ses jambes. Les anneaux se resserrèrent, étouffant Selena. Un grognement de plaisir s'échappa de ses lèvres.

Le bout émoussé de la queue du serpent, devenu rigide, caressa suggestivement l'intérieur des cuisses de la jeune femme.

Quand le python eut fini d'envelopper sa victime, celle-ci sembla promise au trépas.

Sullivan allait voler à son secours quand elle rouvrit les yeux. Plaçant la tête du serpent face à elle, la jeune femme plongea son regard dans les yeux froids. La langue du reptile allait et venait, chatouillant ses lèvres. Alors elle planta ses crocs dans la gorge du serpent et commença à boire.

Sullivan vit le python faiblir. Ses anneaux se détachèrent de Selena.

Le vampire avait déjà bu le sang d'un animal, mais seulement de mammifères. Jamais il n'avait entendu parler de vampires ayant consommé du sang de reptile.

Le bout de la queue du serpent trembla, puis s'immobilisa.

Selena laissa tomber la tête du python sur le sol.

— Viens, dit-elle à Sullivan.

Elle le prit par la main.

— Je connais un endroit où aller après le lever du soleil.

Ils trouvèrent une chambre dans un hôtel minable. D'évidence Selena avait une sorte d'arrangement avec l'établissement. L'employé, peut-être une goule, lui tendit la clé d'une chambre *spéciale*.

Une fois au lit, Selena s'enroula autour de Sullivan et lui expliqua comment il pouvait l'aider à renverser le prince.

— Si tu acceptes son offre d'adoption, gazouilla-t-elle, tu seras proche de lui et tu sauras tout ce qu'il fait. Connaissant ses plans, nous pourrons les saboter.

— Je serai un espion, objecta Sullivan.

— Un héros, corrigea Selena. Luttant pour renverser un régime totalitaire. Tu libéreras notre peuple, Sullivan, et tu n'en sortiras pas sans récompense.

Le vampire songeait rarement à l'argent. Il n'avait jamais rien désiré d'autre que la vie.

— C'est impossible. Vannevar a trop de pouvoir. Il voit en moi et il sait ce que je suis capable de faire. Le Lien du Sang me forcera à lui dire la vérité.

— Je te protégerai, le rassura Selena. Je maîtrise la magie mieux que lui. Je peux rendre tes pensées opaques, les cacher au prince et à ses vieux copains Primogènes. Tu seras en sécurité aussi longtemps que tu joueras ton rôle.

Selena avait dit être une Tremere. Dans ce cas, elle était sans doute capable de le protéger. Mais il n'avait jamais vraiment envisagé de prendre sa revanche contre le prince et cette idée le déconcertait. Narguer Vannevar ou désobéir à ses ordres à la manière de Dirk était tout ce qu'il avait imaginé. Pouvait-il faire partie d'un plan visant à éliminer un Ancien ? Se souvenant des événements de la soirée, il fit une grimace. Jeter le verre de sang avait sûrement été une erreur.

— Je ne pense pas pouvoir rentrer en grâce, dit Sullivan.

Il se souvint du regard du prince, le sang coulant sur son visage.

Selena sourit.

— Crois-moi, cette histoire n'est pas un problème.

Sullivan s'étonna que sa compagne soit déjà au courant.

— Les mots voyagent vite. La nouvelle s'est répandue comme une traînée de poudre. Mais Vannevar t'aime bien. Il s'est attaché à toi. Avec des excuses bien torchées, tu l'auras. Après tout, il sait qu'il te doit quelque chose.

Elle avait raison. Il pourrait regagner la confiance du prince.

— Nous voulons démontrer à Vannevar qu'un des Primogènes trahit la Mascarade. La preuve est assez flagrante pour que les autres Primogènes s'inclinent.

Elle ouvrit le tiroir de la table de nuit et en sortit un calepin de cuir usé et à demi brûlé. Elle le tendit à Sullivan.

— C'est quoi ? demanda-t-il.

C'était un journal rempli de pattes de mouches que le vampire ne déchiffra pas bien. Le livre sentait la fumée, une odeur qu'il reconnaissait toujours.

— Ça appartient à Phillips, le chasseur, dit Selena. C'est son journal. Il rapporte avec tous les détails ce que disait la voix qui l'a conduit à San Francisco.

Sullivan jeta un coup d'œil sur les pages. L'encre était fanée, et l'écriture presque illisible. Il ne lisait qu'un mot sur dix.

Se souvenir du fou et de la mort de l'Ange le fit frissonner de rage.

— Honerius est responsable de la venue de Phillips, dit Selena. La preuve est dans le journal.

Honerius ! Le vieux Tremere. Ce n'était pas Vannevar, mais presque...

— Honerius a attiré Phillips ici ? Pourquoi ?

— Juste une carte à jouer. C'était une partie du plan concocté par Vannevar et le Tremere. Une partie dont Honerius n'avait pas informé son complice.

— Honerius a fait un vampire de ce foutu cinglé ?

— Lui ou un des autres, dit Selena. Ils jouent tous le même jeu, se trahissant à tour de rôle.

Sullivan regarda le livre en songeant à l'Ange et à Will.

On frappa à la porte ; Sullivan tressaillit.

— Ne t'inquiète pas, lança la jeune femme en se glissant hors du lit. C'est le service d'étage.

Elle alla ouvrir.

— J'ai commandé un festin avant de dormir.

Selena ouvrit la porte. L'employé tendit à la jeune femme un sac de la taille d'un oreiller. Quelque chose bougeait à l'intérieur.

Selena le remercia et referma la porte. Elle posa le sac sur le lit, en face de Sullivan.

— J'ai vu que tu les admirais tout à l'heure. Je me suis arrangé pour en avoir un.

Elle sortit du sac un petit koala. Effrayée, la créature s'agrippa à son bras comme à une branche d'arbre.

— Aïe ! gloussa Selena.

Elle renversa l'animal sur le dos.

Ensuite elle le souleva et le mordit à la gorge. L'animal se débattit puis se détendit. Selena but un peu, puis tendit le koala à Sullivan, toujours assis sur le lit.

— Tiens, dit-elle. Il te veut.

Le vampire prit la petite créature. Il avait faim et la vue de cette gorge ensanglantée stimulait son appétit. Il se pencha et aspira le sang de l'animal, qui lui passa les pattes autour du cou, serrant fermement pendant qu'il buvait avec avidité. Le koala mourut au moment où Sullivan avalait sa dernière goutte de sang.

Le liquide était sucré et chaud, pur et innocent. En un mot : délicieux.

— Voilà, dit Selena, prenant la dépouille pour la remettre dans le sac. Tu vois ce que j'ai en tête. La mort n'a pas besoin d'être violente, ni terrible.

Sullivan aurait juré que le sang du petit animal innocent avait bien meilleur goût que tout ce qu'il avait bu jusqu'ici.

— Je crois comprendre, dit-il.

Selena et lui passèrent les heures qui précédèrent l'aube à finaliser leur plan.

10 mars, le matin.

Dans le laboratoire médico-légal du FBI...

P. Arthur Rowley, médecin légiste de son état, regarda de nouveau le crâne rapporté par l'agent Simmons pour identification. Au premier abord, il semblait humain, mais l'étrange formation des sourcils et de la mâchoire indiquaient une sorte de dégénérescence, peut-être une maladie héréditaire. Le plus remarquable était les canines supérieures. Deux fois plus longues que la normale, elles semblaient rétractables, se logeant dans des alvéoles spéciales de la mâchoire supérieure. Rowley n'avait jamais rien vu de semblable.

Il relut le formulaire spécial. Une note parmi les dizaines reçues depuis qu'il travaillait ici. Toutefois celle-ci émanait de la Division des Affaires Spéciales de Washington. Un département obscur comptant peu de personnel, qui était censé s'occuper d'un certain type de tueurs en série. Particulièrement, des fanatiques de toutes confessions.

La note recensait les preuves spécifiques qui pouvaient être relevées sur les lieux d'un crime. Parmi les nombreux détails considérés comme suspects figurait la présence de canines démesurées.

Rowley prit quelques clichés du crâne et les faxa à Washington avec un rapport adressé au directeur des Affaires Spéciales, George F. Thomasson. Trente minutes plus tard, un fax demanda que Rowley remette le crâne au coursier qui passerait dans l'heure.

La preuve devait être renvoyée à Washington.

24

Les préparatifs furent terminés tôt dans la soirée du lendemain. A la surprise de Sullivan, un seul coup de téléphone suffit. Il avait laissé un message à la secrétaire ; moins d'une heure plus tard, le prince le rappela.

Sullivan s'excusa avec profusion, plaidant l'impulsivité de la jeunesse. Le prince écouta patiemment. Il dressa toutefois l'oreille quand le vampire mentionna le double jeu d'Honerius.

— Tu as une preuve ?

— C'est ça.

— Je veux la voir !

Vannevar envoya un coursier prendre le journal. Une heure et demie plus tard, il informa Sullivan qu'il acceptait son offre. La preuve suffisait pour compromettre Honerius ; en retour, le prince promettait à Sullivan d'oublier ses incartades. Pour finir, il renouvela l'offre d'adoption.

Sullivan accepta. Vannevar décida qu'une rencontre aurait lieu plus tard en ville. La réhabilitation de Sullivan devrait être publique. Le vampire remercia Vannevar et raccrocha.

— Ça marche ? demanda Selena, s'asseyant sur le bord du lit.

— Ouais... Il dit que tout est parfait.

Mais Sullivan s'inquiétait du ton froid et distant du prince. Il ne lui avait pas semblé aussi amical qu'à la soirée du *Vampire Club*.

Bien qu'ayant accepté ses excuses, Vannevar paraissait méfiant.

Un heure plus tard, Sullivan roulait vers le centre-ville. L'adresse qu'on lui avait donnée se trouvait au cœur du quartier financier, sur Montgomery Street, près du Pacifique.

Il s'agissait d'une des nombreuses petites banques du voisinage. Construite en pierre marron, avec colonnes et portiques, elle avait pour nom First Pan-Pacific National Bank.

Sullivan s'engagea sur la rampe du parking où on lui avait ordonné de se rendre. L'endroit était presque désert. Le gardien lui demanda de se garer sur le toit, dans la zone réservée aux motos.

Il laissa la Harley à ciel ouvert puis prit l'ascenseur et traversa la rue. Sur la porte de la banque, un bouton annonçait : Service de nuit. Sullivan appuya et attendit. Après quelques secondes, une voix nasillarde répondit dans l'interphone.

— Puis-je vous aider ?

— C'est Sullivan. Je suis invité.

— Entrez.

Un bruit électrique signala l'ouverture de la porte.

Sullivan entra. A l'intérieur, la lumière était plutôt chiche. Un grand homme mince sortit de l'ombre, ses talons claquant sur le sol.

Une goule.

— Bonsoir, monsieur Sullivan. Les autres vous attendent. Les ascenseurs sont par ici.

Il y avait deux cabines. La porte de droite s'ouvrit.

— Je vous en prie..., dit la goule.

Le sentiment de tomber dans un piège effleura Sullivan. Sans hésiter, il entra et se retourna pour être face à la porte.

La goule appuya sur un bouton ; l'ascenseur s'ébranla.

Deux étages plus bas, la porte se rouvrit. Sullivan sortit. La goule lui désigna une autre porte, au bout du couloir. L'ascenseur repartit.

De nouveau seul, Sullivan traversa le couloir. Après une seconde d'hésitation, il leva une main et frappa à la porte.

Elle s'ouvrit sur le prince.

— Bonsoir, Sullivan, dit-il d'un ton égal. Entre.

Sullivan chercha en vain une ombre de sympathie sur le visage de Vannevar. Indifférent, il souriait et inclinait la tête en avançant dans la pièce.

Les autres attendaient. Sullivan fut surpris de se trouver face à une assemblée de Primogènes. Il jeta un coup d'œil sur la demi-douzaine de vampires. Le chef Brujah, Tomaine, Nickoli le financier, Serata le Toreador, Bloody Mary et le vieil Honerius. A première vue, le prince n'avait pas encore agi contre lui. La Gangrel, Alicia McGreb, manquait à l'appel.

— Tu connais tous le monde, je suppose, dit Vannevar.

Sullivan acquiesça.

Il ne s'attendait pas à rencontrer les Primogènes de la ville, car il avait pensé que le prince désirait un rendez-vous privé, en présence d'un ou deux amis de confiance. Chacun des Anciens présents dans la pièce avait assez de pouvoir pour réduire Sullivan en miettes s'il le désirait. Une nouvelle fois, le vampire se demanda s'il était tombé dans un piège. Peut-être l'assemblée des Primogènes avait-elle l'intention de lui soutirer des informations.

L'expression du prince ne lui en apprit pas plus long.

— Comme vous le savez tous, commença Vannevar, Sullivan a réfléchi à mon offre d'adoption.

Les Primogènes se tournèrent vers le jeune vampire.

Sullivan sentit le poids de leurs regards.

— Beaucoup pensent qu'il a dépassé les bornes et qu'il mérite d'être puni.

Le prince regarda Sullivan.

— Et toi, Sullivan ? Quel serait selon toi le meilleur châtiment pour un Enfant capricieux ?

Le vampire ne sut quoi répondre. Il n'aimait pas le tour que prenait la conversation.

— Je l'ignore, balbutia-t-il. Je n'ai pas voulu vous faire du tort...

— Il ne pensait pas me faire du tort, mes amis ! coupa Vannevar, sarcastique. (Il se tourna vers les Primogènes :) Que pensez-vous de ça ?

Sullivan sentit la sueur mouiller son col. La tension montait. Il avait été fou de venir ici.

Le prince s'adressa à lui.

— Mais tout est oublié ! lança-t-il.

Il ouvrit les bras et enlaça Sullivan.

— Les mauvais garçons seront toujours des mauvais garçons, ajouta-t-il, tapant dans le dos du vampire.

Sullivan se nourrit du sang du prince comme au *Vampire Club*. S'agenouillant devant son seigneur, il puisa de la force sous le regard des Primogènes.

Mais le goût était différent. La première nuit, le sang était chaud et puissant. Là, il semblait froid, comme si Vannevar tentait de garder sa vitalité hors de portée de Sullivan.

En buvant, le vampire leva les yeux sur le prince. Il fut effrayé par son regard glacial. Il n'y avait rien de chaleureux dans cet échange.

Ayant terminé, Sullivan se releva pendant que Vannevar baissait sa manche.

Puis il lança à l'assemblée :

— Merci d'être venus, mes amis. J'apprécie votre présence, requise dans des délais si brefs. Mais le retour au bercail de Sullivan n'est pas la seule raison de notre rencontre. J'ai d'autres nouvelles à vous annoncer.

Les Primogènes attendirent que Vannevar continue. Certains semblaient impatients. Tomaine le Brujah s'ennuyait visiblement.

— Vous vous posez sans doute des questions sur la sagesse dont je fais preuve en acceptant les excuses de Sullivan. Particulièrement à la lumière des événements de la nuit dernière...

Vannevar jeta un coup d'œil à Sullivan, puis il se retourna vers les Primogènes. Personne d'autre que son « fils » ne vit la malice briller dans ses yeux.

— Il se trouve que Sullivan m'a rendu un grand service. Il m'a apporté la preuve qu'un traître est parmi nous. Quelqu'un qui veut détruire la Mascarade.

Sullivan sentit la tension monter. Il se tourna vers Honerius. Puis, regardant les autres, il s'aperçut qu'ils semblaient tout aussi inquiets. Tous avaient des secrets, supposa le vampire. Tomaine paraissait le plus tranquille.

Vannevar sortit le journal roussi de Phillips de sa poche.

— Nous étions tous angoissés par l'arrivée de Phillips. Nous devons remercier Sullivan de nous en avoir débarrassé. Mais le plus important, c'est que ce tueur a été attiré ici par un des nôtres. Lequel, voilà la question !

Il brandit le livre.

— Ce journal contient la réponse. Il appartient à Phillips et décrit par le menu la voix qu'il entendait dans sa tête. Laissez-moi vous lire quelques morceaux choisis. Page neuf : *La voix est revenue pour me guider. Mais cette fois, elle dérogeait à ses habitudes, car elle me voulait du bien. Elle m'a dit d'avoir foi dans le Père Qui Sait Tout.*

Vannevar se tut.

Les regards convergèrent vers Honerius, visiblement nerveux. La citation, une de ses favorites, était connue de tous les Primogènes.

— On trouve au moins une douzaine d'exemples comme celui-ci, ajouta le prince. Y a-t-il besoin de continuer ?

— Ces preuves me semblent peu convaincantes, dit Serata. Je ne crois pas qu'il y ait assez pour condamner quelqu'un du rang d'Honerius.

— Si vous ne me croyez pas, dit Vannevar, lisez le livre.

Il jeta le journal au pied des Primogènes, mais aucun ne fit un mouvement pour le ramasser. Le défi resta sans réponse.

— Il a trahi la Mascarade, ajouta Vannevar.

La porte s'ouvrit ; quatre goules apparurent. Sans un mot Honerius avança. Ils l'emmenèrent vers un destin que Sullivan n'osait pas imaginer.

— Sullivan doit aussi être remercié pour ça, dit le prince après qu'Honerius eut quitté la pièce.

Dans les regard rivés sur lui, Sullivan lut de la haine et de la peur. Ces hommes le voyaient comme un traître, un ennemi potentiel. Pourquoi Vannevar lui avait-il fait ça ?

— Sans l'intervention de Sullivan, insista le prince, je n'aurais jamais appris la vérité sur Honerius.

Puis, comme pour plaisanter, il ajouta :

— Alors, regardez où vous mettez les pieds. Sullivan ne vous perdra pas de vue.

Il éclata de rire.

— La séance est levée, annonça-t-il avec un sourire.

Les Primogènes sortirent.

Sullivan les suivit, espérant filer avant que le prince lui demande de rester. Il ne voulait pas le voir seul.

Il était consterné. Pourquoi lui avait-il fait ça ? Il avait révélé le nom de sa source, un manquement à toutes les règles !

Dans le couloir, les Anciens attendaient les ascenseurs. Personne ne lui adressa un mot. Sullivan comprit qu'il ne pourrait pas éviter de monter avec ces gens. Il attendit les cabines puis se glissa dans celle de droite, occupée par Tomaine et Serata, évitant celle où était montée la Douairière. Les portes se fermèrent. Sullivan bouillit tout au long de l'interminable remontée vers le rez-de-chaussée. Aucun des Primogènes ne parla. Seul Tomaine lui tapa dans les côtes et lui fit un sourire.

Il est facile pour lui de rire, songea Sullivan. Un Ancien comme Tomaine pouvait se défendre face au plus puissant des vampires. Quelqu'un de la stature de Sullivan n'avait aucune chance.

Dans la rue, les Primogènes prirent des directions différentes. Deux se dirigèrent vers le parking, où ils avaient laissé leurs voitures.

Aucun n'était garé au dernier niveau.

Sullivan prit l'ascenseur. Vannevar le soupçonnait, c'était évident. Aussi longtemps qu'il serait sous l'aile du prince, les Primogènes n'oseraient pas frapper. Mais si Vannevar lui retirait sa protection, il redeviendrait une proie...

Toujours dans ses pensées, il sortit de l'ascenseur. Il avait fait deux pas quand une main se posa sur son épaule.

Sullivan fut tiré en arrière, retourné et violemment plaqué contre le mur.

C'était Vannevar.

— Quelle sorte de merde es-tu en train de foutre ? demanda-t-il.

Sullivan se dégagea. Sans effort, Vannevar le colla de nouveau contre le mur. En heurtant les briques, l'omoplate de Sullivan émit un craquement sinistre.

— Rien, tenta-t-il d'expliquer. A quoi fais-tu allusion ?

Vannevar le saisit par le menton et lui souleva la tête. Les yeux du prince brillaient dans la nuit, cherchant sur son visage un indice de duplicité. Sullivan tenta de rester impassible, espérant que les enchantements de Selena le protégeaient.

Vannevar le lâcha, puis recula.

— Regarde où tu marches, Sullivan, le prévint-il. Fais attention à ce que tu dis et à ce que tu entreprends.

Le prince disparut dans un nuage de fumée.

— Je me suis fait baiser, murmura Sullivan, en enfourchant la Harley.

Au motel, Selena le pressa de raconter ce qui s'était passé. Elle lui demanda chaque détail concernant les réactions des Primogènes à la chute d'Honerius.

— Je suis dans la merde, dit Sullivan.

— Ne t'inquiète pas, le rassura Selena. Le prince tombera, et les Primogènes avec lui. Nous t'en remercierons. Je te promets que demain tu auras un quartier général secret.

Etrangement, la présence de Selena le calma.

11 mars, le matin

Dans l'immeuble du FBI de San Francisco. Bureau du directeur Brower...

— Quoi ? protesta Simmons.

Il ne pouvait croire ce que disait son patron.

— Tu as entendu, grogna Brower. Tu es dessaisi de l'affaire. Les ordres viennent de Washington.

— Mais je suis sur une piste.

— Navré, ce sont les ordres, dit Brower. Et tu dois te rendre à Washington demain.

— Demain ?

— Avec Rowley.

— Pourquoi Rowley ?

— Je l'ignore, Simmons. Mais, ne me tiens pas rigueur pour ça. J'ai déjà persécuté Rowley à cause de ce satané crâne.

Le crâne était revenu à San Francisco le matin même. Une note, dans le carton, indiquait qu'il y avait eu erreur. A Washington, personne n'avait réclamé la tête. Mais Rowley proclamait que ce n'était pas celle qu'il avait envoyée.

— Je ne peux pas partir demain, dit Simmons.

— Pourquoi pas ? J'ai fait réserver deux places.

— Envoyez d'abord Rowley. J'ai des affaires de famille à régler avant de pouvoir quitter la ville.

— D'accord... J'appelle Washington et je dis que tu retardes ton arrivée d'une journée. Les huiles n'aimeront pas ça, mais tant pis.

— Merci, dit Simmons, se levant pour partir.

— Reste hors du coup, conseilla Brower, sans lever les yeux du rapport qu'il rédigeait.

— Mon cul ! souffla Simmons en refermant la porte derrière lui.

25

Ils quittèrent le motel le lendemain après le coucher du soleil. Assise derrière lui, Selena indiquait la route à Sullivan. Ils allaient à Becon Street, sur les pentes de Diamond Heights, au-dessus de Billy Goat Hill.

— C'est en haut, sur la droite, dit Selena en désignant un église méthodiste isolée.

Peinte en blanc, elle semblait vieille d'au moins un siècle. Bien entretenue, elle aurait pu être utilisée. Des fanions colorés et une kyrielle d'équipements en plastique indiquaient qu'elle servait de garderie.

Sullivan coupa le moteur.

Descendant de la moto, Selena nota une lueur avide dans son regard.

— C'est bon, dit-elle. Fais rouler ta moto par-là.

Déverrouillant une vieille porte en bois, elle la tint ouverte pendant que Sullivan garait la Harley dans l'arrière-cour. Il plaça l'engin à l'endroit réservé aux deux-roues.

Selena ferma derrière eux.

La cour était bordée d'arbres. Il y avait un petit cimetière derrière l'église, une rareté à San Francisco.

— Nous sommes restés longtemps ici, expliqua Selena. L'église a été bâtie à la fin du siècle dernier, à bonne distance de la ville.

Sullivan acquiesça. Il se souvenait de la partie sud de la cité à l'époque où elle était presque déserte, mais l'église ne lui disait rien.

— Cette église a joué différents rôles au long des années, dit Selena en déverrouillant la porte.

Celle-ci craqua quand Selena la poussa.

— A l'origine, elle était baptiste...

Ils s'engagèrent dans un escalier de pierre. Sullivan tendit la main pour toucher le mur. Il le trouva mou, presque immatériel.

— Tout ici n'est qu'illusion, dit Selena sans se retourner, car elle sentait les gestes de Sullivan. Nous nous protégeons en travestissant la réalité. Certains ennemis soupçonnent notre présence, mais notre sanctuaire ne doit pas être découvert. Après cette visite, tu ne nous retrouveras pas sans que nous le souhaitions.

L'escalier en colimaçon débouchait sur une grande chambre lumineuse décorée de soies tendues. Différents passages, dans les murs, conduisaient à d'autres salles. Une estrade couverte de coussins occupait le centre de la pièce. Selena s'allongea sur le lit, invitant Sullivan à la rejoindre.

Il prit place à côté d'elle. La jeune femme croisa les bras sous sa tête, et permit au vampire d'admirer son corps, désormais visible à travers une robe qui devenait peu à peu transparente. Il caressa doucement sa poitrine, remontant vers sa gorge. Selena soupira. Il se pencha sur elle et l'embrassa sur les lèvres en caressant ses seins. Elle lui rendit son baiser puis lui mordit la lèvre supérieure, et suça un peu de sang. Ensuite elle se redressa, passa sa langue sur sa bouche et sourit lascivement.

— Nous avons besoin de nourriture, dit-elle, en claquant deux fois des mains.

Une jeune goule apparut ; elle lui demanda d'apporter de quoi manger. Un moment plus tard, le serviteur revint accompagné d'une jeune femme qui ne portait qu'un chemisier attaché à la taille. Inconsciente, elle bascula en avant et tomba entre Selena et Sullivan. Ils se la partagèrent, tirant du sang de ses bras, de ses jambes, de sa poitrine et de sa gorge.

Après ce qui leur parut des heures, ils s'arrêtèrent, la laissant presque morte.

— Comment allons-nous détrôner le prince ? demanda Sullivan à Selena. Combien sommes-nous ?

— Peu nombreux. Mais nous sommes forts et déterminés. Nous voulons être libres et occuper notre vraie place parmi les maîtres de ce monde. Nous entendons être *vénérés*. Nous deviendrons tous des dieux et moi... une reine.

Le regard de Selena se perdit dans le vague pendant qu'elle parlait. Il y avait du désir dans ses yeux : la soif du pouvoir. Toujours en train de caresser sa poitrine, Sullivan sentit soudain sous ses doigts quelque chose d'étrange, de rêche et de ridé. D'instinct, il retira sa main. Il se pencha, mais ne découvrit rien d'anormal sur le corps de Selena. Une fois encore, il se sentit pris de vertige.

Quand il leva les yeux sur la femme, il vit qu'elle l'observait.

— Tu te sens bien ? demanda-t-elle.

— Oui, ça va, mentit le vampire.

— Je vais organiser un autre festin pour toi, dit Selena, claquant des mains.

La goule revint. Cette fois, elle portait une corbeille en osier couverte d'un morceau de flanelle. Elle posa le tout devant Selena, puis quitta la pièce. La vampire sortit du panier un autre petit koala appartenant au zoo.

— Tu as semblé aimer ça, la nuit dernière, alors j'ai pris des dispositions pour en avoir un deuxième.

Elle tendit l'animal à Sullivan. Malgré une petite hésitation, il planta ses crocs dans la chair tendre. Le koala se relâcha pendant que le vampire buvait avidement son sang et sa vie.

Un bruit en haut des marches : quelqu'un venait d'entrer.

— Selena ? appela une voix de femme.

— Attention, nous avons de la compagnie, prévint Selena.

— Aucun problème, répondit la voix.

Deux silhouettes apparurent au pied des marches.

Une jeune rousse en tailleur de cuir noir entra, un homme à son bras. Il avait la même expression d'hébétude que la fille consommée par les deux vampires. La rousse était une vampire. Un membre de la cabale de Selena, sans doute.

— J'adore ce que tu as fait de cet endroit, dit-elle à la maîtresse des lieux.

Elle regarda la chambre tout en poussant l'homme sur une chaise.

— Tu aimes ? demanda Selena.

— C'est mignon... J'ai besoin de te parler un moment en privé.

— Excuse-moi, chéri, dit Selena à Sullivan.

Elle se leva, et reprit :

— Je vais voir ce que veut Loonar. J'en ai pour une minute.

Sullivan la regarda s'éloigner. Elle disparut dans un couloir, en grande conversation avec Loonar.

Ensuite, Sullivan se tourna vers le type assis à côté de l'estrade. Puis son regard se porta vers la jeune femme nue endormie près de lui.

Un grattement se fit entendre, suivi du bruit familier de l'ouverture d'une porte. Des pas retentirent dans l'escalier, suivis d'une série de sons sourds, comme si quelque chose de lourd dévalait les marches.

Sullivan fut choqué par la vision du corps nu couvert de sang qui atterrit au pied de l'escalier. Il posa le koala et se leva alors que la carcasse roulait jusqu'au centre de la pièce. Le cadavre avait été mutilé et portait des traces de morsures.

Quelqu'un suivait le corps.

Une petite silhouette en robe noire...

Le visage pâle, la tignasse neigeuse, sale et couverte de poussière, le vampire recula d'un pas en voyant Sullivan.

— Qui es-tu ? siffla-t-il.

Une langue noire au bout fourchu longue de trente centimètres lécha une joue de l'homme avant de retourner dans sa bouche.

— Je suis avec Selena, répondit Sullivan, nerveux.

La pièce commença à tourner. Les vertiges étaient de retour, mais ils passèrent vite. Le vampire tenta de focaliser sa vision, mais les murs tremblaient.

— Hum, murmura le petit vampire, clignant de ses yeux cernés de rouge.

Incrédule, Sullivan regarda la pièce, autour de lui, qui semblait se dissoudre, changer de forme et de couleur. Les tentures disparurent pour révéler des murs bruts ; la douce lumière céda la place à l'obscurité.

— Je suppose que tu es venu te joindre à nous. Je suis Gregori.

Sullivan était incapable de répondre, sonné de découvrir que la chambre somptueuse où ils avaient passé la soirée était en réalité un donjon poisseux de sang et semé de morceaux de cadavres.

Des entrailles humaines étaient suspendues à des croix renversées ; sur le sol s'empilaient des crânes à demi décomposés. Sur les tables, des coupes de sang séché voisinaient avec des membres pourris.

L'homme était en réalité une épave alcoolique. La jeune femme qui dormait sur les coussins se révéla être une vieille clocharde couverte de plaies.

Près d'elle, déjà mort, gisait un nourrisson : le « koala » de Sullivan ! L'enchantement évanoui, libéré du charme de Selena, Sullivan découvrait la vérité cachée derrière les illusions.

— Tu veux devenir un Sabbat, hein ? caqueta Gregori, sa langue de serpent entrant et sortant de sa bouche.

Ainsi, c'est ça le Sabbat ! songea Sullivan.

Les histoires courant sur la secte diabolique étaient légion, mais le vampire n'avait jamais rencontré personne qui fût en contact avec elle. Dominé par la diablerie, le Sabbat pratiquait un rituel initiatique où le candidat devait brûler vif.

Le Sabbat contrôlait une grande partie de Mexico, où il faisait plus de morts que la Camarilla. De là, il menaçait l'Amérique du Nord.

Apparemment, Sullivan était tombé sur un nid de vipères, au cœur de San Francisco.

Il entendit des voix résonner dans le passage, ainsi que des bruits de pas. Selena et sa compagne étaient de retour.

Se dirigeant vers Gregori, Sullivan se rapprocha de l'escalier, faisant mine de s'intéresser au corps que le vampire fou avait ramené avec lui.

— Il a l'air bien, hein ? demanda Gregori.

Sullivan gravit une marche de plus, puis sans crier gare, courut dans l'escalier. Le vampire du Sabbat le regarda s'enfuir, déconcerté par son revirement d'attitude.

Atteignant le haut des marches, rendues glissantes par le sang, Sullivan s'attaquait au loquet de la porte quand il entendit Selena crier :

— Arrête-le ! Gregori, tu es fou !

La porte s'ouvrit bruyamment ; Sullivan courut jusqu'à la Harley, mais il se souvint du portail, qu'il trouva fermé. Des cris résonnaient dans l'escalier. Les cinglés du Sabbat étaient à ses trousses. A regret, il sauta la clôture et abandonna sa Harley.

11 mars

Dans une suite luxueuse d'un des plus beaux hôtels de San Francisco...

Donna Cambridge attendait la venue d'un visiteur. La réception lui annonça l'arrivée de Kathy Sikowski. La jeune femme n'avait pas d'invitation.

— Fais-la monter, ordonna Donna à son secrétaire.

Un instant plus tard, on frappa à la porte. Donna se leva, traversa le hall et ouvrit.

— Bonsoir, dit-elle à la blonde vêtue de cuir qui attendait dehors. Je vous en prie, entrez.
— Salut, dit Kathy. Je crois que nous devons parler...

26

Le Sabbat ! songea Sullivan tandis qu'il courait, en direction de Noe Valley.

Ce clan était peu représenté dans cette partie du pays. Comme la Camarilla et sa Mascarade, le Sabbat avait été engendré par l'Inquisition du Moyen Age. Mais contrairement à la Camarilla, qui prônait une coexistence plus ou moins pacifique avec les hommes, les membres du Sabbat se croyaient supérieurs à la race humaine. Par conséquent, ils voulaient réduire les hommes en esclavage.

Par chance, ces fanatiques étaient peu nombreux. Pourtant, de vastes territoires étaient tombés sous leur contrôle à l'est et au nord de l'Europe, à l'est des Etats-Unis, et plus tard au Mexique. *C'était de là,* pensa Sullivan, *que venaient Selena et sa meute ; de là aussi qu'arrivaient les ordres.* Immunisés contre les objets sacrés, friands d'actes blasphématoires, il était courant que les membres du Sabbat installent leurs quartiers généraux sous des églises comme celle de Billy Goat Hill.

Sullivan ralentit le pas. Quelques minutes plus tard, passant au nord de Castro pour se diriger vers Haight, il s'aperçut qu'il était suivi. Surpris de découvrir une présence derrière lui, il courut en zigzag, coupant à travers les allées et les petites rues. Il jeta un coup d'œil pardessus son épaule : son « ombre » le suivait partout.

Craignant qu'il s'agisse d'un membre du Sabbat, Sullivan employa la ruse qu'il avait utilisée contre Domingo. Au coin d'une rue, il se cacha sous la première porte cochère sombre et attendit.

Une silhouette apparut. Elle se déplaçait en silence, n'était un boitillement audible. Sullivan pensa qu'il s'agissait de Gregori, puis il s'aperçut que son suiveur était beaucoup plus grand. Son poids réel était camouflé par sa démarche mal assurée.

Et ce n'est pas un vampire, se dit-il.

L'inconnu s'arrêta quelques mètres plus loin. Il leva la tête et huma l'air.

— Sullivan ? murmura-t-il.

Reconnaissant la voix, le vampire sortit de sa cachette.

— Chi ? Que fais-tu ici ? Je te croyais mort.

La goule avança en boitillant. Elle traînait une jambe et son bras droit était plié sur son estomac.

— Dieu merci, je t'ai trouvé, souffla Chi en apercevant Sullivan.

De plus près, sous la lumière, la pitoyable condition de la goule était flagrante. Elle avait une jambe blessée, et son bras droit semblait inutilisable ! Cassée et brûlée, la main tremblait.

Sa colonne vertébrale semblait tout aussi atteinte, l'obligeant à se tenir voûtée. Son visage portait des traces de brulûres encore purulentes.

Chi avait été grièvement blessé lors de l'incendie de l'immeuble, à Chinatown.

— Je te cherche depuis la nuit où le Grand-Père est mort, dit-il à Sullivan.

Le vampire crut d'abord que la goule voulait se venger. Mais dans les conditions présentes, il n'imaginait pas que Chi puisse représenter une menace. D'ailleurs, Sullivan avait toujours été amical avec la vieille goule, qui n'avait aucune raison de lui vouloir du mal.

— Tu as faim ? demanda Sullivan.

Une lueur de gratitude apparut dans le regard de la goule. Sullivan la tira à l'ombre d'une porte et lui offrit de quoi reprendre des forces.

Quelques minutes plus tard, ils trouvèrent une cabine téléphonique et appelèrent un taxi qui les ramènerait à la maison de Waller Street.

— Comment m'as-tu trouvé ? demanda le vampire à Chi pendant le trajet.

— Ça a été difficile, répondit la goule. Le Sabbat camoufle son quartier général avec de puissants sortilèges qui brouillent les perceptions normales *et* magiques. S'il désire rester invisible, seuls les charmes les plus puissants peuvent pénétrer le voile.

Sullivan se souvint de l'étrange vertige qu'il éprouvait en présence de Selena. Il réalisa qu'il avait vécu dans un monde d'illusions. Puis tout s'était soudain *fané*, lui révélant la vérité. Horrifié, il revit le cadavre du bébé gisant sur l'estrade, et repensa à l'autre « koala » qu'il avait dévoré dans le motel, la nuit précédente. Il frissonna.

— Je suis sous l'emprise d'une sorte de charme ? demanda-t-il.

Il songea au jeune homme hypnotisé qui dansait avec Carlotta au *Vampire Club*, et qui était mort entre ses mains.

— Oui, répondit Chi. J'ai fait plusieurs tentatives pour briser le sort. Mais ça n'a pas marché, jusqu'à l'apparition de Gregori qui m'a permis de détruire les illusions qui t'entouraient. Il ignorait ta présence, donc il n'était pas préparé à maintenir le *voile*. S'il avait été prévenu, il aurait aidé Selena à te garder dans l'erreur. Son intrusion, combinée à mes assauts, a permis à la vérité de t'apparaître.

— Ils ne s'apprêtent pas à faire du bien..., dit Sullivan.

— Les Sabbat n'en ont jamais fait, répondit laconiquement la goule.

— Je faisais allusion à leur plan. Ils ont l'intention de détrôner le prince.

Il chercha à se souvenir de ce que lui avait dit Selena pendant qu'il était sous son charme, mais sa mémoire lui jouait des tours.

Chi avait déjà deviné.

— Le *Festivo*, dit-il, songeur. Ce qui expliquerait la volonté d'annulation. Vannevar doit savoir que le Sabbat tirait les ficelles.

— Mais pourquoi ?

— Le Sabbat utilise ce genre d'événement pour faire sombrer les gens dans la folie, histoire de semer la terreur et la mort. Ça vise à détruire la Mascarade.

Le taxi les déposa devant la maison de Waller. Sullivan déverrouilla la porte et ils entrèrent. Elle était vide, Roger et Wag, les deux goules avec qui il partageait les lieux avaient dû sortir pour la nuit. Le vampire ne trouva aucun signe de la présence de Kathy. La pièce où ils dormaient semblait en ordre. S'avisant qu'il l'avait complètement oubliée depuis sa rencontre avec Selena, Sullivan se demanda où elle avait pu passer.

Quand il redescendit au salon, Chi l'attendait.

— Nous sommes seuls ? demanda-t-il.

— Apparemment.

Rassuré, Chi entra dans le vif du sujet.

— Tu es le dernier membre de la Famille, dit-il. Je dois te servir.

Aussi attendri qu'il fût par la vieille goule, Sullivan n'était pas très sûr de la vouloir dans ses jambes.

Chi appartenait au passé. Sullivan ne serait plus jamais le même.

— Je n'ai pas besoin d'un serviteur, répondit-il, essayant d'être diplomate. Les choses ont changé.

Chi écouta, mais resta ferme sur sa position.

— J'ai peur que ce ne soit pas si simple, dit-il à Sullivan. Etant le dernier membre de la Famille, tu hérites de sa destinée, que tu le veuilles ou non.

— Je t'ai dit que tout était fini entre la Famille et moi. Je croyais que c'était clair.

— Ton sort est lié au sien, Sullivan. Que tu aimes ça ou pas, ton avenir est inextricablement lié à celui de la

Famille. Tous les signes le prédisent. Je te servirai et je te serai loyal durant des siècles.

Sullivan projetait de quitter la ville. Coincé entre le Sabbat, un prince soupçonneux et des Primogènes en colère, sa seule chance était de commencer une nouvelle vie dans une autre cité. Ses pensées se tournèrent vers Kathy. Il se souvint de la nuit où il l'avait laissée sur le parking avec Dirk.

Il informa Chi qu'ils quitteraient ensemble San Francisco dès que tous les détails seraient réglés. Peut-être emmènerait-il Kathy avec lui.

— Tu ne peux pas passer ta vie à fuir les responsabilités, insista Chi. Personne n'échappe à son sort. L'homme sage cherche à affronter son destin.

Sullivan aurait voulu répondre, mais il n'en avait plus le courage. Il était fatigué d'avoir tant couru. Et la vision des nourrissons qu'il avait pris pour des koalas le tourmentait.

— Tu sais que Selena est responsable de la mort de l'Ange, souffla Chi.

— Tu mens, lâcha Sullivan.

— C'est la vérité, affirma la goule. Je ne t'ai *jamais* menti, Sullivan. J'ai pris ta défense auprès du Grand-Père. Je lui ai dit que tu n'étais pas un assassin d'Aînés, mais il ne voulait pas m'écouter.

Sullivan ne répondit rien. Il songeait à Will, à l'Ange... aux bébés morts.

Son compagnon semblait convaincu qu'ils étaient capables de détruire le Sabbat et son quartier général. Chi contrôlait la magie ; avec elle, il entendait anéantir Selena. Elle ignorait qu'ils étaient ensemble, donc ils pourraient la prendre par surprise. La vieille goule était catégorique : s'ils éliminaient le Sabbat, le prince pardonnerait à Sullivan.

— J'en doute, répliqua le vampire, faisant allusion au verre jeté au visage de Vannevar.

Il avait insulté le prince devant ses pairs. Personne ne pouvait pardonner ça.

La conversation fut interrompue par l'arrivée de Roger.

— Sullivan ! s'exclama-t-il, surpris de trouver son co-locataire assis dans le salon après un absence inexpliquée. Où étais-tu passé ?

Roger étudia Chi, assis tranquillement dans un coin.

Sullivan les présenta, puis demanda des nouvelles de Kathy.

— Je l'ai pas vue. On m'a dit qu'elle habite chez Dirk.

Cette idée dérangea Sullivan. Pour la première fois, il admit qu'il était jaloux.

— Elle va bien ? demanda-t-il.

— Pour autant que je le sache..., répondit Roger.

L'aube approchait. Sullivan et Chi montèrent au premier. Le vampire dormit dans le lit ; la vieille goule resta assise dans un fauteuil.

Roger les réveilla tôt dans la soirée, au moment où le soleil disparaissait à l'horizon.

— Debout, Sullivan, dit-il, le secouant par les épaules.

— Hum ? grogna le vampire.

— Le FBI est passé dans la journée, annonça Roger.

— Quoi ? s'exclama Sullivan. Qui ?

— Les Fédéraux. Un agent est venu en fin d'après-midi. Il voulait te voir.

— Pourquoi ?

— Il n'a pas cru bon de le dire.

— Merde ! lâcha Sullivan, sautant hors du lit.

Chi était déjà debout et bien réveillé. Sans avoir demandé, il savait qu'ils allaient quitter la maison.

— Il voulait savoir où tu étais, dit Roger. Je lui ai dit que tu avais vécu ici, mais que tu étais parti depuis plusieurs jours.

Roger n'en savait pas plus. L'agent spécial avait été prudent.

Roger tendit à Sullivan la carte que l'homme lui avait laissée. Le flic se nommait Simmons.

— J'ignore pourquoi ils en ont après moi, protesta Sullivan.

Il n'avait pas besoin que Roger lui rappelle que cela ne faisait aucune différence.

— Nous devons filer d'ici, conclut Sullivan. Nous pouvons emprunter ta voiture, Roger ?

L'homme lui tendit les clés de sa vieille Ford. Un peu plus tard, Sullivan et Chi roulaient vers le sud, en direction de la maison de Ross.

12 mars, autour de minuit
Gare de Powell Street, au centre de San Francisco...

Le Noir aux larges épaules prit l'ascenseur pour monter les deux étages qui séparaient le sous-sol de l'Hallidie Plaza du rez-de-chaussée. Une fois arrivé, il s'arrêta pour vérifier son itinéraire. Il souleva légèrement ses lunettes pour mieux voir ses notes griffonnées à la hâte.

« Prendre les bus numéro 6,4 ou 77 de Haight Street à Clayton. Adresse : 1718 Waller Street. »

Le tuyau lui était parvenu le jour précédent. Il espérait que ses sources étaient fiables.

Il attendit quelques minutes et prit le bus numéro 6.

27

Devant la maison de Ross, Sullivan fut surpris de voir la porte entrouverte. Le chambranle cassé témoignait d'une effraction.

— Attends ici, dit-il à la goule.

Il se glissa à l'intérieur. Il n'y avait aucun signe de lutte et personne en vue. Le vampire fut soulagé de ne pas découvrir le cadavre de Ross.

Il appela Chi et alluma la lumière. Alors il trouva un mot sur la table.

« Salut, Sullivan. Cent dollars que tu n'as pas pensé que nous connaissions Ross. »

C'était signé Selena.

— Merde !

Sullivan reposa la feuille de papier.

— Ils ont pris ton ami ? demanda Chi.

— Oui. (Le vampire se laissa tomber sur le canapé.) Selena l'a enlevé.

Si Sullivan avait entretenu quelques espoirs de quitter la ville, ils s'étaient évanouis. Il lui fallait sauver Ross.

— Nous devons éliminer ces fumiers, annonça-t-il à Chi.

La vieille goule esquissa un sourire.

— Un homme sage affronte son destin...

Les préparatifs furent brefs. S'occuper de la coupe en cuivre de Chi leur prit plus de temps.

Une heure après leur arrivée, ils s'apprêtaient à quitter la maison quand on frappa à la porte.

Inquiet, Sullivan leva les yeux.

— C'est qui ? demanda-t-il en regardant Chi.

La vieille goule haussa les épaules.

— Viens, dit le vampire en poussant son compagnon dans le hall obscur.

Un deuxième coup retentit. Le verrou étant cassé, la porte bougea de quelques centimètres. Sullivan aperçut un homme vêtu d'un costume uni.

— Monsieur Yount ? demanda le type à travers la porte entrebâillé.

Pas de réponse.

— Monsieur Yount ? Je suis l'agent spécial Simmons, du FBI Vous êtes là ?

Sullivan entendit l'homme faire le tour de la maison. Il avait sans doute remarqué les traces d'effraction.

Quand Simmons fut de retour devant la porte, Sullivan se montra. Surpris, le flic recula d'un pas, cherchant sa carte dans la poche de sa veste.

— Simmons ! FB...

Sullivan bondit avant qu'il finisse sa phrase. Il l'assomma d'un simple coup de poing. Puis il se baissa pour vérifier le pouls de sa victime. Il était fort et régulier.

— Il faut faire quelque chose de cet emmerdeur...

Personne ne devait contrarier ses plans.

Dans la cuisine, il dénicha un rouleau de corde. Il attacha Simmons et le bâillonna avec un torchon.

L'agent spécial hors d'état de nuire, Sullivan écarta les rideaux de la fenêtre pour regarder dehors.

— Sa voiture est garée devant la maison, dit-il. On ferait bien de l'emmener avec nous.

Chi fouilla les poches du flic pour trouver les clés.

— Tiens, dit-il, les tendant au vampire.

Ils enveloppèrent Simmons dans une couverture. Après avoir vérifié que la rue était déserte, ils se hâtèrent de le transporter dans la berline.

— On y va, dit Sullivan en refermant le coffre.

Il prit place derrière le volant pendant que Chi s'installait à son côté.

— Que comptes-tu faire de Simmons ? s'enquit-il.

Sullivan n'en avait aucune idée.

Ils prirent la route de Billy Goat Hill.

— Pour l'instant, il reste dans le coffre, finit par répondre le vampire. Quelqu'un le trouvera bien assez tôt.

Considérant *qui* ils allaient affronter, Sullivan ne pensait pas finir la nuit vivant.

Ils trouvèrent le quartier. Mais après qu'ils eurent descendu et remonté Beacon Street plusieurs fois, l'église demeura invisible.

— Où est cette foutue église ? râla Sullivan.

Ils venaient de passer pour la troisième fois au même endroit. Chi l'avait prévenu, mais Sullivan avait jugé la chose difficile à croire et même à *imaginer*.

— Le Sabbat est bien gardé, dit Chi. Ces fumiers ont mis en place une super protection, juste au cas où le prochain *Festivo* tournerait mal. Mais ne t'inquiète pas, tu peux être sûr que Selena *espère* que tu la dénicheras.

Sullivan gara la voiture dans une traverse ; les deux hommes continuèrent les recherches à pied. Chi pensait que ses pouvoirs seraient plus efficaces à l'air libre.

— Nous devons chercher plus lentement et plus prudemment, déclara-t-il.

Ils arpentèrent plusieurs rues sans succès. Puis l'église se dressa soudain devant eux.

— C'est là, constata la vieille goule.

Le bâtiment était à l'endroit dont Sullivan se souvenait. Tant pis s'il aurait juré y être déjà passé plusieurs fois en voiture !

Ils approchèrent, longeant l'allée d'arbustes qui conduisait à la vieille porte en fer. Elle s'ouvrit facilement, permettant aux deux compagnons de pénétrer dans l'arrière-cour. Sullivan regarda partout et s'étonna de ne trouver aucune trace de sa Harley.

Caché à l'angle du bâtiment, Chi attendit pendant que le vampire descendait la douzaine de marches qui menaient à la porte de derrière.

Sullivan hésita un instant, puis il frappa trois coups.

— Qui est là ? demanda une voix.

C'était Gregori, le vampire à la langue de serpent.

— Sullivan. Je suis revenu. J'ai pris le temps de réfléchir.

La porte s'ouvrit avec un grincement, révélant le visage blafard de Gregori.

— Bienvenue en Enfer, dit-il avec une grimace.

Puis il cria :

— Un certain Sullivan frappe à la Porte de l'Enfer. Il demande la permission d'entrer. Que dois-je lui dire ?

Il avait prononcé les phrases rituelles. Une réponse leur parvint.

— Dis-lui que nous sommes tous égaux en Enfer, et qu'il doit chercher son propre pardon.

C'était la voix de Loonar, la femme aux cheveux roux que Sullivan avait rencontrée la nuit précédente.

Gregori se tourna et sourit au visiteur, mais ce dernier bondit sur lui.

Sullivan prit le petit vampire à la gorge et le plaqua contre le mur. Ensuite, il sortit de sous sa veste un pieu en bois et le lui planta dans l'estomac. Gregori se contorsionna mais il n'était pas assez costaud pour se dégager. Sa trachée s'écrasait sous les doigts de son adversaire, ne lui permettant pas d'émettre un son.

Sullivan enfonça le pieu dans le corps du vampire et fouilla les chairs à la recherche de son cœur. Le sang qui coulait de la blessure dégoulinait sur les mains de Sullivan, éclaboussant le sol. La langue du Sabbat sortit de sa gorge et s'enroula autour du poignet de son agresseur. Gregori se débattait, mais le combat ne tournait pas à son avantage.

Sullivan trouva son cœur et le transperça. Le corps du petit vampire s'avachit, sa langue se détacha du bras de son adversaire pour pendre mollement sur son menton.

Sullivan posa Gregori sur le sol. Le pieu saillait de son estomac, formant un angle bizarre. Chi franchit le seuil et prit position à côté de son ami.

La goule s'était préparée : elle avait commencé à découvrir la coupe en cuivre qu'elle portait.

Le couvercle enlevé, une fumée noire s'échappa du récipient. Le nuage prit très vite forme et substance pour devenir un nœud de tentacules. Le corps de la créature commença à émerger de la coupe. Noire comme la nuit, elle ouvrit sa gueule sans dents.

La chose coula hors de la coupe et atterrit sur le sol, désormais plus grande que le récipient qui l'avait abritée.

Obéissant à un signal magique, le monstre dévala les marches. Sullivan et Chi tentèrent de suivre d'aussi près que possible.

Avant qu'ils aient atteint la chambre, les cris de Selena et de sa compagne retentirent. Au pied des marches, ils s'aperçurent que le Nyarlix avait fait son travail. Il venait d'attaquer Selena, la tenant entres ses tentacules, et cherchait à pénétrer dans son corps. Mais les pouvoirs de la femme étaient puissants, lui permettant de se défendre.

Derrière Selena, Sullivan vit Ross, suspendu au plafond par des chaînes. Il était pâle et semblait sans vie. Des traces de morsures constellaient sa gorge et ses bras.

Le Sabbat avait profité de son sang. Sullivan ne pouvait dire s'il était mort ou vif.

Le temps n'était pas à la réflexion. L'autre femme qui surveillait Chi et le vampire abandonna sa maîtresse, et se jeta sur les intrus visant surtout la vieille goule. Obligé de se défendre, Chi perdrait le contrôle du Nyarlix qui abandonnerait probablement sa victime, pour partir à la recherche d'une autre proie — peut-être la goule elle-même.

Dans tous les cas, si Selena avait la possibilité de lancer ses sorts, tout serait perdu.

Sullivan se rua sur Loonar. Il la plaqua sur le sol au moment où elle portait les mains sur Chi. Pendant que le vampire luttait, la goule, sans jamais faiblir, se concentra sur sa tâche. Ses mains décrivaient les arabesques servant à manipuler le Nyarlix. Il fallait qu'il pénètre les puissantes défenses de Selena.

Sullivan et la Sabbat roulèrent sur le sol. La jeune femme se battait comme une folle et le vampire avait du mal à la contenir. Elle lui griffa le visage, puis lui flanqua des coups de pied en hurlant.

Elle lui planta ses crocs dans l'épaule. Pendant qu'il criait de douleur. Loonar se dégagea et prit la fuite.

— Cours-lui après ! siffla Chi, détournant son attention un instant.

Le Nyarlix introduisit un tentacule sous la peau de Selena, dont le beau visage était tordu de douleur, de rage et de frustration.

— Ne la laisse pas s'en sortir ! cria Chi.

Son visage était marqué par l'effort qu'il produisait pour dévier les ripostes magiques de Selena.

Loonar courait vers un escalier en colimaçon qui s'enfonçait vers d'autres salles. Sullivan se lança à sa poursuite, descendant dans les entrailles de l'église.

La jeune femme était rapide et Sullivan ne parvenait pas à la rejoindre. Il apercevait le bout de sa robe en lambeaux qui disparaissait à chaque tournant.

Ils arrivèrent en bas des marches, dans un couloir de pierre. Sans ralentir, la Sabbat s'engagea dans le passage et fonça vers une pièce d'où filtrait une lueur rouge.

Sullivan était toujours sur ses talons.

— Zarastus, écoute-moi ! cria la femme. C'est Loonar, ta servante. Je demande le salut !

Elle plongea dans la pièce. Sullivan remarqua un curieux miroitement en passant le seuil. Loonar hurla.

La pièce disparut. Sullivan se retrouva debout devant un mur blanc.

— Merde ! lâcha-t-il.

Loonar s'était échappée. Où était-elle passée ? Le cri qu'il avait entendu avant que la pièce disparaisse n'avait rien à voir avec un « salut ».

Le vampire tenta de trouver une ouverture dans le mur, mais il abandonna très vite, songeant que Chi avait peut-être besoin d'aide. Il se rua dans l'escalier.

A mi-chemin, il sentit trembler la terre. Les marches bougeaient sous ses pieds. Les vibrations augmentèrent, l'obligeant à s'appuyer contre les murs.

Une seconde secousse se produisit au moment où il arrivait dans la chambre. Cette fois, les fondations du bâtiment furent ébranlées.

Sullivan se dirigea vers Ross, toujours suspendu au plafond.

Assis sur le sol, Chi semblait épuisé. Selena était partie. Le Nyarlix gisait à côté de la goule. Il palpitait par accès. Un fluide épais violacé coulait de sa mâchoire. La goule avait prévenu Sullivan que ces créatures ne pouvaient survivre longtemps dans un environnement étranger.

Arrivant près de Ross, le vampire chercha son pouls.

— Il est vivant, cria-t-il à Chi.

La goule grommela quelque chose et se releva.

— Selena est morte ? demanda le vampire.

— Non.

Chi vint aider Sullivan à poser Ross sur les coussins.

— Elle s'est échappée. Pourtant je l'avais presque.

Il semblait désolé.

La respiration de Ross était régulière, mais il paraissait atrocement pâle. Allongé sur l'estrade, il sembla revivre. Il ouvrit les yeux et vit Sullivan.

— Surprise, surprise, marmonna-t-il en apercevant ses deux sauveurs. J'imagine que je te dois la vie, Sullivan.

Une autre secousse ébranla le bâtiment.

— On doit sortir, prévint Chi. Selena a abandonné l'église. Elle va s'effondrer.

Jusque-là, Sullivan pensait qu'il s'agissait d'un séisme naturel. Rien de trop grave.

— Le Sabbat a condamné cet endroit à l'auto-destruction, pour éliminer toutes les traces de sa présence. Il faut partir !

Des fissures couraient le long du ciment, de la poussière tombait du plafond et des morceaux de plâtre s'écrasaient sur le sol. Des grognements résonnaient dans l'escalier qu'avaient emprunté Loonar et Sullivan.

Le vampire aida Ross à se mettre debout, puis à marcher vers l'escalier. Au sommet, ils enjambèrent le corps de Gregori, les yeux et la bouche grands ouverts. Du pied, Sullivan le poussa dans l'escalier au moment où une autre secousse ébranlait le bâtiment.

En sécurité à l'extérieur, à bonne distance du bâtiment, ils regardèrent la dernière secousse l'anéantir. D'autres immeubles tremblèrent, mais l'église s'écroula sur elle-même. Avec un fracas épouvantable, elle s'enfonça dans le sol.

Le spectacle terminé, les trois rescapés rejoignirent la voiture. Ross avait posé un bras sur l'épaule de Sullivan. Sur le chemin, celui-ci raconta à Chi son expérience dans les profondeurs et le cri de la chose nommée Zarastus.

Le Chinois s'arrêta net en entendant ce nom.

— Zarastus ? s'étonna-t-il en cherchant le regard de Sullivan.

— C'est comme ça que l'a appelé la femme, dit le vampire.

Chi devint sombre et pensif. Ils reprirent leur marche vers la voiture. Bientôt, la goule interrogea Sullivan, qui exigea de savoir à quoi pensait Chi.

— Il y a plusieurs légendes sur les antédiluviens, des créatures si vieilles et si puissantes qu'elles deviennent monstrueuses. Chez elles, toute trace d'humanité a disparu. La plupart se sont éteintes il y a des siècles ; selon certaines rumeurs, quelques-unes ont survécu et vivent recluses dans des endroits oubliés. Zarastus est l'un de ces monstres. Il est devenu un dieu pour le Sabbat.

Sullivan ignorait tout des anciennes légendes. Il se sentait plus concerné par l'avenir immédiat.

— Selena est toujours en vie, dit-il. Elle sera au *Festivo* la nuit prochaine.

— Sans nul doute, confirma Chi.

— Nous devons aller voir Vannevar, décida Sullivan, se souvenant des immondes pratiques que Selena avait employées contre lui. Elle doit être arrêtée. Je ne la laisserai pas continuer.

Ils atteignirent la rue où ils avaient laissé le véhicule de l'agent fédéral. Apercevant le coffre à moitié ouvert, Sullivan saisit Chi par l'épaule et le poussa à l'abri.

— Simmons s'est enfui, siffla Sullivan. Bordel de merde !

Chi jeta un coup d'œil dans la rue.

— Je ne crois pas, dit-il, il est toujours là...

Sullivan regarda le coffre, entrouvert de quelques centimètres. Puis il remarqua une tache de sang.

Quelque chose n'allait pas.

Laissant Ross en sécurité, ils marchèrent en silence vers la voiture, craignant un piège. Sullivan ouvrit le coffre et trouva Simmons où il l'avait laissé. Il était mort, la gorge et la poitrine ouvertes. Ce qui restait de son visage baignait dans le sang.

Sullivan détourna le regard.

— Selena, constata-t-il.

Impassible, Chi examina le corps.

— Pas forcément, dit-il. Le sang n'a pas été consommé.

Il nota que les cordes étaient déchiquetées.

— Qui d'autre a pu faire ça ?

Chi n'avait aucune réponse.

— On file, dit Sullivan.

Retournant sur leurs pas, ils retrouvèrent Ross et quittèrent les lieux. A pied, ils avancèrent vers la plaine. Sullivan remarqua que le ciel s'éclaircissait. L'aube approchait.

— Que se passe-t-il ? demanda-t-il, incrédule.

Ils n'étaient pas restés aussi longtemps dans l'église. Il ne pouvait pas être plus de deux heures et demie.

— Le soleil est presque levé, dit Chi. Je crains que nous n'ayons pas le temps de regagner Haight.

— Nous ne sommes restés que dix ou quinze minutes, insista Sullivan.

— Je me suis battu avec Selena pendant des heures quand tu es parti, dit Chi. Il est possible que le temps ne passe pas de la même façon dans les régions où vit Zarastus...

Sullivan avait besoin d'un refuge. Le soleil teintait déjà le ciel de rose.

Ils se trouvaient près de Dolores Park, au sud de Mission. Bien que le parc fût en grande partie composé de pelouse, ils avisèrent une étroite rangée d'eucalyptus, le long de la voie du trolley, qui leur fournirait une cachette temporaire. Le parc était bondé en plein jour, mais ce coin était généralement peu fréquenté.

— Va voir le prince, dit Sullivan à la vieille goule.

Il se creusa un trou à la hâte.

— Dis-lui que c'est moi qui t'envoie. Raconte-lui ce qui se passe.

Sullivan se glissa dans la tombe étroite. Aidé par un Ross un peu blême, Chi l'enterra. Quand le soleil se leva, Sullivan était plongé dans le sommeil. La dernière chose qu'il entendit fut le bruit sourd d'un trolley.

13 mars, peu après le lever du soleil

Dans un appartement en sous-sol du quartier chaud de San Francisco...

Couchée sur un divan usé et décoloré, Selena tempêtait à cause de la perte de l'église. Mais elle était reconnaissante à son hôte de l'avoir secourue.

Tomaine était assis à côté d'elle.

— Tu te sens mieux ? demanda-t-il.

Malgré une guérison rapide, elle était toujours sonnée et portait les stigmates de l'attaque du monstre de Chi.

Elle se sentait fatiguée à mourir.

— Je peux te fournir de la nourriture, si tu le désires...

Il l'avait trouvée à quelques mètres de l'église, blessée, ayant besoin d'aide et de confort. Il avait profité de sa faiblesse pour devenir son ami.

— Merci, répondit-elle. Ce serait bien.

Selena aurait besoin de reprendre des forces pour assister au *Festivo*, qui aurait lieu dans la soirée. Même si son plan était ruiné, elle irait. Elle voulait prendre sa revanche sur le prince et sur la ville.

Tomaine revint un peu plus tard, avec un type attrapé dans la rue. Il fallut quelques minutes à Selena pour le vider de son sang.

— Au *Festivo*, lança Tomaine, levant le verre de sang qu'il avait tiré de la victime avant qu'elle expire.

— Au *Festivo* ! répondit Selena

28

Sullivan fut réveillé par des bruits de pas résonnant au-dessus de lui. Couché dans le noir, il tendit l'oreille.

Un humain, peut-être même accompagné...

Il avait espéré que Ross et Chi reviendraient au coucher du soleil, mais ce n'était pas eux qu'il entendait. La panique le gagna. Peut-être quelqu'un le chassait-il.

Il devina qu'il faisait assez nuit pour se lever.

Il s'assit ; la terre qui le recouvrait s'éparpilla.

A la vue du vampire sortant de sa tombe, les trois enfants qui jouaient non loin de là hurlèrent à l'unisson. Ils fuirent en direction d'un groupe d'adultes.

Réalisant son erreur, Sullivan rampa hors du trou et courut vers la sortie, pressé de fuir avant que les enfants reviennent avec leurs parents.

Il trouva une cabine téléphonique sur Church Street et composa le numéro du prince. Aucune réponse. Sullivan réfléchit. Chi et Ross n'avaient pas dû rencontrer Vannevar avant la nuit. Ils devaient être sur le chemin du parc pour venir le déterrer. Sullivan raccrocha et essaya chez Dirk.

Pas de réponse.

Il abandonna la cabine. Ne voyant aucune trace de ses compagnons, il décida de rejoindre Mission Street et la parade.

Il savait que Selena serait là.

Le défilé devait commencer à la nuit tombée. Sullivan décida de descendre Mission Street, puis de prendre la Vingt-Cinquième rue pour se poster sur la Douzième, où il attendrait de quoi se restaurer.

Sullivan arriva au croisement des deux rues quelques minutes après le passage des premiers chars.

Sur les trottoirs, les badauds criaient quand les personnages, les chars et les orchestres passaient devant eux. Tous les participants portaient des costumes, des masques ou un maquillage. La plupart des spectateurs étaient endimanchés.

Le thème étant la mort, les crânes, squelettes et faucheuses ne se comptaient plus.

Localiser un Immortel dans cette foule ne sera pas une tâche facile, songea Sullivan.

Un char passa. Il représentait une scène de l'Enfer. Des âmes torturées, vêtues de pagnes ou de sarongs, étaient attachées à des pieux. Des flammes en cellophane rouge et jaune, balayées par la brise, étaient censées leur dévorer les jambes. Les condamnés alternaient grimaces de douleur et sourires complices à la foule.

Sullivan prit à gauche et remonta Mission Street. Après être resté un moment là où la foule était moins dense, il commença à se frayer un chemin pour tenter de localiser Selena.

Un cri de femme attira son attention. Il tourna la tête et vit une jeune Espagnole aux yeux noirs poursuivie par un homme en robe à capuche qui portait un énorme cierge.

D'instinct Sullivan fut tenté d'intervenir, mais le type avait rattrapé la jeune fille. L'agrippant par la taille, il la plaqua contre un mur pour l'embrasser. Le vampire se détendit. Il commençait à comprendre comment le Sabbat pouvait utiliser le *Festivo*.

Un pâté de maisons plus loin, il aperçut Selena. Elle marchait de l'autre côté de la rue en compagnie d'un jeune mâle en veste de cuir noir. La femme portait un costume de samba à paillettes rouges et un masque de domino. Une énorme paire d'ailes de chauve-souris était accrochée dans son dos.

L'homme se tourna pour parler à Selena ; Sullivan aperçut son visage. Il était blafard. Ses cheveux gris et ses petits yeux cerclés de rouge lui donnaient un air diabolique. Sullivan reconnut Smash. Apparemment, il avait rejoint le Sabbat.

Sur le trottoir, le couple aborda une petite fille déguisée en sorcière. Elle écouta les deux adultes puis les suivit dans une allée sombre.

Sullivan se fraya un chemin dans la foule, ignorant les cris et les insultes.

Dans l'allée en forme de L, les deux Sabbat et la gamine étaient hors de vue. Sullivan se précipita, scruta les alentours et les repéra enfin. Smash était à genoux en face de la petite fille et il lui parlait. La gamine le regardait avec de grands yeux, sans comprendre. Selena attendait quelques pas plus loin. Elle observait la scène avec attention, les mains jointes, tandis que ses ailes frémissaient dans son dos.

Sullivan bondit sans mesurer les risques. Penché sur la gorge de la fillette, Smash eut juste le temps de lever les yeux avant que Sullivan ne frappe. Le pied du vampire le heurta au visage et l'envoya rouler sur le sol. Sullivan se précipita sur Selena. Smash, qui s'était déjà relevé, le repoussa. Selena recula loin de la bagarre et gloussa en voyant la petite fille, libérée du charme, s'enfuir dans l'allée.

— De retour, Sullivan ? s'esclaffa-t-elle. Tu n'as rien appris, n'est-ce pas ?

Sullivan ne put pas répondre, car il faisait tout ce qu'il pouvait pour empêcher les crocs de Smash de plonger dans sa gorge. Son adversaire était nettement plus fort que dans ses souvenirs.

— Smash pourrait peut-être te donner une leçon, ajouta Selena.

Le punk prit le dessus et s'assit sur la poitrine du vampire. Sullivan entendit à peine Selena quitter l'allée, sans doute pour rejoindre la rue.

Sullivan tenta de déséquilibrer Smash avec ses avant-bras, ou au moins de bloquer les coups, mais la bataille était perdue.

Smash lui taillada le visage à coups de griffes.

Sullivan hurla de douleur. Sa joue était ouverte sur dix centimètres et le foutu ringard avait manqué de peu son œil. Il saisit le revers de la veste de son agresseur pour tenter de le renverser, mais le cuir glissa entre ses doigts.

Smash avait passé une main sous la nuque de Sullivan. Il mobilisait toutes ses forces pour l'attirer vers lui afin d'exposer sa gorge. Sullivan voulut le repousser. En vain. Plus lourd que lui, le Sabbat se penchait lentement, les crocs et les yeux brillants.

Un hurlement de moteur retentit dans l'allée. Une seconde plus tard, Smash s'affaissa sur Sullivan, qui se dégagea, et se redressa sur un coude pour voir un motard faire demi-tour, se préparant à un autre passage.

Smash était déjà debout, prêt à affronter ce nouvel adversaire.

Sullivan reconnut Dirk et l'appela. Mais son ami l'ignora pour se lancer à la poursuite du punk, batte de base-ball levée.

Sullivan voulut l'arrêter. Dirk n'avait aucune idée de la force de Smash.

Il cria encore, tentant de se remettre debout, mais il ne fut pas assez rapide. Dirk fonça sur Smash qui s'écarta et saisit au vol la batte du motard.

La moto s'écrasa un peu plus loin.

Le Sabbat empoigna Dirk au moment où il tombait. Passant la main droite sous sa nuque, il planta ses crocs dans la chair offerte.

Sullivan s'élança au secours de son ami. Se jetant sur les deux vampires, il déséquilibra le Sabbat, puis le prit par les cheveux pour l'éloigner de la gorge de Dirk.

Lâchant prise, Smash se tourna vers Sullivan et le fit basculer pour se retrouver de nouveau sur lui.

Dirk intervint. Il sauta sur le dos du punk, passa un bras sous sa gorge et le tira en arrière.

Les mains de Smash s'accrochèrent aux bras de Dirk. Sullivan enfonça ses doigts dans les yeux du punk.

Le vampire hurla quand Sullivan, impitoyable, l'énucléa.

Le sang gicla sur son visage.

Smash lâcha Dirk et se releva. Aveugle, il était incapable de se défendre. Dirk et Sullivan lui cassèrent les jambes avec la batte. Puis ils le décapitèrent.

Au bout de l'allée, la foule fascinée par la parade, ne remarqua rien. Les deux vampires jetèrent le corps dans une poubelle.

— C'est une chance que je sois tombé sur toi, hein ? dit Dirk.

— Merci, répondit Sullivan, reposant le couvercle sur le corps mutilé. Il a failli m'avoir. Comment m'as-tu trouvé ?

— Chi a appelé dans la journée. Il a laissé un message disant que tu avais peut-être des problèmes. Que se passe-t-il ? J'espère que cette vieille pourriture est bien morte.

Sullivan lui raconta ce qui était arrivé depuis qu'il les avait laissés sur le parking, plusieurs nuits auparavant.

— Où est Kathy ? demanda Sullivan quand il eut achevé son récit.

— Avec le prince, je suppose, répondit Dirk. Du moins, c'est là qu'elle a prétendu aller. Après une nuit à la maison, elle a disparu. Elle avait l'intention de rencontrer Vannevar pour plaider ta cause. J'ignore comment ça a tourné.

— J'avais entendu dire qu'elle était avec toi, souffla Sullivan.

— Aucun risque, mon pote...

Réfléchissant à la question, il ajouta :

— J'y ai pensé, mais elle n'est pas du tout mon genre.

Sullivan se sentit bizarrement soulagé.

— Selena est toujours dans le coin, constata-t-il.

Dirk n'était pas sûr d'avoir envie de la poursuivre.

— Elle est trop puissante, mec, marmonna-t-il en secouant la tête.

— Je dois essayer, insista Sullivan. Elle veut saboter la Mascarade.

Il songeait surtout à venger la mort de l'Ange et de Will.

Voyant son ami dans l'embarras, Dirk accepta de l'aider.

— Où crois-tu qu'elle se soit planquée ? demanda-t-il.

Quelque part dans le parade, pensa Sullivan. Elle devait se diriger vers la Douzième rue, où la foule attendait la fin du défilé.

Dirk redressa sa moto. Sullivan grimpa derrière.

Les trottoirs débordaient de gens. Trouvant une ouverture entre les barrières, ils s'engagèrent dans la rue et longèrent les chars à la recherche de Selena.

Ils avançaient lentement. Par moment, Dirk remettait les gaz pour éviter un policier qui tentait de les arrêter. A l'évidence, les motos étaient interdites dans la parade.

— Tu vois quelque chose ? demanda Dirk.

Ils arrivaient à la tête du défilé.

Sullivan tendit le cou et se dressa sur les repose-pieds pour voir par-dessus les gens. Il regarda dans chaque allée transversale. Sans succès.

Selena n'était nulle part.

Puis il l'aperçut sur un char. Dans son costume moulant, avec ses ailes dans le dos, elle enthousiasmait la foule. En retour, elle saluait joyeusement les badauds.

Elle paradait sur le char représentant l'Enfer que Sullivan avait vu plus tôt. Il la regarda approcher d'une des victimes, se pencher et planter les crocs dans sa gorge. Elle but pendant que l'homme gémissait d'extase.

La foule hurlait son enthousiasme, pensant que le sang qui coulait sur la poitrine du type était un effet spécial très réussi. Selena s'interrompait de temps en temps pour saluer en souriant avant de retourner à son festin.

— Elle est là ! cria Sullivan, tapant sur l'épaule de Dirk. Fonce !

Dirk accéléra et se faufila entre les chars pour atteindre leur proie. Un policier les aperçut et les interpella.

Les deux vampires l'ignorèrent.

Selena les vit approcher. Elle éclata de rire quand la moto se porta à sa hauteur.

— Tu es venu t'amuser ! lança-t-elle à Sullivan.

Soudain elle abandonna sa première victime et escalada les rochers artificiels pour atteindre une autre « âme damnée ».

Appréciant ses bouffonneries, la foule riait.

Dirk approcha du char pour permettre à Sullivan de sauter.

La foule salua la performance en applaudissant. Un policier courut derrière la moto, qui accéléra et s'enfuit.

Sullivan parvint à se remettre debout pendant que Selena le narguait.

— Attrape-moi si tu peux ! lança-t-elle.

Sullivan entreprit l'escalade.

Sorti de la foule, un autre policier sauta sur le char pour tenter de maîtriser ce qu'il croyait être un spectateur ivre cherchant des ennuis. Sullivan le vit arriver et s'en débarrassa d'un revers de main. L'homme s'écrasa lourdement sur la chaussée. La foule éclata de rire, et applaudit à tout rompre quand Selena commença à boire le sang de sa deuxième victime.

Sullivan était presque sur elle. Il allait l'empoigner quand elle se retourna vers lui. Le regardant, elle tendit la main.

Sullivan eut la sensation d'avoir été frappé par le coup de poing d'un géant. Il tomba en arrière, et glissa le long du char pour atterrir dans la rue.

Dirk vint le ramasser.

— Tu as vu ? Elle a employé la magie, dit-il en remettant son ami debout.

— Où est-elle partie ? demanda Sullivan.

— Elle a sauté du char et elle s'est enfuie.

Dirk aida Sullivan à s'écarter de l'itinéraire de la parade, qui commençait à bouchonner.

— Les flics arrivent, dit l'Anarch. Il faut filer.

Abandonnant la moto, les deux vampires s'engagèrent dans la rue qu'avait prise Selena.

Ils l'aperçurent alors qu'elle s'engouffrait dans une allée. Sullivan était juste derrière elle. Dirk suivait à quelques pas.

— Nous ne voulons pas vraiment l'attraper, hein ? ironisa-t-il.

Sullivan l'ignora.

Puis elle apparut en face d'eux, lâcha un petit rire bête et se volatilisa. Sullivan lui emboîta le pas. Dirk tenta de suivre.

Un hurlement retentit dans l'allée. Un cri de femme. Un autre suivit, rapidement étouffé.

Sullivan tourna le coin du pâté de maisons.

Selena était morte. Son corps nu avait été déchiqueté par un énorme loup noir. Il montra ses crocs aux deux vampires qui interrompaient son repas.

— Sullivan ! couina le garou en le reconnaissant.

C'était Hayes, le type d'Oakland.

— Le temps est venu, dit-il.

Rampant sur le corps de la Tremere, il adopta la forme la plus mortelle des garous : le Crinos.

Ainsi métamorphosé, Hayes mesurait près de trois mètres de haut.

D'instinct, Sullivan et Dirk surent qu'ils n'avaient aucune chance de s'enfuir. D'un seul bond, l'énorme bête serait sur eux. Au lieu de détaler, ils commencèrent à l'encercler, Dirk par la gauche et Sullivan par la droite.

Ignorant Dirk, l'animal ne quittait pas Sullivan des yeux.

Le monstre était en position d'attaque. Les oreilles baissées, il retroussa les babines pour laisser voir des canines ivoires qui glacèrent le sang de Sullivan.

Dirk feignit d'attaquer. Le garou grogna avant de reporter son attention sur Sullivan.

Le vampire regarda autour de lui pour trouver une arme. C'était une erreur.

Hayes se jeta sur lui. Il atterrit sur sa poitrine le faisant basculer sur les pavés.

Le vampire plia les genoux et les bras pour se protéger. Mais le loup-garou lui planta les crocs dans un avant-bras, et, secouant la tête, commença à le lui arracher.

Le vampire se sentit comme une poupée entre les mains d'un sale gosse.

Dirk s'empara d'une poubelle en fer. Il la souleva audessus de sa tête et chargea la bête enragée, lui flanquant dans le dos de grands coups qui ne semblaient lui faire aucun mal.

Hayes se retourna. Lâchant Sullivan, il se jeta sur Dirk.

Ce dernier tenta de courir. D'un bond, l'animal fut sur lui et le plaqua au sol d'un coup de patte. A moitié inconscient, Dirk ne put faire mieux que de tenter de se redresser.

Mais le loup-garou l'avait déjà abandonné pour retourner vers sa première proie.

Sullivan essaya de se relever. Son bras gauche formait un drôle d'angle par rapport à l'épaule. Sous sa manche déchiquetée, les os saillaient à travers la chair broyée.

Hayes fit un pas en avant, et s'arrêta.

— Démon ! siffla-t-il, reculant comme s'il avait vu sa mort.

Sullivan se retourna et découvrit le prince.

Vannevar avança, parlant au garou.

— Tu n'as rien à faire ici, Hayes, dit-il d'un ton grave.

Le garou recula encore.

— Pourquoi es-tu venu ? ajouta le prince.

Le loup-garou grogna, et cracha :

— Buveur de sang ! Tu dois mourir !

Il voulut se jeter sur Vannevar, mais quelque chose le retenait. Il ne pouvait plus bouger. Le prince avança, le regard brillant, les mains tendues.

Le garou tremblait de tous ses membres.

Soudain, il se contorsionna comme s'il souffrait mille morts.

Vannevar ne le lâcha pas des yeux. Hayes se recroquevilla et commença à déchiqueter son propre abdomen, s'arrachant les entrailles comme si elles étaient la cause de son agonie.

Il mourut ainsi, les intestins répandus sur le sol.

Un instant plus tard, le corps reprit l'apparence du révérend fou d'Oakland.

Dirk était debout, appuyé contre un mur. Sullivan gisait toujours à terre. Le prince s'agenouilla, examina sa blessure et annonça qu'il guérirait.

Avec délicatesse, il l'aida à se relever.

Kathy approcha. Le prince et elle aidèrent Sullivan à rejoindre la limousine blanche garée au bout de l'allée.

Chi était assis sur la banquette arrière.

29

Le bras en bandoulière, lové sur un luxueux divan, Sullivan observait les autres invités. Quelques amis à lui, plusieurs Primogènes et d'autres vampires assistaient à la soirée donnée dans les appartements du prince, sur les hauteurs de Nob Hill.

Près du bar, Kathy et Donna Cambrige plaisantaient avec Vannevar et Nickoli. Ross parlait devant la fenêtre avec le Brujah Tomaine.

Toujours très pâle, Ross retrouvait peu à peu ses forces. Assis sur un canapé, Chi avait engagé la conversation avec Joseph Cambridge, un Nosferatu dont les jambes malades étaient soutenues par des armatures en fer. Joseph était le frère aîné de Donna.

Dirk avait décliné l'invitation. Après que le prince les eut sauvés, il avait donné à Sullivan le choix de partir avec Dirk ou de devenir son fils adoptif.

Sullivan avait détesté tourner le dos à Dirk, mais il savait déjà que son style de vie ne lui convenait pas.

Il avait besoin de structures.

« Tente ce que tu veux, avait dit Chi, tu ne pourras pas éviter les chaînes. Tu es simplement libre de choisir *qui* t'enchaîne. »

Sullivan avait décider d'affronter son destin.

Dirk les avait quittés, fort mécontent.

Sullivan n'en avait plus entendu parler depuis.

Kathy lui avait rendu le plus grand des services : aller chez le prince et plaider sa cause. Elle prétendait que Vannevar avait un faible pour lui et qu'il avait été facile à convaincre. Donna avait également pris son parti. Elle semblait s'être liée d'amitié avec Kathy.

Concernant ses activités avec le Sabbat, il était évident qu'il avait agi sous l'influence des pouvoirs magiques de Selena. De ce fait, il n'était pas responsable. La destruction de l'église et la mort de Selena avaient racheté ses fautes.

Il avait été pardonné.

— C'est l'heure, dit Vannevar en approchant de Sullivan.

— Déjà ?

— Vannevar, dit Tomaine en les rejoignant, il a encore des doutes...

Puis il se tourna vers Sullivan.

— Tu es sûr de ne pas vouloir travailler avec moi ? plaisanta-t-il. Et sans Lien du Sang !

Le Brujah avait le sens de l'humour et assez de charme pour se permettre de plaisanter parfois aux dépens du prince. Cette nuit, Vannevar était de bonne humeur. Mais il avait quand même averti Sullivan de ne pas se fier à Tomaine.

Il avait des doutes à son sujet.

— Reste à l'écart, Brujah, lança Vannevar. C'est à mon *fils* que tu t'adresses.

Il aida Sullivan à se lever.

— Viens.

Le prince s'assit sur une chaise et remonta sa manche. Sullivan s'agenouilla devant lui. Vannevar tendit son avant-bras et son « Fils » se pencha. Il perça la peau fragile et commença à boire le sang chaud que Vannevar lui offrait avec une sorte d'extase.

Pendant qu'il buvait, le prince plaça sa main libre sur la nuque de Sullivan et passa les doigts dans ses cheveux courts.

— Mon fils, dit-il en fermant les yeux.

16 mars

Quelque part dans le continent asiatique, au fond d'une pièce sombre...

Quelque chose de noir et de maléfique remua dans l'obscurité. Après avoir entendu le rapport venu de la Côte Est des États-Unis, la créature grogna, satisfaite.

Tout se déroulait selon ses plans.

LES ROYAUMES OUBLIÉS

Dans les royaumes oubliés

tout est possible

à ceux qui osent le voyage

Alors ne manquez pas :

Le prophète des sélénæ

Achevé d'imprimer en février 1998
sur les presses de Cox & Wyman Ltd
(Angleterre)

FLEUVE NOIR – 12, avenue d'Italie
75627 PARIS – CEDEX 13.
Tel: 01.44.16.05.00

Dépôt légal : mars 1998
Imprimé en Angleterre